Évelyne Ducat verschwindet eines Tages spurlos, und das Städtchen im französischen Zentralmassiv rätselt. Es kursieren Gerüchte und Beobachtungen. Doch nicht alles wird der Polizei preisgegeben, denn hier in der abgeschiedenen Bergwelt hüten die Menschen ihre Geheimnisse. Die Sozialarbeiterin Alice hat ein Geheimnis mit ihrem Klienten Joseph, dem einsamen Schafzüchter. Und der verhält sich nach dem Verschwinden der Frau merkwürdig. Und in welcher Beziehung stand die Verschwundene zu der jungen Maribé, die eines Tages im Städtchen auftauchte und alle Blicke auf sich zog? Mit jedem Kapitel erhält eine andere Person das Wort, und ein neues Geheimnis, ein neuer Verdacht taucht auf, bis sich das Puzzle um Évelyne Ducats Verschwinden zusammenfügt.
Colin Niels preisgekrönter Roman noir ist mehr als ein raffiniert konstruierter Krimi: Er gibt ebenso fesselnd Einblick in prekäre soziale Milieus und erzählt von der verzweifelten Suche nach Liebe.

Colin Niel, geboren 1976 in Clamart, ist eine der grossen Stimmen des französischen Roman noir. Nach einem Studium der Evolutionsbiologie und Ökologie arbeitete er zunächst als Agrar- und Forstingenieur im Bereich Biodiversität, u. a. mehrere Jahre in Französisch-Guayana. Mit einer vierteiligen guayanischen Serie, die vielfach ausgezeichnet wurde, gelang ihm der Durchbruch als Autor. 2017 erhielt er für *Seules les bêtes* u. a. den Prix Landerneau Polar und den Prix Polar en séries. Der Roman wurde von Dominik Moll fürs Kino verfilmt. Heute lebt Colin Niel als Schriftsteller in Marseille.

Colin Niel

Nur die Tiere

Roman

*Aus dem Französischen
von Anne Thomas*

Lenos Verlag

Die Übersetzerin
Anne Thomas wurde 1988 in Karl-Marx-Stadt/Chemnitz geboren und wuchs in Flensburg auf, nachdem sie 1989 mit ihrer Familie aus der DDR geflohen war. Seit 2013 ist sie als freiberufliche literarische Übersetzerin tätig (u. a. Éric Plamondon, Lilia Hassaine, Dimitri Rouchon-Borie). Sie lebt hauptsächlich in Paris. Regelmässige Arbeitsaufenthalte in Berlin und London. Anne Thomas organisiert und leitet Übersetzungsworkshops in Schulen in Deutschland und Frankreich und ist als Dolmetscherin bei literarischen und kulturellen Veranstaltungen tätig.

Dieses Buch erscheint im Rahmen des Förderprogramms des französischen Aussenministeriums, vertreten durch die Kulturabteilung der französischen Botschaft in Berlin.

Titel der französischen Originalausgabe:
Seules les bêtes
Copyright © 2017 by Éditions du Rouergue

LP 227
Vierte Auflage 2024
Copyright © der deutschen Übersetzung
2021 by Lenos Verlag, Basel
Alle Rechte vorbehalten
Satz und Gestaltung: Lenos Verlag, Basel
Umschlagfoto: pio3/shutterstock
Printed in Germany
ISBN 978 3 85787 827 5

www.lenos.ch

*Für Charlotte,
Minigazelle am Fusse der Welt.
In mir, wenn auch noch verborgen.*

Alice

Die Leute wollen immer einen Anfang. Sie bilden sich ein, wenn eine Geschichte irgendwo anfängt, muss sie auch ein Ende haben. Dann ist das Unwetter vorbei, sie können in ihren Alltag zurück, noch mal davongekommen. Ist ja auch verständlich. Und irgendwie beruhigend. So was braucht man auch, denn das, was in dem Jahr passiert ist, hat so manchen verunsichert. Unten im Tal, auf den Wochenmärkten und an den Trödelständen, erzählen sie sich heute noch davon. Die Hälfte ist übrigens gesponnen, jeder hat was dazuerfunden, über Monate zurechtgebastelt. Würd ich auch so machen: Da hat man wenigstens was zu erzählen, jeder will irgendwas zu erzählen haben, sonst existiert man ja nicht. Das ist menschlich. So. Für die Leute ist der Anfang jedenfalls immer die Meldung im Fernsehen.

Der 19. Januar.

Der Tag, an dem Évelyne Ducat verschwunden ist.

Ich hab es am nächsten Morgen erfahren. Der Winter war nun wirklich da, Schnee bedeckte meinen Berg wie ein viel zu weisses Leintuch, und Wind fegte unablässig über die Hänge. Nachts heulte er um den Hof. An dem Morgen fuhr ich sehr vorsichtig, weil die Strassen ja trotz Schneeketten gefährlich waren, bei vollaufgedrehter Heizung, damit meine beschlagene Windschutzscheibe frei wurde. Ich schlich die Serpentinen zwischen den an den Hängen aufgetürmten Granitblöcken hinunter; als Kind hatte ich mir vorgestellt, dass sie bei einem gewaltigen Gewitter vom Himmel gefallen waren. In Gedanken war ich beim Vortag, deshalb achtete ich nicht auf die dunkelblauen Autos an der Landstrasse, genauso wenig wie auf die Polizisten, die mit Karten und Handys mit schlechtem Empfang hantierten. Normalerweise hätte ich herausfinden wollen, was los ist, wäre neugierig gewesen und hätte mir gesagt Ist nicht dein Bier. Aber diesmal bin ich einfach weitergefahren, in den Ort, und hab beim Marktplatz geparkt.

War nicht viel los, oben an der Fussgängerzone drei, vier Stände von Bauern, die sich irgendwie warm hielten. Ich traf ein paar alte Bekannte, Männer, die ich schon von klein auf kannte und nun älter werden sah; wir sagten uns kurz hallo, weil wir schliesslich wussten, wo wir herkamen, obwohl wir kaum noch was gemeinsam hatten. Dort, in der Kälte des Marktes, wurde mir klar, dass es kein normaler Tag war. Die Händler, die sich über Lammkoteletts und Maronenkonfitüre fröstelnd die Hände rieben, die in Parkas eingemummelten Kunden, alle hatten nur ein Thema. Die Gespräche stiegen als eisige Dampfwölkchen auf. Und natürlich war auch Éliane da, den Einkaufskorb voll Gemüse am Arm. Sie überfiel mich gleich, Sieht nicht gut aus, die finden sie doch nie. Dann kapierte sie, dass ich nicht wusste, wovon sie redete, und starrte mich an, als käm ich geradewegs aus dem Winterschlaf.

Also klärte sie mich auf, bei einer Tasse Kaffee im einzigen Bistro der Stadt, das zu dieser Jahreszeit aufhatte. Wir waren die Einzigen.

»Eine Frau wird vermisst. Die Polizei sucht nach ihr. Hast du gestern Abend keine Nachrichten geguckt?«

Nein, ich hatte nicht ferngesehen. Michel schon, die Lokalnachrichten und das Wetter. Klar, wie alle Viehzüchter der Gegend fragte er sich, was das Schicksal in den nächsten Tagen wohl bereithielt für ihn und die Tiere. Aber ich war so mit mir selbst beschäftigt gewesen, ich hatte gar nicht hingehört, was die erzählten.

»Sagt dir Évelyne Ducat was?«

»Ducat ... Die sind doch von hier, oder?«

»Ja. Und nicht gerade irgendwer.«

Die Vermisste war die Frau von einem hohen Tier, einer von hier, mit achtzehn ging er nach Paris, und als er im Ausland ein Vermögen gemacht hatte, kam er zurück ins Tal. Der ist halt reich, hatte ich in dem Moment gedacht, deshalb reden alle davon. Wenn einer meiner Bauern, die kurz vor dem Bankrott standen, verschwunden wäre, hätte das doch kaum Aufsehen erregt. Damit sollte man mir lieber gar nicht erst kommen, das konnte sonst Stunden dauern. So.

Der Geschäftsmann hatte seine Frau zuletzt in der gemeinsamen Villa gesehen, als sie nachmittags allein zum Wandern aufbrach. Eine kurze Tour, wie so oft, um dem Winter auf dem Plateau oder drüben am Berg zu trotzen, wo genau, hatte sie nicht gesagt. Und seitdem nichts mehr. Man hatte ihr Auto am Ortseingang gefunden, es stand einfach am Strassenrand.

Ein hübsches Gesprächsthema im eisigen Januar, wo alle auf das Frühjahr warteten. Jeder hatte eine Theorie. Ganz oben auf der Liste stand der Worst Case, und der schwemmte alte Erinnerungen nach oben.

Die *tourmente*.

Ja, manche sagten, die *tourmente* habe Évelyne Ducat erwischt, wie einst. *Tourmente,* so wird der Wintersturm genannt, der manchmal über die Gipfel tobt. Ein Sturm, der Unwetter und heftigen Schneefall mit sich bringt, hinter jedem Felsbrocken Verwehungen anhäuft und den sicheren Tod bedeutet, schlimmer als Wundbrand, wie es früher hiess. In den vierziger Jahren waren zwei Lehrerinnen auf diese Weise ums Leben gekommen, ich kenne die Geschichte, seit ich klein bin. Die beiden jungen Frauen waren zu Fuss in die nur zwei Kilometer von ihrem Dorf entfernte Schule aufgebrochen und hatten sich im Schneesturm verirrt. Man hatte sie aneinandergeschmiegt unter einem eisbedeckten Baum gefunden, erfroren. Unsere Grossväter hatten Glockentürme in den Dörfern gebaut, es wurde geläutet, um Verirrte zu leiten, wenn der Winter mit aller Härte zuschlug. Heute war das nur noch Folklore, ein Relikt aus jener Zeit, als alles ein bisschen schwerer war. Die *tourmente* brachte heutzutage keinen mehr um. Aber Éliane liess sich weiterhin jedes Jahr Angst einjagen.

Und das war jetzt natürlich ein gefundenes Fressen.

»Oder, was denkst du?«, holte sie mich aus meinen Gedanken.

Ich musterte sie, in ihrer Daunenjacke mit ihren rosigen Wangen, die sie jünger wirken liessen, als sie war. Sie wollte meine Meinung hören, wie immer. Aber diesmal gab ich keine Antwort.

»Du bist ja sehr gesprächig heute. Stimmt was nicht?«

»Nein, alles gut.«

Ich log natürlich. Wenn ich ehrlich war, hatte ich nur die Hälfte von dem mitbekommen, was sie mir da gerade in dem überheizten Café erzählt hatte. Sie rieb sich an der Meldung auf, die tagelang die Schlagzeilen beherrschen sollte, fragte sich, ob es wohl in den landesweiten Nachrichten käme. Aber es half nichts, ich konnte einfach kein Interesse aufbringen. Hätte ich mal machen sollen. Wenn ich früher begriffen hätte, wie sehr die Geschichte auch mich betraf, hätte ich vielleicht verhindern können, was sich da anbahnte. Aber ich war ganz woanders, irrte auf gewisse Weise selbst durch den Schneesturm. Also liess ich Éliane fertigerzählen, stellte der Form halber ein paar Fragen, dann ging ich und fror mir in der Kälte draussen wieder einen ab.

Ich hatte an dem Tag keine Hausbesuche, ging einkaufen und erledigte zwei, drei Sachen in der Stadt, nichts, wo ich allzu viel nachdenken musste. Und abends fuhr ich zurück auf die verschneiten Höhen meiner Berge. Hinauf zu den massiven Granithäusern, dem in den Felsen gehauenen Brunnen; dem Dorf, in dem ich aufgewachsen war, wahrscheinlich würde ich bis zu meinem Tod hier leben. Ich parkte am Hang, der graue Nebelfluss schlängelte sich durchs Tal und verschlang jedes noch so kleine Dorf. Zu Hause stellte ich seufzend alles ab, wenig später kochte ich in der Stille meiner Küche Kartoffeln und zwei Würste.

Michel kam kurz darauf, als das Abendessen fertig war. Ich stand mit dem Rücken zu ihm, hörte, wie er seinen Overall im Flur auszog und zum Duschen ins Bad tapste. Wortlos. Dann setzte er sich mit nassen Haaren an den grossen Holztisch, der den Raum teilte, von Fenster zu Fenster. Unter seinem Pullover guckte das T-Shirt der

Jungen Landwirte hervor, das zog er immer an nach harten Tagen. Er schnitt ein Stück von der Wurst ab, kaute eine Weile. Und erst dann sagte er: »Na?«

»Ja«, antwortete ich, als wäre es ein ganz normaler Tag gewesen.

Ich redete, weil ich das am besten kann, erzählte, wo ich gewesen war, wen ich getroffen, was ich eingekauft hatte. Michel hob die Augenbrauen, das hiess Aha. Einen Augenblick lang musterte ich sein stumpfes Gesicht, die durchgehenden Brauen, von einer Schläfe zur anderen, seine Augen, deren Farbe ich noch nie hatte benennen können.

»Und bei dir? Wie war dein Tag?«

Er umklammerte das Messer mit der Faust, zuckte die Schultern. »Sie kalben.«

Sie kalben, das war's, mehr sagte er nicht. Nicht nötig, er wusste, dass ich Bescheid wusste. Weil ich den Beruf kannte, als wär ich selber Bäuerin, seit meiner Kindheit gab das den Takt vor. Kalben, das hiess, er schlief kaum, verbrachte die meiste Zeit im Stall und behielt die Kühe im Auge, reinigte die Krippen, schüttete Heu auf. Ab und zu fuhr er ins Tal, traf sich mit Kunden und regelte technische Probleme. Es war eine harte Zeit für ihn. Daher, nein, er musste nicht viel mehr sagen, damit ich verstand. Fürs Gespräch allerdings, für mich, für uns, wär es nicht schlecht gewesen. Nach dem Essen wischte er sich den Mund ab, legte die Serviette hin, stand auf und stellte seinen Teller in die Spüle.

»Ich mach mal weiter«, sagte er leise. »Hab noch Papierkram.«

Dann ging er hinaus und ins Büro, das er sich im Keller eingerichtet hatte, man musste aussen rumgehen. Dort füllte er Formulare aus und erstellte am Computer seine Bilanzen. Ich blieb sitzen, starrte die Wohnzimmerwand an, die gerahmten Fotos meiner Neffen am Strand, ganz allein mit der Stille, die mir viel zu vertraut geworden war.

Michel und ich sprachen nur noch über Organisatorisches in Haus und Hof. Und ich muss zugeben, dass mir das in letzter Zeit entgegenkam. Vor allem an dem Abend. Weil ich in Gedanken war, ach, eigentlich wie besessen, nennen wir es ruhig beim Namen. Nicht wegen Évelyne Ducat und ihrem Verschwinden wie Éliane und alle anderen aus dem Tal. Nein, seit dem Vortag dachte ich nur an eins: an Joseph in seinem Haus drüben auf dem Causse*.

Joseph, in den ich mich mit der Zeit verliebt hatte.

Joseph, der mich nicht mehr wollte.

Und ich dachte nicht mal im Traum daran, dass mein Liebhaber in die Geschichte verwickelt sein könnte, die sie im Fernsehen brachten.

Joseph hätte einfach ein ganz normales Mitglied der Agrargenossenschaft sein können, einer von denen aus meinem Sektor, die ich täglich besuchte. Das ist unser Job, meiner, Élianes und der von drei anderen. Fünf Sozialarbeiterinnen für viertausend Bauern, wir fahren die Höfe der Gegend ab und treffen uns mit denen, die kaum

---

* Bezeichnung für die Kalkplateaus im französischen Zentralmassiv.
(alle Anmerkungen von der Übersetzerin)

noch jemand besucht, sagen ihnen Nein, ihr seid nicht alleine, ihr habt Rechte, es gibt finanzielle Unterstützung für Haushaltshilfen oder jemanden, der sich wenigstens mal eine Woche im August um die Herde kümmert. Niemand kann sich vorstellen, was in diesen Betrieben los ist, wohin sich sonst nur noch beruflich jemand verirrt. Wir dagegen wissen mehr, als uns lieb ist. Erfolgreiche, junge Landwirte, die sich niederlassen, Neuerungen einführen, Arbeitsplätze schaffen und sich auch im Internet präsentieren, die dem Beruf alle Ehre machen, ja, die gibt es, an die denken wir manchmal, um uns Mut zu machen. Aber sehen tun wir die nicht.

Was wir sehen, sind zerrüttete Familien, Beziehungen, die in die Brüche gehen, weil Madame ein Kind will, Monsieur dagegen einen neuen Stall; Männer, die unter der schieren Last der Arbeit in Depressionen versinken, Rentner, die verkümmern, wenn ihre bessere Hälfte gestorben ist und die Söhne in die Stadt fliehen. Und als mich vor zwei Jahren der Bürgermeister einer kleinen Gemeinde angerufen und mir die Lage von Joseph Bonnefille, einem Schafzüchter vom Causse, geschildert hatte, war ich nicht besonders überrascht gewesen.

»Kein schlechter Kerl«, hatte er zu mir gesagt. »Aber seit seine Mutter gestorben ist, geht's ihm nicht gut, wissen Sie. Dieses Jahr hat er kein Heu gemacht, und seine Tiere laufen frei rum.«

Er hatte kein Heu gemacht, die Tiere liefen frei rum. Die Anzeichen trogen nicht, das wusste ich genauso gut wie der Bürgermeister. In solchen Situationen kam der Hilferuf oft von aussen, von Kindern, Kommunalpolitikern, Nachbarn. Nie im Leben hätte Joseph sich von sich aus gemeldet.

An einem trockenen, heissen Sommermorgen machte ich mich daher auf den Weg zum Causse, ohne zu wissen, dass hier etwas seinen Anfang nahm, was mein Leben auf den Kopf stellen würde. Ich weiss noch genau, ich fuhr durch die Stadt, zum oberen Ortseingang, und auf den Serpentinen, die sich zum Steilhang emporschraubten, schaltete ich in den zweiten Gang. Mir klebte schon die Bluse am Rücken, ich kurbelte die Fenster runter, damit ein bisschen Fahrtwind reinkam. Nach und nach erhaschte ich Blicke auf die Täler zu meiner Rechten, eingepfercht zwischen bewaldeten Hängen, auf denen der Schatten der Bergkämme vorbeiflog. Als ich höher kam, erahnte ich im Süden von ferne Dörfer, die sich an die Hänge klammerten. Und auf der anderen Seite lagen die sanfte Silhouette meiner Berge und ein paar ausgefranste Wölkchen, die den Gipfel zu suchen schienen wie ein Lamm das Mutterschaf.

In den Kurven schaltete ich runter, sobald es geradeaus ging, beschleunigte ich. Und kam zu den grauen Felswänden des Causse, die schrägen Strahlen der aufsteigenden Sonne blendeten mich. Mit einem Mal ging es nicht mehr so steil, ich war auf dem Plateau, dieser riesigen, ebenen Insel, die in den Sommerhimmel hineinragte, als ob der gar nicht richtig dazugehörte. Über mir strichen drei Geier durchs Blau, die riesigen Schwingen reglos im Höhenwind. Ich nahm Strassen, die sich durch die Steppen schlängelten, um mich herum gelbliches Gras, blasse Einfriedungen und Steinmäuerchen, die das Land in Parzellen teilten. Unterwegs begegnete mir ein Schafzüchter mit seiner Herde auf der Trift, ein aufgeregter Hund und ein brauner Esel bildeten die Nachhut.

Am Dorfeingang stand ein massives Kreuz, aus dem weissen Gestein des Plateaus gehauen, zur Erinnerung, dass man sich hier auf katholischem Boden befand. Ich fuhr an vier Häusern mit geschlossenen Fensterläden vorbei, dann tauchte hinter ein paar Felsblöcken das Bauernhaus auf. Typisch für die Gegend, aus Kalkstein, schmiegte es sich zum Schutz vor eisigem Wind an einen Hügel. Es war ganz still, geradezu unheimlich, ohne das Auto dicht an der Hauswand hätte man denken können, der Ort wäre verlassen.

Ich parkte im Hof, nahm meine Mappe und stieg die Stufen zur Terrasse hoch. Ich klopfte. Keine Reaktion. Ich klopfte noch mal. Da hörte ich endlich schlurfende Schritte hinter der Holztür, ein Klicken, als der Schnapper aufsprang. Quietschend ging die Tür auf. Und durch den Spalt erhaschte ich einen ersten Blick auf den lädierten Mann, der einmal mein Liebhaber werden sollte, sah die ausgebeulte Jeans, das bekleckerte graue Hemd, das zerstrubbelte Haar. Aber vor allem sah ich das Jagdgewehr, das er mit beiden Händen quer vor sich hielt, als wollte er mir den Zutritt verweigern. Netter Empfang, dachte ich.

Trotzdem hatte ich keine Angst. Nein, wirklich, ich hatte nie den Eindruck, er wäre gefährlich, vielleicht war das auch der Fehler, wenn ich so drüber nachdenke. Ausserdem war ich natürlich solche Typen gewöhnt. Aber vor allem fühlte ich mich sicher, weil ich über den Gewehrlauf hinweg sofort gesehen hatte, dass da mehr Verzweiflung als Aggressivität war. Die dunklen Augen unter den gerunzelten Brauen blickten ebenso verloren wie dieses lebensleere Haus. Ich hörte seinen Hund, der sehen wollte, was los war, drinnen herumtänzeln.

Er musterte mich wortlos von Kopf bis Fuss. Ich stellte mich vor, sagte ganz klar, wer ich war, warum ich hier war. Ein paar Worte, die erfahrungsgemäss beruhigend wirkten: Ich wollte sichergehen, dass alles in Ordnung war, vielleicht konnte ich helfen, aber nur, wenn er wollte, Na, wie wär das? Es dauerte eine Weile, er war misstrauisch, umklammerte fest sein Gewehr. Aber ich ahnte, dass ich zu ihm durchdrang, als seine gerunzelte Stirn sich entspannte, seine Züge allmählich weicher wurden und unter dem schwarzweissen Bart ein beinahe kindliches Gesicht offenbarten. Schliesslich warf er einen Blick hinter sich, liess das Gewehr sinken und sagte mit einer Stimme, die wohl seit Ewigkeiten nicht benutzt worden war: »Kommen Sie rein.«

Für mich war das der Anfang. Da betrat ich seine Welt.

Er wohnte allein in seinem Haus auf dem Plateau, keine Frau, keine Eltern mehr, immer weniger alte Schulfreunde im Departement, nur sein Hund, der um ihn rumscharwenzelte, und zweihundertvierzig Schafe, die er gerade so versorgte. Er war der einzige ganzjährige Bewohner der kleinen Häuseransammlung in der Steppe, sonst nur noch Ferienhäuser. Ich ging in seine Küche, die gleichzeitig das Esszimmer war, kalter Steinfussboden, Gewölbedecke. Über der Spüle schmutzig gelbe Fliesen. An der hinteren Wand stand ein Kaminherd, aber nicht so ein moderner wie in den Häusern der Städter, die sich noch immer gern bei uns niederlassen. Nein, ein Relikt aus der noch ganz frischen Vergangenheit, in der Mutter Bonnefille den Haushalt führte und ihrem alleinstehenden Sohn jeden Abend den Teller füllte. Rechts stand eine wuchtige Kommode, am oberen Rand steckten mehrere Ansichtskarten aus Lourdes. Von den Wallfahrten der Mutter, nahm ich an, schon wieder sie. Im Haushalt hatte ich Schlimmeres erwartet, der Hund hatte sich zwar ausgebreitet, aber es war einigermassen aufgeräumt.

Wir sassen uns auf den Bänken des Holztisches gegenüber. Er schob Papiere, Zeitschriften und ungeöffnete Post beiseite, um Platz zu schaffen, wischte mit der Hand die Staubschicht weg. Ich schob die Gummibänder von meiner Mappe, darin war mein Startset: Schnellhefter, Büroklammern, Textmarker.

Mit sorgsam gewählten Worten, damit er nicht zumachte, fing ich an: »Wir gucken mal, wie es mit Ihrer Zusatzkrankenversicherung aussieht, o. k.?«

Er sagte O.k., und in seiner Stimme schwang eine riesengrosse Erwartung, die Hoffnung, dass ich ihn vor einer Art Schiffbruch rettete, in den er samt seinem Hof geraten war. Also machten wir uns an die Arbeit. Er holte stapelweise Post aus einem Schrank, seit Monaten angesammelt, wir sortierten alles. Wir sprachen über die Zusatzversicherung, eine Begutachtung durch einen Agrartechniker für eine Zwischenbilanz seiner Schafzucht, sogar über soziale Mindestsicherung, falls seine Einkünfte zu niedrig werden sollten. Wir füllten Formulare aus. Hauptsächlich bestritt ich das Gespräch, er stimmte zu, ging mit, nickte, kratzte sich den Stoppelbart oder warf etwas ein, Hm, stimmt oder Nein, hab ich nicht.

Und ganz allmählich erahnte ich zwischen all dem Verwaltungsjargon, wie wohl sein Leben aussah.

Ich hab Erfahrung in dem Beruf, mach ihn auch ganz gut. Ich versuche, Lösungen zu finden und zuzuhören, auch wenn ich manchmal zu viel rede. Und wenn man einen Betrieb, der den Bach runtergeht, wieder auf die Beine bringen will, braucht das Zeit. Normalerweise zwei Jahre. Bei Joseph lagen wir im Durchschnitt.

In den ersten Monaten fuhr ich oft hin, erledigte einen Grossteil des Papierkrams. Manchmal stellte ich sogar, je nach Jahreszeit, ein paar fachliche Fragen, als Hilfe. Haben Sie schon Stroh für den Winter gekauft? Haben Sie die neugeborenen Lämmer gemeldet? Er war nicht gesprächig, manchmal sass er stumm vor mir, kramte sichtlich nach etwas, was er mir erzählen konnte seit dem letzten Besuch. Also überbrückte ich, dachte mir Gesprächsthemen aus, hielt Monologe in die Leere hinein, und er hörte zu, im Mundwinkel so etwas wie ein Lächeln. Einmal gestand er mir schulterzuckend: »Tja, ich weiss nur, wie man mit Schafen redet. Und dem Hund.«

Er meinte es wohl als Entschuldigung. Dabei sah ich etwas anderes. Auf seine Weise, schüchtern und zögerlich, scheibchenweise, konnte er manchmal von sich erzählen. Ich war wahrscheinlich auch die Einzige, der er persönlichere Dinge sagte, jetzt, wo seine Mutter nicht mehr war. Mit allen anderen, dem Tierarzt, den Lieferanten, gab es nur ein Thema: seine Schafe, Gewicht, Krankheiten, Preise, das Fleisch.

Wenn ich zu ihm kam, merkte ich natürlich, dass er sich Mühe gab, sich ein bisschen rausputzte für mich, versuchte, das Haus vom Hund zurückzuerobern. Er war nett zu mir, ab und zu hatte ich sogar den Eindruck, er wagte einen kleinen Scherz, der etwas hinkte und rührend war, wegen der guten Absicht. Damals fühlte ich mich, glaub ich, nicht zu ihm hingezogen, dafür fehlte es ihm an Schwung, muss ich sagen.

Aber ich hatte ihn gern.

Mir gefielen seine kleinen Aufmerksamkeiten, als wäre es ein Ereignis, in diesem abgelegenen Haus eine Frau zu empfangen. Ich war wichtig. Aber für ihn empfand ich vor allem Mitleid. Ich fand es so schade, dieser einsame Bauer, der allein lebte, weil er keine gefunden hatte, die das Schafzüchterleben mit ihm teilen wollte. Denn ich merkte es ganz genau: Auch wenn meine Arbeit schliesslich Früchte trug, er allmählich aus dem Schlamassel rausfand, seinen Viehbestand wieder im Griff hatte; nie verschwand der Schmerz, der in seinen Augen brannte.

Joseph war ein Mann, den die Einsamkeit kaputtgemacht hatte. Er litt an einem bekannten Übel: Depressionen. Einmal wagte ich es, schlug einen Besuch beim Psychologen vor.

Er machte sofort zu, sagte: »Bin doch nicht verrückt.«

Also spielte ich die Psychologin, ganz ohne Diplom. Und vielleicht gefiel mir die Rolle auch irgendwie.

Nach einem Jahr, nach all den häppchenweise bei meinen Besuchen gewährten Satzfetzen, hatte ich das Gefühl, ihn zu kennen. Vielleicht sogar unter den Lebenden die zu sein, die ihn am besten kannte. Und egal wie oft ich es durchspiele, nie sah ich bei ihm Anzeichen von dem, was er dann tun würde. Das heisst, von dem ich glaube, dass er's getan hat.

Und natürlich hörte ich aus seinem Mund nie den Namen Évelyne Ducat.

Ich denke manchmal noch an meine Ehe, daran, wie es vor dem Ganzen war. Und es tut mir leid. Ja, trotz allem tut's mir leid, jetzt, mit Abstand, denk ich, es ist meine Schuld. Dass Michel heute nicht mehr da ist, ist meine Schuld.

Ich erinnere mich, wie wir uns kennengelernt haben, an den gar nicht so fernen Anfang, als ich ihn schön fand wie einen verirrten Riesen. Den Tag, als er zum ersten Mal einen Fuss auf den Hof setzte, Papa hatte ihn eingestellt, damit er ihm beim Kalben zur Hand ging, in dem Jahr, als sein Ischias zu einem Handicap wurde. Michel war Landarbeiter, gerade erst ins Departement gekommen, aber mit Kühen kannte er sich aus, er war in einer typischen Rindergegend aufgewachsen. Eines Morgens war er einfach aufgetaucht, in einem grünen Overall, der für seine breiten Schultern viel zu klein war, mit verwuschelten Haaren, als käme er gerade aus dem Bett. Er gefiel mir sofort.

Denn geliebt hab ich ihn, meinen Mann, das kann mir keiner vorwerfen. Als wir zusammenzogen, er den Hof übernahm und ich das Haus, waren wir glücklich. Wir hatten Vertrauen in uns, einen Haufen Pläne. Ich wollte diesen Ort zu unserem machen, mir das Dorf zurückerobern, von dem ich immer gedacht hatte, nach dem Studium bin ich weg; wollte Kinder. Michel machte Inventur, welche Maschinen ersetzt werden mussten, sprach davon, Papas Bestand durch bessere Selektion zu veredeln, den Stall zu mechanisieren, um Zeit zu sparen. Wir hofften, Urlaub nehmen zu können, wenigstens im August, allein das wäre schon ein Sieg gewesen. Wir träumten von fernen Reisen, von Afrika. Ja, eines Tages würden wir hinfliegen, redeten wir uns ein. Wir, die hausbackenen Landeier, würden unsere Ängste überwinden, uns der Welt öffnen, Geld und Zeit fände sich dann schon, es war nur eine Frage des Wollens.

Das war es, glaub ich, was uns gefehlt hat. So war Michel, es hat ein bisschen gedauert, bis ich dahinterkam. Ideen hatte er viele, er war ein Träumer, aber mit der Umsetzung haperte es. Er hat den Betrieb nie weiterentwickelt, gab sich damit zufrieden, zu erhalten, was Papa aufgebaut hatte. Manche behaupteten, ich wäre nicht ganz unschuldig, ich würde ihn erdrücken. Mit mir kann man's ja machen. In Wahrheit fehlte es Michel an Ehrgeiz.

Und in all den Monaten, als ich zu Joseph fuhr, lag unsere Liebe im Sterben. Franste aus wie ein altes Wollknäuel. Über unsere Träume als Frischvermählte, Kinder, Reisen, sprachen wir nicht mehr, wir dachten wahrscheinlich nicht mal mehr daran. Am Esstisch redete ich ins Leere, und Michel sprach immer weniger. Ich erkannte meinen schönen Aufschneider von früher kaum wieder. Dabei wirkte er nicht unglücklich, an manchen Tagen sah er sogar richtig beschwingt aus, aber er war ganz woanders, in Gedanken bei seinen Kühen und der Zucht. In seiner Welt, in der ich, so schien es, keinen Platz mehr hatte.

Trennung, daran hab ich ab und zu gedacht. Bei einem normalen Paar wäre es wohl auch irgendwann dazu gekommen, eines Tages hätten wir gemeinsam festgestellt, dass wir uns geirrt hatten, jeder wäre seiner Wege gegangen und fertig. Aber das war ja unmöglich, ich hatte mich auf etwas eingelassen, was sich nicht rückgängig machen liess. Und jeden Sonntag wurde ich rituell daran erinnert, falls ich es mal vergessen sollte.

Nach dem Mittagessen stieg ich ins Auto und brauste den Berg hinunter zum Altersheim in dem einsamen Dorf an der Klamm, wo Papa seinen Lebensabend verbrachte, für zweitausend Euro im Monat. Ich stieg die Stufen des modernen Gebäudes hoch, betrat sein Zimmer und fand ihn jedes Mal am selben Platz, in seinem elektrisch verstellbaren Sessel am Fenster, die Schirmmütze fest mit den Stirnfurchen verschraubt. Wenn er mich sah, machte er ein Gesicht, das eher Wurde auch Zeit ausdrückte als Schön, dass du mich besuchen kommst, meine Liebe. Ich gab ihm einen Kuss auf die Wange, setzte mich, fragte, wie es ihm ging. Als ehemaliger Bauer hier sein Leben zu fristen war eine Prüfung, das wusste ich, also liess ich ihn seine Kritik an den Mahlzeiten loswerden, Ja, Papa, ich weiss. Ich erzählte ihm von meiner Woche, meiner Arbeit, deren Nutzen er nie begriffen hat, So was brauchten wir damals nicht ...

Und sobald alle seichten Themen abgehakt waren, räusperte er sich bedeutungsschwer, versenkte den Blick seiner grauen Augen in meinem und sagte mit seiner Raucherstimme: »Gut ... Und ... und der Hof? Kommt Michel zurecht?«

Dann erfüllte jedes Mal Stille sein kleines Zimmer. Der Brugier-Hof, wie die Leute ihn noch immer nannten, war sein einziges Anliegen. Bis zur Besessenheit. Sein Leben lang hatte er konsolidiert, was sein Vater ihm hinterlassen hatte. Die Herde aufstocken, seine fünfzig Mutterkühe, deren Gesundheit wichtiger war als seine eigene. Den Hof erweitern, das Anwesen vergrössern, Land zwischen den eigenen Parzellen dazukaufen, alles um die Wirtschaftsgebäude herum, für leichteres Umstallen. Und natürlich etwas höhere Betriebsprämien kassieren, die nach Fläche vergeben wurden und die kleineren Betriebe kaputtgemacht hatten.

Land, Papa hätte sein Leben gegeben für ein günstig gelegenes Stück Land. Ich seh noch seinen ernsten Blick unter der Baskenmütze, wenn er vom Strassenrand aus die Parzellen eines Nachbarn musterte, der Gerüchten zufolge bald sterben würde. Sein zufriedenes Lächeln, wenn er ein gutes Geschäft gemacht hatte. Und seine zerknirschte Miene, Zigarette im Mundwinkel, wenn er sich über einen Patzer ärgerte, Verflucht, das hätt ich kaufen sollen.

Aber vor allem erinnere ich mich an seine Worte, einige Monate bevor er in Rente ging. Er thronte oben auf dem Hang vom Hof und hatte mit herrschaftlicher Geste deklamiert: »Guck mal, Alice. Alles, was du hier siehst, gehört jetzt uns. Jetzt kann ich ruhigen Gewissens ins Altersheim, verstanden?«

Er hatte seinen Traum wahr gemacht, wollte er mir damit sagen.

Aber da schwang noch etwas anderes mit, ein Unterton, das hatte ich genau herausgehört an dem Tag. Eine Erinnerung, wie wichtig es war, dass der Betrieb weiterlief. Und damit auch meine Ehe. Mit einem Sohn, der sich sehr früh der Mechanik zugewandt hatte, und einer Tochter, die sich mehr für Menschen als für Tiere interessierte, hatte Papa lange den schmerzlichen Moment gefürchtet, wo er das Familienerbe einem fremden Aufkäufer abtreten oder, noch schlimmer, stückchenweise würde verkaufen müssen, vergeudet wie Konfetti, das der Wind über den Bergen verstreut. Michel bedeutete für ihn deshalb mehr als die Freude, seine Tochter verliebt zu sehen. Er war die Rettung.

Der unverhoffte Schwiegersohn rettete den Brugier-Hof vor der Zerstückelung.

Und ich, ich steckte bis zum Hals mit drin. In der Falle. Über Trennung nachdenken hiesse, die Familienzerstörung zu planen.

Und Mamans Andenken zu beschmutzen, denn auch sie hatte diese Ehe als Segen betrachtet.

Was mich letztendlich aus der Bahn warf, der Auslöser, das war wahrscheinlich Popeyes Selbstmord. Das hatte uns schon alle erschüttert.

Popeye war einer von Élianes Klienten, ein Milchbauer im Norden des Departements. Ich hatte ihm diesen Spitznamen verpasst, weil er stets die Pfeife im Mundwinkel hatte. Damals fanden wir das witzig, meine Kolleginnen und ich. Wir wollen schliesslich auch mal was zu lachen haben. Wir konnten ja nicht ahnen, was passieren würde. So.

Er war dreiundvierzig, seit vier Jahren geschieden, wir konnten uns denken, warum. Seither lebte er allein, ein bisschen mit seinen Eltern, die im Nachbarhaus wohnten, vor allem aber mit seinen Kühen. Er hatte Schwierigkeiten mit seinem Milchviehbestand. Der Vater hatte in der Vergangenheit viel investiert, sich zu stark vergrössert, der kleine Familienbetrieb war zu einem Unternehmen geworden, es galt, den Umsatz zu kontrollieren, Lieferanten wollten bezahlt, Maschinen abbezahlt werden. Die Last war zu gross für einen einzelnen Mann. Im Grunde hatten die Behörden ihm nur den Gnadenstoss versetzt. Bei einem Kontrollbesuch stellten die Beamten fest, dass er zu viel Grünland angegeben hatte. Vielleicht absichtlich, jetzt, wo die Landwirte so auf die EU angewiesen sind, weil ein grosser Teil ihres Umsatzes von Direktzahlungen abhängt, muss man sich nicht wundern, wenn manche den Bogen überspannen. Aber vielleicht hatte Popeye sich nur vertan, hatte die Verbuschung auf manchen Parzellen überschätzt. War eigentlich auch egal. Jedenfalls hatte der Staat einen Teil der Grünlandprämie zurückverlangt, mit Rückzahlungen für die letzten drei Jahre. Es war gar nicht so viel, ein paar tausend Euro, den Experten zufolge hätte er es verkraftet. Aber es gibt etwas, womit die Buchhalter nicht rechnen, und das ist die Scham, die tief drinnen in einem Menschen leise wächst. Und das war dann zu viel gewesen. Der Tierarzt hatte ihn eines Morgens im Melkstand gefunden, umgeben von seinen Kühen, die klagend muhten, weil man sie nicht in den Stall zurückgebracht hatte.

Popeye hatte sich an einem Balken erhängt.

Ich bin dann auf seine Beerdigung, Éliane konnte das nicht. Da sass ich nun in meinem engen Rock und Absatzschuhen auf einer polierten Holzbank in der Kirche aus Granit, inmitten der kleinen Menschenmenge, alle schockiert über den Selbstmord des Bauern. In den ersten Reihen sass die Familie, Brüder oder Cousins, die sowohl nach Worten als auch nach einer Erklärung für Popeyes Tat suchten. Dahinter sassen die Leute aus dem Dorf, der Bürgermeister, die Ladenbesitzer, die, die mit ihm zur Schule gegangen waren, damals, als es ihn mit Stolz erfüllte, wenn er beim abendlichen Melken helfen durfte. Und hinten sassen wir. Wir, die Aussenstehenden, die diskreten Behörden, wir, die wir ihn so wenig kannten. Einfach aus Solidarität mit der Landwirtschaft, die den Tod eines der Ihren verwinden musste. Aufrichtig und gleichgültig zugleich.

Dort, als ich sah, wie der Priester am Ende des Kirchenschiffs seine Gebete abspulte, dort wirbelte in meinem Kopf alles durcheinander. Als ob ich auf einmal Bilanz zog, die Bilanz meines Lebens und der Welt um mich herum. Ich dachte an diesen Beruf, an unsere erbärmliche Armee Sozialarbeiterinnen, wie wir mit notdürftigen Mitteln und gutem Willen Situationen in Ordnung bringen, denen wir nicht gewachsen sind. Ich dachte an all die Popeyes, denen wir täglich begegneten, unfreiwillige Junggesellen, zu stolz für Hilferufe, wenn ein Unglück sie traf. Ich dachte an meine angeschlagene Ehe, an Michel, der mit einer Frau an seiner Seite gesegnet war, aber nichts tat, um unsere Liebe am Leben zu erhalten.

Dann dachte ich an Joseph und seine kleinen Aufmerksamkeiten, das winzige Lächeln, wenn mein Palaver ihn für einen kurzen Moment von seiner Lage ablenkte. Und mir wurde klar, dass ich etwas empfand, wenn ich an ihn dachte. Zärtlichkeit.

Ja, das tat mir gut.

Am Tag nach der Beerdigung fuhr ich hoch zum Causse, eine vage Idee spukte mir durch den Kopf. In jeder Kurve fragte ich mich, ob ich das wirklich durchziehen würde, und sagte mir Du hast sie doch nicht mehr alle, Mädel. Ich fuhr an frisch gemähten Getreideparzellen vorbei und sah Josephs Hof hinter grünlichen, von welken Flechten bedeckten Kalkblöcken auftauchen. Ich stellte das Auto ab und nahm die Stufen. All das ähnelte der Routine, die ich bei jedem Besuch abspulte.

Ich klopfte an die Tür und wünschte mir einen Moment lang, er wäre nicht da. Mein Herz schlug plötzlich schneller, als müsste ich auf der Bühne vor dreihundert Leuten eine Rede halten. Es dauerte ein paar Sekunden, bis er mir aufmachte, ich dachte schon Vergiss es, er ist im Schafstall, fahr wieder. Aber er war da. Die offene Tür gab den Blick auf seine gedrungene Gestalt frei, und er sagte mir leise lächelnd guten Tag. Sein Hemd war gebügelt. Er streckte die Hand aus, ich auch, und ich spürte die raue Haut seiner Handfläche auf meiner. Ich ging hinter ihm her ins Haus und drückte meine Mappe fest gegen die Brust wie einen kleinen Schild. Ich holte Papiere raus, wir mussten Formulare ausfüllen, damit er über

Weihnachten einen Landarbeiter einstellen und seinen Onkel besuchen konnte, der hundert Kilometer entfernt wohnte.

Ich war mir unsicher, das merkte ich, als ich anfing. Ich sass neben ihm, spürte ganz nah seinen Atem. Ich wartete auf den richtigen Moment, ich wollte es, und gleichzeitig machte es mir Angst. Ich hatte das noch nie getan, meinen Mann betrügen, ich bin nicht so eine. Ich schluckte, es war wie Sand.

Und dann tat ich es einfach.

Als er sich zu mir drehte, presste ich meine Lippen auf seinen Mund und küsste ihn. Ja, einfach so, ohne nachzudenken, ich küsste diesen Mann, den ich seit Monaten betreute, seit damals, als er ganz unten war, und der sich gerade erst wieder hochrappelte. Zuerst fuhr er zurück, er starrte mich an, einen Haufen Fragezeichen im Gesicht, in den weit wie nie aufgerissenen Augen, den plötzlich gerunzelten Brauen, auf dem noch kussfeuchten Mund.

Er stammelte. »Was machen Sie ...«

Ich küsste ihn noch mal, damit er still war. Um ihm zu zeigen, dass ich es nicht bereute, immer noch wollte. Diesmal liess er es zu, schloss die Augen, als koste er von einer Frucht, die ihn an eine längst vergangene Zeit erinnerte, als er glücklich gewesen war.

An dem Tag war es nicht so berauschend, als wir miteinander schliefen. Ich übernahm die Führung, von vorne bis hinten. Ich knöpfte sein Karohemd auf, half ihm aus den Sachen. Sein Körper war so, wie ich ihn mir vorgestellt hatte, kräftig, gebräunt, dichte graue Haare auf der Brust, eine gerade Linie bis in die verwaschene

Unterhose hinein. Ich hatte seinen Geruch gefürchtet, angenommen, dass er die Hygiene schleifen liess, tat er aber nicht. Er roch nach Schaf, klar, er hatte sich um seine Tiere gekümmert, kurz bevor ich kam, aber den Geruch kannte ich so gut, dass ich ihn nicht mehr wahrnahm. Ich führte ihn mit ruhigen Bewegungen an mich heran. Ich streichelte sein Geschlecht, damit er sich entspannte, sein Blick wanderte erregt über meine zu blasse Haut, von tausend stummen Empfindungen durchzogen. Und als er in mich eindrang, sah ich zu ihm auf und lächelte.

Nicht dass er sich besonders geschickt anstellte, er war ein bisschen grob, klar, sein letztes Mal war lange her. Trotzdem gefiel es mir. Ja, es gefiel mir, mich so begehrt zu fühlen, ich sah in ihm, was ich schon lange nicht mehr in Michel sah. Das tat mir gut, wieder ein bisschen aufleben. Er wich meinem Blick aus, verdattert, was da gerade passierte, über den Moment, den er seinem Alltag abgeluchst hatte, seiner Herde, die auf dem Causse wartete, während er sich mit mir auf dem Sofa wiederfand, in diesem riesigen Raum, der alles von ihm wusste. Er kam mit geschlossenen Augen.

Und sein genüsslich verzogenes Gesicht ging mir den ganzen Tag nicht aus dem Kopf, als ich meine anderen Klienten besuchte, über die steinigen Grasflächen des Causse von einer Familie zur anderen fuhr.

Du hast deinen Mann betrogen, dachte ich unablässig, Du hast deinen Mann betrogen.

Und ich wusste nicht, ob ich mich schämte oder freute.

Joseph wurde also mein Liebhaber. Ungefähr alle zwei Wochen fuhr ich zu ihm, und wir liebten uns, so wie beim ersten Mal, in seinem Wohnzimmer. Er sagte fast nichts, sah mich nicht an. Er hat mich nie vom Hocker gerissen, kein siebter Himmel, kein Feuerwerk, nichts von alldem. Da machte ich mir auch gar keine Illusionen, das war es nicht, was ich suchte. Ehrlich gesagt, komm ich am besten alleine zum Höhepunkt. So. Ich werd das jetzt hier nicht auswalzen. Trotzdem genoss ich es, ja, ich schlief gerne mit ihm, spürte ihn gerne Haut an Haut. Und mir gefiel das Verbotene unserer Beziehung, von der niemand wusste.

Mir kam es vor, als machte ich irgendwie was Verrücktes. Klar, es gibt schlimmere Verrücktheiten, aber für mich war das schon viel. Es hatte zweiundvierzig Jahre gedauert, damit ich mich wie der Teenager verhielt, der ich damals nie gewesen war. Wenn ich über den Causse fuhr, sah ich von weitem den Hof, neben den anderen leeren Häusern, fragte mich, was da wohl gerade los war, was Joseph machte. Die Tage wurden kürzer, je näher wir dem Herbst kamen, am späten Nachmittag streiften die Sonnenstrahlen den Boden und verscheuchten das bisschen Relief auf dem Causse, Mäuerchen, Dolinen, die weichen Erhebungen der Parzellen. Der Wind wurde frischer und bog das nach der Mahd nachgewachsene Gras um. Die Schafe genossen die letzten Wochen im Freien.

Zu Hause sprachen Michel und ich immer weniger miteinander. Herbst, das hiess für ihn Jagen, die eine Zeit im Jahr, wo der Betrieb ihm das kleine Vergnügen liess, das er mit ein paar anderen aus dem Ort teilte. Dann muss man die Tiere nur im Auge behalten, in Gruppen teilen, sie von den höher gelegenen Weiden holen, näher zu den Ställen, wo sie den Winter verbringen. Natürlich gibt es auch Arbeit in der Scheune, ein Heuvorrat muss angelegt werden, damit es bis zum Frühjahr reicht, man muss Stroh kaufen, die Ballen stapeln, die Anlagen überprüfen und reparieren. Aber im Allgemeinen ist es ruhiger, vor allem nach der Mahd, in dem Jahr war sie durch eine Panne an der Heupresse erschwert worden. Also genoss er die Jagdsaison. Ich sah ihn selten, er kam spät nach Hause, wirkte müde, aber zufrieden mit seinem Tag. Wir redeten kaum, selbst ich suchte nach Worten, irgendwas, das ich ihm erzählen konnte, damit ihm nichts auffiel an mir. Allerdings hätte er ja nicht im Traum meine Beziehung zu Joseph erraten, ich hätte es ihm direkt ins Gesicht sagen können, er hätte nichts mitbekommen.

In dieser ganzen Zeit hatte ich nie das Gefühl, die Kontrolle zu verlieren, Joseph unterlegen zu sein. Ich glaubte, dass eher er mich brauchte als umgekehrt, und wenn ich mit ihm schlief, dann vor allem aus Mitleid. Ich hatte Joseph so gut wie möglich geholfen, indem ich meine Arbeit tat, und es ging ihm ja auch schon viel besser als am Anfang. Aber es brachte nichts, ich klebte hier und da ein paar Pflaster drauf, dabei war seine Wunde gewaltig. Am Herzen, dort blutete es, blutete regelrecht aus. Na ja, und so bekam nun wenigstens einer seine Dosis menschlicher Wärme, konnte ein bisschen besser schlafen.

Ja, ich redete mir ein, dass ich es für ihn machte.

Der Winter kam, die Feiertage gingen vorbei.

Und dann kam der 19. Januar, wo plötzlich alles stillstand.

Ich fuhr über die Schluchten zum Causse rauf, das war vernünftiger. Ich betrachtete die Felswände, die am eisig klaren Fluss aufragten, und sie kamen mir düsterer vor als sonst. Das Gestein war schroff und schwarz, richtig furchterregend. Ich fuhr über die Steinbrücke, durch das verschlafene, an den Hang geschmiegte Dorf und zuckelte im Schritttempo zum Causse hoch, während der Schluchtengrund sich im grauen Dunst verlor. Nur dass eigentlich ich es war, die in den Nebel dort oben eintauchte.

Es war wie eine weisse Wüste. Hier lag ordentlich Schnee, gute dreissig Zentimeter verschmolzen wie ein riesiger Teppich mit der Oberfläche. Und es pfiff, es pfiff wie noch nie um die Scheiben meines Dacia. Nordwestwind, stellte ich fest. Der kälteste Wind von allen. Nicht ein Schaf war mehr draussen. Ich fuhr um den Bonnefille-Hof herum und parkte so nah wie möglich bei den Stufen. Ich zog den Reissverschluss bis zum Kinn hoch, knöpfte den Mantel bis oben hin zu, dann hielt ich meinen Kragen fest und schob mich nach draussen. Ich hämmerte mit den Fäusten an die Tür, und während ich auf Joseph wartete, trat ich mir an der Hauswand den fest gewordenen Schnee von den Stiefeln. Ich hatte es eilig, ins Haus zu kommen, rieb mir die Hände. Aber er machte nicht auf, also klopfte ich noch mal und versuchte, die Tür aufzudrücken. Sie war verriegelt. Ich trat ein paar Schritte zurück, vielleicht sah ich was oben am Fenster.

Ich rief: »Joseph!«

Aber meine Stimme verlor sich im Winterwind. Dabei wusste Joseph, dass ich heute kommen wollte, mein letzter Besuch lag zwar zwei Wochen zurück, aber wir hatten einen Tag ausgemacht. Oder besser gesagt, ich hatte ihn ausgemacht. Ich war sofort beunruhigt, dachte Na bitte, ihm ist was passiert. Wenn man so ganz allein auf dem Causse lebte, brauchte man sich nicht zu wundern. Und ich war sauer auf mich, dachte, das ist meine Schuld.

»Joseph!«

Ich stieg die Stufen wieder runter und ging ums Haus rum. Die hinteren Fenster, eingelassen in dicke graue Steinbögen, waren verrammelt. Geschützt unter einem verschneiten Blechdach lag der Holzvorrat für den Winter. Ich schaute mich um, ein Haufen Fragen schoss mir durch den Kopf, und ungebeten tauchten immer wieder Bilder seines Selbstmords auf, er, den ich doch eigentlich gerettet hatte; als wäre das die einzig mögliche Erklärung für sein Verschwinden.

Und plötzlich hörte ich ein Geräusch und fuhr herum.

Das Blöken der Schafe im Stall. Er stand hundert Meter weiter. Ich stapfte den Weg lang, festgefrorener Schlamm, ich zog meine Kapuze hoch und senkte den Kopf, damit der Wind weniger Angriffsfläche hatte. Bestimmt ist bloss was mit einem Schaf, redete ich mir ein und beschleunigte meine Schritte. Dann stand ich vor dem Stall, die Schiebetür war bis zum Anschlag zugeschoben und verschlossen. Hinter den Metallwänden blökten die Tiere um die Wette.

»Joseph!«

Ich wollte die Tür aufschieben, hämmerte dagegen.

»Joseph!!«

Und endlich glitt das Metall geräuschvoll zur Seite. Die grosse Tür ging ein Stück auf, Schnee fiel herunter. Und im Türspalt erschien Josephs Kopf, er sah alles andere als begeistert aus. Er war in eine dicke Fleecejacke eingepackt, an der Heuhalme hingen, seine Züge waren verschlossen, die Lippen zusammengepresst. Eigentlich erkannte ich ihn kaum.

Er musterte mich aus zusammengekniffenen Augen, zog die Nase hoch.

»Alles o. k.?«, fragte ich.

»Mhm.«

Aber alles an ihm schrie förmlich nein.

»Wir waren verabredet, ich ...«

»Hab zu tun.«

Und weil er merkte, wie barsch das geklungen hatte, schob er ein wenig überzeugendes Tut mir leid hinterher. Wir starrten uns sekundenlang an, ich suchte in seinem Blick, der entschlossen war wie nie, nach einer Erklärung und er ganz offensichtlich nach einem Weg, mich loszuwerden. Da ich mich nicht vom Fleck rührte, die Absätze meiner Winterstiefel fest im weichen Schnee, tat er das, was er am besten konnte: Er schwieg, senkte den Blick und zog noch mal die Nase hoch, obwohl er keinen Schnupfen hatte. Und schweigend schob er langsam die Tür zu. Ich legte den Kopf schief, wollte sehen, was da los war, aber erkannte bloss seinen Heuvorrat, wie Legos aufgestapelte Ballen an der hinteren Wand.

Ich blieb eine ganze Weile so stehen, ganz allein mit meinen Fragen in der Kälte des Causse. Ich hätte am liebsten das Metall mit den Fäusten bearbeitet, aber ich wusste, dass es nichts brachte. Ich hob den Kopf, starrte in den weissen Himmel, aus dem immer noch Flocken wirbelten, der Wind verhinderte, dass sie am Boden landeten. Und ging schliesslich zurück zum Auto, mit einem seltsamen Gefühl, das ich nicht einordnen konnte.

Ich fuhr durch den Nebel, ohne wirklich auf die Strasse oder den weissen Mantel zu achten, der die Hügel des Plateaus bedeckte. Und den ganzen Tag über versuchte ich zu verstehen, was passiert war.

In den darauffolgenden Tagen war das ganze Departement in Aufruhr. Nicht wegen Joseph, der mich nicht mehr sehen wollte, das war meine eigene Geschichte. Sondern weil am nächsten Tag die Meldung kam, dass Évelyne Ducat vermisst wurde. Das Ganze wurde immer grösser, der Schnee hielt sich hartnäckig auf den Höhen und erschwerte die Suche, sagte der Staatsanwalt, er war mehrmals in der Berichterstattung mit seinem übertrieben besorgten Gesichtsausdruck, den er aus der Hauptstadt mitgebracht hatte. In den Zeitungen waren Fotos der Frau, eine grosse, vornehme Blonde, neunundvierzig Jahre, und von ihrem Mann, einem so reichen wie imposanten Geschäftsmann. Die Polizei durchkämmte die Berge, Förster und Jäger machten mit, Freiwillige ebenfalls. Ein Hubschrauber kreiste über dem Tal. Man gehe jedem Hinweis nach, wie es hiess, sie befragten Dorfbewohner, Freunde und Familie, versuchten, mit dem Ehemann die letzten Schritte der Vermissten zu rekonstruieren, ehe sich ihre Spur verlor.

Den Montag darauf fuhr ich in die Täler hinunter. Meine Scheibenwischer peitschten die Schneeflocken, sie fielen aus einem tiefhängenden Himmel, in dem die Felsvorsprünge verschwanden. Auf den bewaldeten Hängen sah man verschwommen die Schneegrenze und unterhalb davon schwarze Wälder. Wie alle anderen bremste ich ab, als ich auf Höhe der beiden Polizeiautos kam, die einfach am Strassenrand standen. Ich fuhr langsam vorbei, dann hielt ich an. Den Polizisten dort, der sich die behandschuhten Hände rieb, den kannte ich. Cédric Vigier hiess er. Er war in einem nahe gelegenen Dorf aufgewachsen, wir kannten uns vom Gymnasium. Ein netter Kerl, ich hatte ihn in guter Erinnerung. Aber ich glaub, bei ihm zu Hause war es damals nicht besonders lustig, sein Vater trank und schlug die Mutter, deshalb war er in die Armee geflüchtet, Ordnung in sein Leben bringen. So. Ich kurbelte meine Scheibe runter, wir grüssten uns. Unter seinem Käppi hatte er ein Kindergesicht, Nase und Wangen ganz rosig. Er und seine beiden Kollegen im blauen Parka wirkten halb erfroren.

»Sucht ihr die vermisste Frau?«

Er hob müde die Brauen. Atemwölkchen umgaben ihn.

»Mhm ... Die Brigade ist an vorderster Front. Können gerne tauschen, wenn du willst, ich hab drei Tage nicht geschlafen.« Er deutete mit dem Kopf zu den Bergkämmen. »Wir gehen die Wanderwege ab, im Fall, sie hat sich da hochgewagt.«

Ich spähte raus: Man sah die Gipfel nicht.

»Ist das nicht ein bisschen weit weg von da, wo sie verschwunden ist?«

»Ich weiss«, seufzte er, als ob er selbst nicht dran glaubte. »Aber wir haben die Suche ausgeweitet. Ihr Mann meinte, sie mochte diese Ecke, deshalb, na ja ...«

»Weil ihr sonst nichts habt?«

»Gar nichts. Nicht die geringste Spur, ihr Handy sendet nicht mehr. Wir sind überall ausgeschwärmt. Und dann macht auch noch die Presse Druck, das fehlt uns gerade noch. Der Fall ist grosser Mist.«

»Kann ich mir vorstellen.«

»Sag mal, arbeitest du immer noch mit den Bauern?«

»Ja. Meine Woche fängt grade an.«

»O. k. Wird wohl Gerede geben. Falls du was hörst, sagst du mir doch Bescheid? Die Bauern wissen immer mehr als wir.«

Ich lächelte, fast tat er mir leid.

Als er resigniert zu seinen Kollegen zurückging, stellte ich mir vor, wie sie in den Wolken verschwanden, da oben auf den Bergkämmen, allein der Gedanke liess mich frösteln. Und ich setzte meinen Weg fort, auf dem Grund des Tals. Ich machte Hausbesuche, die Woche versprach voll zu werden. Und speziell. Meine Klienten interessierten sich brennend für Évelyne Ducats Verschwinden. Alle wollten Detektiv spielen, jeder auf seine Art.

Angefangen beim Ehepaar Duval, sie waren in Rente und weigerten sich, aus ihrem alten Haus auszuziehen, das am Ende eines Weges in einer fast verlassenen Talmulde lag. Dort lebten sie, und dort gedachten sie, gemeinsam zu sterben, es war rührend. Ein paar Monate zuvor hatten sie einen Zuschuss erhalten, um ihr Bad altersgerecht umzubauen. Sie bekamen kaum Besuch, aber wie alle anderen hatten sie einen Fernseher im Wohnzimmer, ihr Tor zur Welt. Sie verfolgten den Fall täglich, das war besser als jede Krimiserie. Und da sie alt waren, erinnerten sich die beiden an die Lehrerinnen, die damals in der *tourmente* umgekommen waren. Als ich kam, mich auf die glatte Bank in der Küche gesetzt hatte, die Madame nur mühsam sauber hielt, war das Thema auf dem Tisch, ehe ich meine Papiere rausholen konnte.

»Damals sprachen unsere Eltern von nichts anderem, von der *tourmente*. Sobald Winter war, durften wir nicht mehr raus, höchstens wenn es nicht anders ging. Wir blieben drinnen und hörten den Wind draussen heulen, als ob er uns böse wäre. Die Eltern wollten nicht mal, dass wir zu den Tieren gingen. Jedes Jahr erzählten sie uns eine neue Geschichte von einem Mann oder einer Frau, die überrascht worden waren, weil sie nicht glaubten, dass man schon nach einem Kilometer zu Fuss draufgehen konnte. Und in dem Jahr, als das passiert ist, als sie die beiden da am Baum gefunden haben, wurde dafür gesorgt, dass wir über alles Bescheid wussten. Damit wir draus lernen, verstehen Sie.«

»Aber heutzutage« – Madame setzte noch eins drauf – »wird von so was ja nicht mehr gesprochen. Die jungen Leute denken, der Winter ist nicht gefährlich, die passen überhaupt nicht mehr auf, auf gar nichts. Und das kommt dann dabei raus.«

Ich mochte die beiden und ihre alten Geschichten, für sie gab es keinen Zweifel, der Winter und die Kälte hatten die Vermisste geholt. Ich hörte ihnen eine ganze Weile zu, ich merkte ja, es gefiel ihnen, dass zur Abwechslung sie mal was zu erzählen hatten. Ich wusste noch nicht, dass es der Anfang einer Serie war.

Heute sagt sich das leicht, aber ich hätte ihnen besser zuhören sollen, meinen Bauern. Ja, wenn ich aufmerksamer zugehört hätte, was sie erzählten, hätte ich es vielleicht eher begriffen. Hätte reagieren können, Cédric Vigier anrufen, wie ich es versprochen hatte. Und verhindern, dass Michel schliesslich in alles hineingeriet. Denn mir erzählten sie Dinge, die sie der Polizei bestimmt verschwiegen. Und dank ihrem Gerede hätte man, alles zusammengenommen, vielleicht irgendwie Évelyne Ducat aufspüren können. Manche kannten sie, waren ihr schon begegnet oder hatten Sachen über sie gehört, Gerüchte. Wie die Geflügelzüchterin am Ortseingang, das war eine richtige Klatschbase.

»Also, wenn Sie mich fragen«, sagte sie der Form halber, es war ihr völlig egal, ob ich fragte, sie wollte einfach reden. »Also, da steckt bestimmt so 'n Schweinkram dahinter!«

»Ach ja?«

Sie zog an ihrer Kippe, seit Jahren dieselbe, wie es schien.

»Ich will Ihnen mal sagen, was das für eine ist, die feine Évelyne Ducat. Da ist nicht nur eitel Sonnenschein. Es heisst ja überall, perfekte Mutter, was Besseres, hat sich schön um die Kinder gekümmert und brav gemalt, wenn ihr Mann durch die Weltgeschichte gereist ist. Im Fernsehen zeigen sie Fotos von ihr, hübsch und strahlend, kann kein Wässerchen trüben, und jünger als fünfzig wirkt sie auch. Aber ich hab Geschichten gehört. Sobald ihr Mann den Rücken dreht, wenn der nach Afrika fährt oder was weiss ich wohin, geht's runter in die grossen Städte, die ist kein Kind von Traurigkeit. Sie wurde da mal gesehen. Scheinbar nicht alleine. Die lässt nichts anbrennen. Aber das ist noch nicht alles.« Sie machte eine Kunstpause. Und dann nickte sie und sagte: »Anscheinend fischt sie auch am anderen Ufer, wenn Sie verstehen, was ich meine.«

Ich tat beeindruckt von so viel geballtem Wissen und ein bisschen schockiert bei ihren Worten. Aber ich kannte meine Pappenheimer, wusste, dass sie viel erzählte, wenn der Tag lang war. Trotzdem, was sich da abzeichnete, irgendwo zwischen Erfundenem und Übertreibungen, war eine Art Porträt der Vermissten und vielleicht gar nicht mal so weit weg von der Realität.

Am meisten zu erzählen, und da hätte ich aufhorchen müssen, hatte der alte Coudat. Er war wirklich wer. Ein alter Mann, bei dem das Wort »alleinstehend« ganz wörtlich zu nehmen war. Er hatte sein Leben allein mit seiner Rinderherde verbracht und wusste, wenn er einmal starb, würde es keinen Nachfolger geben. Darüber machte er sich nicht mal mehr Gedanken, sein Hof würde sowieso den Bach runtergehen, das war unvermeidlich. Der Alte war rührend, voller Melancholie, manchmal sprach er von seinem einsamen Leben, hatte mir gestanden, dass er nie eine Frau berührt hatte. Nie werde ich die herzzerreissenden Worte vergessen, die er einmal halblaut geäussert hatte, kurz nach seinem achtzigsten Geburtstag. Schade, so schade, hatte er gesagt. Und wie er da in dem Sessel kauerte, so uralt wie er selbst, da begann er, der stets achtgegeben, sich zusammengerissen, Haltung bewahrt hatte, wie die Leute es hier eben tun, zu weinen. Ja, er hatte vor mir geweint, jenes Dasein beweint, das ihn so traurig stimmte. Und ich hatte seine Hand genommen, weil ich nicht wusste, was ich sonst machen sollte, dieses eine Mal war ich um Worte verlegen gewesen.

Seither war das unser Geheimnis, es verband uns wie ein unsichtbarer Faden, ein Leben lang, oder zumindest für den Rest seines Lebens. Ich versuchte, zweimal pro Monat vorbeizuschauen, auch grundlos, wenn sich seit dem letzten Treffen nichts getan hatte. Als er von der Vermissten sprach, ging es ihm nicht um Klatsch oder darum, längst vergessene Ängste auszugraben. Es ging ihm um seine Erinnerungen, seine Stimme floss gemächlich dahin, rau und warm zugleich.

»Weisst du, Alice, ich kannte den Mann, von der Frau. Guillaume Ducat, den hab ich als Kleinkind gekannt, bevor er überhaupt laufen konnte. Er hätte Bauer werden können wie wir, war ein schlaues Kerlchen, der hätte das bestimmt gut gemacht. Aber das stand ihm nicht an. Schon in der Schule interessierte ihn nur, wie er die anderen kleinmachen konnte, Macht, Geld, danach kannst du hier lange suchen. Deshalb ist er weg, sobald es ging. Hat Wirtschaft in Paris studiert, manchmal hörte ich was von Kollegen. Ihm ist alles geglückt. Und erst als er hatte, was er wollte, ein Vermögen, eine schöne Frau, Kinder an der Uni, da ist er hierher zurück. Wollte ein bisschen angeben vor uns, verstehst du, so jemand macht keine halben Sachen.«

Er hatte ein Glas Rotwein vor sich, als er in der Wärme seines Hauses erzählte, durch dicke Granitmauern vor dem Winter geschützt. Seine wechselvolle Miene sagte ebenso viel wie seine Worte.

»Ich erinnere mich an die Ducats. Das waren Leute vom Causse, sie hatten ihren Hof da oben, und man sah sie selten auf dem Markt. Der Vater war ungefähr so alt wie ich. Ein ungemütlicher Zeitgenosse, und es hiess, er hätte auf dem Plateau nicht nur Freunde. Es gab Geschichten, anscheinend hat er den Nachbarbauern das Leben schwergemacht. Ist natürlich alles lange her, aber wenn ich was über den Sohn höre, der in der Hauptstadt gewesen ist, dann fällt mir alles wieder ein.«

Ich hörte zu, hörte alles, was er an dem Tag erzählte. Ich hatte gehört, dass Guillaume Ducat vom Causse war, genau wie Joseph, dass er hier vielleicht noch Feinde hatte. Aber das liess mich nicht aufhorchen. Ich sah überhaupt keine Verbindung zwischen meinem Liebhaber und Évelyne Ducat. Joseph kam so gut wie nie raus, wie hätte er da diese Reiche kennen sollen, wo sie nichts gemeinsam hatten? Rückblickend mag das erstaunlich klingen, aber so war's, ich reimte mir nichts zusammen aus den Geschichten, die meine Klienten mir so bereitwillig lieferten.

Das ging eben völlig an mir vorbei.

Und während sich hier alle über Évelyne Ducat ausliessen, sich vorstellten, sie sei erfroren, wegen irgendeiner Bettgeschichte ermordet oder von einem Rivalen ihres Mannes umgebracht worden, spukte mir nur eine einzige Frage im Kopf herum. Warum hatte Joseph von heute auf morgen, ohne irgendeine Erklärung, entschieden, unsere Beziehung zu beenden? Und was ich auch tat, ich wurde sie nicht los.

Zuerst redete ich mir ein, dass ich ihn im falschen Moment erwischt hatte, dass es Probleme mit der Herde gab und deshalb der kühle Empfang letztes Mal. Vielleicht brauchte er ja sogar Hilfe, Unterstützung, immerhin war das mein Job, ich musste wissen, was los war. Also hatte ich irgendwann mittags, als ich mal allein zu Hause war, angerufen. Ich wollte nicht zeigen, dass sein Verhalten mich verletzt hatte, sondern so tun, als würde ich nur so durchklingeln, fragen, was es Neues gab. Aber als ich seine Stimme hörte, erstarrte ich, suchte nach Worten, und ich glaub, das hat man gehört. Ich erkannte ihn nicht wieder, so spröde. Ich stellte Fragen, Was war los? Hatte ich etwas getan, was ihm nicht gefiel? Nichts zu machen, er war verschlossen, fast wie bei unserer ersten Begegnung, als er mich mit dem Gewehr in der Hand empfangen hatte. Er hatte zu tun, das war das Einzige, was er sagte, und ich begriff vor allem, dass er mich nicht mehr sehen wollte. Das ist das Einzige, woran ich mich erinnere.

Ich presste die Lippen zusammen, sah hoch zu der weissen Flurdecke, unter der ich stand. Und vor meinen Augen verschwamm alles vor Tränen. Ich holte tief Luft, um sie zurückzudrängen.

Bei meinen Besuchsrunden kam ich mehrmals an seinem Hof vorbei. Der Schnee schmolz allmählich, die Weiden waren mit weissen Wehen gesprenkelt, die der Wind nachts aufgeschichtet hatte. Ich nahm die Strasse durch die Felder, die mich in den vergangenen Monaten zur Küche gebracht hatte, wo ich mich Joseph hingab. Der Hof tauchte hinter den Kalkblöcken auf, und durch die Windschutzscheibe suchte ich beim Schafstall oder auf den angrenzenden Feldern nach meinem früheren Liebhaber. Manchmal konnte ich von weitem seine gedrungene Gestalt ausmachen, die sich auf den Hügeln abzeichnete. Ich stellte mir vor, wie er Heu einfuhr, Maschinen reparierte oder Gebäude instand setzte, wie alle Bauern zu dieser Jahreszeit, wo das Wetter den Ton angab. Und jedes Mal merkte ich, dass es mich ein bisschen mehr ärgerte. Dass er mir weh tat, wenn er mich so ohne Erklärung oder irgendein Lebenszeichen schmoren liess.

Ja, es tat mir weh, dass ich nicht mehr in das Haus konnte, wo ich meinen Mann betrogen hatte. Ich dachte an all die Augenblicke mit Joseph, daran, was ich alles getan hatte, damit es wieder bergauf ging, durchlebte noch einmal die Momente, als wir uns in der riesigen Küche geliebt hatten. Ich sah vor mir, wie er in mir kam und meinem Blick auswich, wie er mit rauen Händen meine Brüste streichelte, mir den Rücken zudrehte, wenn er sich wieder anzog, von einer plötzlichen Scham befallen, als würde er erst hinterher realisieren, was sich da gerade abgespielt hatte.

Und diese Geschichte, die ich einer spontanen Eingebung folgend begonnen hatte, fehlte mir. Ganz furchtbar. Ich versuchte, den Gedanken zu verdrängen, sagte mir immer wieder, dass ich es für ihn getan hatte, ihn hatte retten wollen, wegen Popeyes Selbstmord, denn ich selber brauchte das ja eigentlich nicht. Befriedigt hat er dich nie, redete ich mir ein.

Aber es verfing nicht.

Denn wenn ich vom Dacia aus seine Gestalt zwischen den Wirtschaftsgebäuden auftauchen sah, dann fühlte ich stärker denn je, mehr als am Anfang, das unbezwingbare Verlangen, ihm nah zu sein. Ich hatte ganz einfach Lust auf ihn, wollte ihn noch einmal in mir spüren, auf seine grobe und zugleich sanfte Art.

In den Monaten vor dem 19. Januar war mein Abenteuer mit Joseph mein bestgehütetes Geheimnis. Dabei hätte ich gern mit jemandem über alles geredet, mich mitgeteilt. Wenn Maman noch gelebt hätte, hätte ich es ihr vielleicht erzählt. Nicht sofort wahrscheinlich, aber irgendwann doch, es wäre stärker gewesen als ich. Und ich sehe ihre Reaktion direkt vor mir. Sie hätte geschwiegen, mit dem Rücken zu mir, den Kopf über eine der häuslichen Pflichten gebeugt, die sie sich nicht nehmen liess, hätte mein Geschnatter perlen lassen, ohne mich zu unterbrechen. Sie hätte es missbilligt, natürlich, das hätte ich an ihrer gerunzelten Stirn gesehen. Aber sie hätte mich ausreden lassen, und schon allein deshalb wäre ich ihr dankbar gewesen. Denn Leute, die dir zuhören, also richtig zuhören, sind ziemlich selten. Und bei jedem Besuch im Altersheim bestätigte sich, dass Papa nicht dazugehörte. Er war definitiv steckengeblieben, mit seinem Hof und was Michel daraus machte, mit dieser Ehe, die ich eingegangen war und dank der er seinem Lebensende mit einem Gefühl des Erfolgs entgegensah. Und deshalb würde ich vor ihm nicht meine Affäre mit einem Schafzüchter auspacken, nein, danke.

Nicht mal Éliane hab ich etwas erzählt. Bei unseren monatlichen Besprechungen mit den Kolleginnen erstattete ich Bericht, ohne die vielen Hausbesuche bei Joseph zu erwähnen, ich vermied es, gross über ihn zu reden, damit niemand Verdacht schöpfte. Wir sprachen oft über Popeyes Selbstmord, das hatte uns alle erschüttert und Éliane ganz besonders. In den Tagen nach der Beerdigung hatte es ein paar Artikel in der Lokalpresse gegeben, der Agrarsektor hatte mobilgemacht, Statistiken wurden rausgeholt, anscheinend brachte sich in Frankreich alle zwei Tage ein Landwirt um. Wie lange hat das angehalten? Vielleicht eine Woche. Und dann war Schluss. Popeye war immer noch tot, aber andere Themen waren in den Vordergrund gerückt, wie immer. Ich aber hatte nichts vergessen. Und wenn ich im Stillen an Joseph dachte, dann tat mir das gut. Ich dachte Einen hast du gerettet, du tust deinen Teil. Niemals gestand ich mir ein, dass ich dabei war, mich zu verlieben. Und ich hatte keine Vorstellung, wie sehr ich seinetwegen leiden würde, als Schluss war.

Nur einmal, das weiss ich noch, dachte ich, Éliane würde mir auf die Schliche kommen. In der Stadt, vormittags auf dem Markt, im Spätherbst, ein paar Tage vor meinem nächsten Besuch bei Joseph, den ich in schändlicher Ungeduld erwartete. Es war schon ordentlich kalt, die Bauern rieben sich hinter ihren Verkaufsständen fröstelnd die Hände, während sie die Kunden bedienten. Ich hatte bei einem Züchter aus den Bergen ein Huhn gekauft und Gemüse bei einem Gemüsebauern aus dem Tal. Und dann schlenderte ich an den Kreationen der Hippie-

Kunsthandwerker vorbei. Dort gab es alles, verrückten Schmuck, bestickte Stoffe, Bilder mit durchscheinenden Gesichtern. Manches war gut, manches weniger, man musste natürlich unterscheiden.

Ich blieb an dem Stand des Mädchens stehen, das aus alten Sachen neue Kleider nähte. Sie war neu hier, ich hatte sie schon zwei, drei Wochen zuvor bemerkt, sowohl wegen ihrer Sachen als auch wegen ihres Aussehens. Sie war anders als die anderen, hatte lange schwarze Haare, ein hübsches, längliches Gesicht, wenn auch ein bisschen ordinär für meinen Geschmack. Und vor allem hatte sie ein unübersehbares Attribut, sämtliche Bauern der Gegend hatten es ebenfalls bemerkt: einen perfekten, runden Busen. So perfekt, dass er ganz sicher falsch war. Sie zog unweigerlich die Blicke aller vorbeigehenden Männer auf sich, ich fand das unanständig. Dabei war sie kein schlechtes Mädchen, sie war nett. Ich hatte mir ihre Kleider angesehen, ich fand sie schön, warme Farbtöne, hübsch kombiniert. Und zu meiner Überraschung hatte ich Lust, eins zu kaufen, das passierte mir sonst nie, Mode ist nicht gerade mein Spezialgebiet. Ich nahm einen der Bügel in die Hand, hielt mir das Kleid an, betrachtete mich in dem mit Draht an einem Pfosten befestigten Spiegel.

»Das würde dir stehen.«

Ich fuhr herum. Éliane, sie stand direkt hinter mir, ein breites Lächeln auf dem Mondgesicht.

»Ist das für dich?«

Ich murmelte ein Keine Ahnung, also, ja, vielleicht, irgend so was in der Art, und merkte, wie ich knallrot anlief. Sie sah es und runzelte die Stirn.

»Du machst dich aber schon für Michel hübsch, oder?«

Volltreffer. Sie lachte über ihren Witz. Ich versank fast im Boden, wusste nicht, ob sie Spass machte oder wirklich vermutete, dass ich meinen Mann betrog. Ich bemühte mich, wieder Oberwasser zu kriegen, aber in dem Moment war ich ganz schön in Bedrängnis.

Und letztendlich rettete mich die Schneiderin: »Das steht Ihnen wirklich. Die Farben passen gut zu Ihrem Haar.«

Das fand ich nicht, und ich war mir nicht sicher, ob sie es glaubte, aber es löste die Spannung, ich stand plötzlich wieder auf festem Boden. Sie lächelte mir zu, schaute mich an mit ihren paarundzwanzig Jahren und ihren Silikonbrüsten, ich lächelte zurück und verdrückte mich, verwickelte Éliane in andere Themen.

Das war das einzige Mal gewesen, dass ich das Gefühl hatte, mein Abenteuer könnte Stadtgespräch werden. Und es machte mir eine Heidenangst, ich wollte das wirklich geheim halten.

Nun, wo es aus war, blieb mir deshalb nichts anderes übrig, als auch mein Unglück allein zu ertragen.

Mehrere Wochen waren vergangen, als die Polizei zu uns nach Hause kam. Ich war noch da, musste um die Mittagszeit zu einem Klienten, der krankgeschrieben war, weil er sich mit der Kettensäge verletzt hatte, als er Pinien rodete, die auf seinem Land überhandgenommen hatten. Michel sass am Tisch, kochend heissen Kaffee vor sich, den Blick auf die Küchenwand geheftet, er war gerade erst aus dem Stall gekommen. In seinen angespannten Zügen zeichnete sich der Schlafmangel ab, die viel zu kurzen Nächte wegen der Kalbungen am frühen Morgen. Am Vortag war es bei einer Färse zur Gebärmutterverdrehung gekommen, er hatte den Tierarzt rufen müssen. Er lebte noch mehr als in den Jahren zuvor in seiner eigenen Welt, war geplagt von tausend Sorgen und machte sich nicht die Mühe, sie mit mir zu teilen.

Cédric Vigier jagte mir einen Schreck ein, als er ans Fenster klopfte. Major Vigier, wie ihn seine Kollegen nannten, die draussen ans Auto gelehnt auf ihn warteten, sie hatten am Hang geparkt. Er sah abgehärmt aus, fand ich, als ich ihn reinliess, die Wangen rot vom Frost, der militärisch kurze Haarschnitt machte ihn gut zehn Jahre jünger. Er blies auf seine eiskalten Hände, als er die Küche betrat. Da Michel keinen Finger rührte, bot ich ihm Kaffee an, ich wusste, dass mein Mann die Polizei nicht mochte, aber trotzdem, wir sind ja schliesslich keine Unmenschen. Cédric sagte Danke, so ein Wetter, grauenhaft. Er trank ein paar Schlucke, machte seinen Parka auf, setzte sich bequemer, so, als könnte er endlich entspannen.

»Wir ermitteln jetzt schon seit Wochen wegen der Vermissten«, seufzte er. »Wir haben überall gesucht, haben alle aus der Gegend befragt, die Évelyne Ducat kannten, was nicht viel heisst, sie war ja nicht von hier. Wir haben in der Familie, bei den Söhnen, den Nachbarn ermittelt. Niemand weiss etwas über ihren Verbleib. Die Kollegen sind jeden einzelnen Wanderweg abgelaufen, sie haben Karsthöhlen, Schluchten und Bergkämme abgesucht.«

Er hob den Blick, als wollte er die Architektur unseres Hauses begutachten. Er konnte einem leidtun.

»Und der Mann?«, bot ich Hilfestellung. »Weiss der nicht, wo sie sein könnte?«

Cédric schüttelte den Kopf. Michel sah ihm zu, ohne sich gross zu bewegen, aber ihm entging nichts, das sollte ich gleich darauf merken.

»Deswegen bin ich hier, Alice. Du kennst hier einfach jeden. Hast du nichts gehört, was uns helfen könnte?«

Diesmal klang es wirklich wie ein Hilferuf. Er sah aus, als schämte er sich für die Frage, als wäre das etwas Ungehöriges, unvereinbar mit den örtlichen Sitten, die er in seinen Arbeitsalltag einzubinden versuchte. Ich setzte mich ihm gegenüber und suchte meine Erinnerungen zusammen.

»Dir ist aber klar, dass die Leute hier sich mehr zusammenspinnen, als sie dann wirklich wissen.«

»Ja, ich weiss.«

»Ich hab nichts Konkretes gehört. Manche reden von der *tourmente*.«

»Ja, daran haben wir auch erst gedacht. Aber wenn sie sich verirrt hätte, hätten wir sie jetzt, wo der Schnee geschmolzen ist, auf jeden Fall finden müssen. Also ... ihre Leiche.«

Ich zögerte, fragte mich, ob das, was meine Klienten mir erzählt hatten, unter die Schweigepflicht fiel.

»Ich hab alles Mögliche und noch viel mehr über die Frau und ihren Mann gehört. Er kümmert sich angeblich nicht genug um sie, weil er ständig unterwegs ist, sie würde ihn betrügen, er hätte Feinde von früher.«

»Ja, das wissen wir alles. Wir haben sogar eine junge Frau verhört, die sie öfter traf. Aber hat nichts gebracht. Nein, ich dachte an was Konkreteres, vielleicht dass jemand sie gesehen hat und wirklich was weiss.«

Ich zog die Augenbrauen hoch und kramte in meinem Gedächtnis. Und verneinte. Damals stimmte das, ich hatte wirklich keinen Schimmer. Cédric wartete einen Moment, sah mich an, hoffte vielleicht, dass mir doch noch was einfiel. Dann wandte er sich in seiner marineblauen Uniform an Michel.

»Und Sie, ist Ihnen irgendwas Merkwürdiges aufgefallen?«, fragte er auf gut Glück. »Wissen Sie, so, wie es aussieht, könnte selbst die unbedeutendste Information hilfreich sein.«

Michel sah ihn nicht einmal an, als er erwiderte: »Wissen Sie, für so was hab ich wirklich keine Zeit.«

Wie eine kalte Dusche, als bräuchte der Winter seine Hilfe. Ich fragte mich, was ihn wohl ritt, so zu reden, und hätte mich am liebsten verkrochen. Cédric brachte das nicht aus der Ruhe.

»Ist gut, wollte nur sichergehen, für alle Fälle, wissen Sie.«

Stille breitete sich in unserem Esszimmer aus, und wir hörten, wie der Wind gegen den Stall hinterm Haus tobte. Also stand Cédric irgendwann auf. Er setzte sein Käppi auf, machte den Parka wieder zu, bedankte sich und ging zur Tür. Zurück zu seinen Kollegen, die draussen festgefroren sein mussten, und ich sah ihr blaues Auto Richtung Landstrasse davonfahren.

Dann erst drehte ich mich um und sah meinen Mann

an, der sich nicht gerührt hatte. Ich suchte nach Worten, wollte ihm zu verstehen geben, dass man so nicht mit Gästen umsprang, nicht in meinem Haus.

Aber er brach als Erster das Schweigen.

Und ganz ehrlich, mit dem, was er sagte, hatte ich absolut nicht gerechnet.

»Du hast bestimmt auch keine Zeit für so was.«

»Wie bitte?«

»Hast ja schon alle Hände voll zu tun mit Hausbesuchen bei dem Typ auf dem Causse oben, oder?«

Ich weiss nicht, wann Michel das mit mir und Joseph begriffen hatte. Aber ich weiss, dass sich Michels Verhalten nach dem Tag, als die Polizei gekommen war und er mir zu verstehen gegeben hatte, dass mein kleines Geheimnis eigentlich keins mehr war, allmählich änderte, oder zumindest fiel es mir ab da auf. Er sah mich anders an, in seinem Blick lagen lauter Widersprüche. Ich wusste nicht, ob er eifersüchtig war, weil er entdeckt hatte, dass ich ihn betrog, wütend oder nur enttäuscht. Er schien mir auch aus dem Weg zu gehen, ständig verzog er sich zu den Tieren oder in sein Büro. Er schottete sich ab, das war wohl seine Art, mit der Situation umzugehen. Manchmal fuhr er vom Hof und in die Stadt hinunter. Und in den Wochen drauf passierten Dinge, die ich nicht kapierte, auch wenn ich mir natürlich denken konnte, dass sie mit Joseph und mir zusammenhingen.

Es begann mit diesem Anruf eines Abends. Michel ging ran, er hatte einen langen Tag hinter sich, hatte Mist ausgestreut und die Weiden für den Viehauftrieb vorbereitet. Den Anruf hatte er erwartet, das war zumindest mein Eindruck, als er im Flur abhob. Ich stand am Herd, machte so ein Abendessen, das wir wieder mal jeder für sich einnehmen würden wie zwei Fremde. Ich verstand nicht wirklich was, schnappte nur ein paar Gesprächsfetzen auf. Er sprach mit einem Polizisten. Ja, ich hörte, wie er Polizei sagte, mehrmals, mit ernster Stimme, er glaubte, dass ich nicht zuhörte. Aber vor allem hörte ich, wie er sagte: »Nein, ich möchte absolut keine Anzeige erstatten.«

Das hat mich natürlich aufhorchen lassen, ich dachte an Joseph. Als Michel aufgelegt hatte, beobachtete ich, wie er zurück ins Esszimmer kam, und er tat so, als sähe er mich nicht, ging raus, mir aus dem Weg. Was heckt er bloss aus?, dachte ich.

Meine eigene Geschichte war mir entglitten, das spürte ich in dem Moment, als wäre ich nicht einmal mehr von dem betroffen, was ich da ins Rollen gebracht hatte. Und das war erst der Anfang.

Ein paar Tage später kam ich aus der Stadt, ich war zur monatlichen Besprechung gewesen. Éliane und die anderen hatten natürlich bemerkt, dass es mir seit einiger Zeit nicht gutging, dass ich nicht mehr die Gesprächsführung übernahm. Aber niemand hatte Fragen gestellt, ob nun aus Taktgefühl oder Gleichgültigkeit, jedenfalls gab es nicht eine, die mich unterstützt hätte. So.

Es war spät und schon dunkel, als ich erschöpft vom Tag meine Mappen auf den Tisch legte. Ich ass alleine, Reis mit Huhn, das weiss ich noch. Ich dachte, Michel ist bei seinen Tieren, dass ich ihn deswegen noch nicht gesehen hatte. Aber ich irrte mich: Das Brummen eines Motors zerriss die abendliche Stille, und durch die Scheibe der Haustür sah ich, wie Scheinwerfer die Dunkelheit durchbohrten. Er schlug die Autotür zu, es hallte, und ich erkannte an seinen Bewegungen sofort, dass etwas nicht stimmte. Er marschierte verärgert den Weg zum Haus hoch, trat sich die Schuhe am Fussabtreter ab und kam herein. Er versuchte, sein Gesicht zu verbergen, als er durchs Zimmer lief, aber ich bin nicht blind, ich sah es genau: ein riesengrosses Hämatom unterm rechten Auge. Er hatte sich geprügelt, dafür musste man keine Hellseherin sein.

Im ersten Moment reagierte ich nicht, ich liess ihn sich nur ins Badezimmer zurückziehen, aber nach ein paar Minuten nahm ich mich zusammen. Ich dachte Er ist immer noch dein Mann. Er brauchte mich, so wie ein Mann seine Frau braucht. Das altmodische Bild eines Paares von früher, wie meine Eltern, stand mir auf einmal wieder vor Augen, all die Momente, in denen Maman an Papas Seite gewesen war, wie ihr Schweigen mehr sagte als alle Worte, wenn sie in der Küche ihres alten Hauses neben ihm stand.

Ich stand auf, aus einer Art wiedererwachtem ehelichem Pflichtgefühl heraus. Ich stiess die Badezimmertür auf und fand ihn vor dem Spiegel, wo er sein blaues Auge betrachtete. Ich musterte ihn kurz, dann sagte ich Setz dich, in dem Gefühl, dass ich seit Monaten nicht mehr so freundlich mit ihm gesprochen hatte. Er schüttelte ablehnend den Kopf.

»Jetzt setz dich. Ich mach das.«

Er liess seine Hände aufs Waschbecken fallen, zögerte sekundenlang. Und zaudernd wie ein Tier, das nach einem langen Sommer den Stall betritt, setzte er sich auf den Wannenrand und wandte mir sein Gesicht zu, zeigte mir die Verletzung. Es war kein schöner Anblick, das untere Lid war geschwollen und verbarg das halbe Auge, das Hämatom ging ziemlich weit runter über die Wange. Er hatte auch eine kleine Wunde an der Braue. Ich nahm eine Mullbinde, tränkte sie zum Desinfizieren mit Dakin-Lösung. Er blieb ganz ruhig, als ich aufdrückte. Danach schmierte ich noch ein wenig Arnikasalbe drauf. Die Haut unter meinen Fingern war ganz heiss. Er sagte nichts, presste die Lippen zusammen.

Und so ganz nah beieinander in dem kleinen Bad, kamen bei mir Erinnerungen an die Zeit hoch, als wir ein gemeinsames Lebensziel hatten, als wir einander von unserem Tag erzählten, ich liess mich stundenlang über meine Klienten aus, er klagte über den Charakter seiner Tiere, die eine hatte keinen ausgeprägten Mutterinstinkt, die Nächste machte auf der Sommerweide Zicken. Ich dachte wieder an Afrika und unsere nie verwirklichten Reisepläne, ich stellte mir uns beide in der Savanne vor, wie wir unseren Alltag vergassen. Und mir wurde klar, dass all das nicht mehr da war.

Es war so viel passiert in diesem Jahr, das keinem anderen glich. Ich hatte alles versaut, begriff ich in einem Anflug von Nostalgie, dabei träumte ich nachts noch immer heimlich von Joseph. Ich schluckte und sagte: »War er das? Hat er dich so zugerichtet?«

Statt einer Antwort seufzte Michel. Und ich begriff, dass es sinnlos war. Klar hatte Joseph ihn verprügelt, da war ich mir sicher. Auch wenn mein Mann einen guten Kopf grösser war als er, Joseph war kräftig, mit ihm legte man sich lieber nicht an. Aber so was würde Michel niemals zugeben. Er würde es für sich behalten und nie im Leben drüber sprechen. Das ging nur die beiden an, zwei Bauern, die mit derselben Frau, in diesem Fall mir, zusammen gewesen waren.

Also strich ich weiter Salbe auf sein blaues Auge, aber schwieg, weil es nichts mehr zu sagen gab.

Eigentlich war es Zufall, dass ich noch mal zu Joseph fuhr, sonst hätte ich mich bestimmt nicht getraut.

Ich war auf dem Causse, fuhr am Rollfeld entlang. Die Temperaturen waren milder geworden, auf den windgepeitschten Weiden zeigten sich die ersten Gräser. Unten in den Karsttrichtern spross leuchtendes Grün. Ein Traktor mit Anhänger kam mir entgegen, beladen mit Heuballen. Da hat wohl einer seinen Jahresvorrat aufgebraucht, dachte ich, und muss jetzt woanders Nachschub kaufen, damit er durchs Frühjahr kommt. Ich achtete nicht aufs Modell, erst als wir uns kreuzten, sah ich es. Am Steuer sass Joseph. Ich erkannte sein kantiges Gesicht in der erhöhten Fahrerkabine. Er fuhr Schritt, stur geradeaus, Kippe im Mundwinkel. Ich sah ihn im Rückspiegel verschwinden, zögerte erst, dann wendete ich und klemmte mich hinter die dicken Reifen.

Ich fuhr genauso langsam wie er, dabei schlug mein Herz immer schneller. Wir zuckelten an Steinhaufen,

Zaunpfählen aus Kastanienholz, Stacheldrahtzäunen vorbei, sie begrenzten die übers ganze Plateau verstreuten Bonnefille-Weiden. Bei dem Tempo brauchten wir eine gute Viertelstunde bis zum Hof.

Ich parkte an der Treppe, wie in den vergangenen Monaten. Er fuhr mit seiner Ladung bis zum Scheunentor. Beim Absteigen drehte er sich zu mir um, warf mir einen ärgerlichen Blick zu, dann machte er einfach weiter, als wäre nichts. Er nahm die Mütze ab, warf sie auf den Fahrersitz und kletterte auf den Anhänger, um die Stricke aufzuknoten, die das Heu zusammenhielten. Wie er da in seiner abgewetzten Hose und dem verblichenen Sweatshirt so geschäftig tat, nachdem wir uns wochenlang nicht gesehen hatten, und mich so ungeniert ignorierte, das tat mir weh. Ich guckte ihm eine Weile zu, er trug ein paar Ballen in die Scheune.

Und als ich zu ihm ging, hatte ich einen dicken Kloss im Hals.

»Joseph«, sagte ich schlicht. »Wir müssen reden.«

»Keine Zeit. Hab zu tun.«

»Joseph. Warum hast du ihm das angetan?«

Er gab keine Antwort. Als wäre es nichts, meinen Mann zu schlagen, als ob das keine Erklärung verdiente. Ich hab zu tun, ich hab zu tun, die gleiche Leier seit dem 19. Januar, ich konnte den verfluchten Satz nicht mehr hören. Einen Heuballen unterm Arm, blieb er nicht mal stehen.

»Joseph, warte. Jetzt red mit mir, verdammt noch mal.«

Er lief weiter zwischen Hänger und Scheune hin und her, direkt an mir vorbei, unerschütterlich. Ich kochte vor Wut, in dem Moment hätte ich am liebsten auf ihn eingeschlagen, mit Händen und Füssen. Und doch dachte ich noch immer an uns, unsere Beziehung, die so weit weg schien. Ich glaube, ein Wort, ein Lächeln hätte schon gereicht, damit ich still war. Mich wieder hingab. Also dackelte ich ihm hinterher, den gleichen Weg, vom Hänger zur Scheune und zurück.

Aber sobald ich einen Fuss in die Scheune setzte, versteifte er sich.

Er fuhr plötzlich herum und starrte mich aus derart zusammengekniffenen Augen an, dass man keine Pupillen sah.

»Raus hier!«, befahl er, den Heuballen fest an sich gepresst.

»Aber Joseph ...«

»Sie sollen rausgehen, hab ich gesagt.«

Diesmal lag eine Aggressivität in seiner Stimme, die ich nie zuvor gehört hatte. Ich starrte ihn verständnislos an, verletzt.

Und ganz langsam drehte ich den Kopf.

Mitten in der Scheune, auf der Betonplatte neben dem Silo und den Geräten, stand ein kleiner Würfel aus Heu. Ungefähr dreissig fein säuberlich gestapelte Ballen, drum herum schichtete er neue. Es kam mir komisch vor, den Vorrat so zu lagern. Aber das war nicht alles. Mir fiel ein Geruch auf. Ein intensiver, beissender Geruch, den ich damals nicht einordnen konnte.

»Alice, gehen Sie«, sagte er ruhiger, als wollte er es wiedergutmachen.

Ich schaute ihn weiter an, versuchte, in seinem Gesicht zu lesen. Aber da war nichts.

»Joseph«, sagte ich leise, »erklär's mir.«

Und ehe ich michs versah, schossen mir die Tränen in die Augen. Ja, ich weinte, weil ich mir total verloren vorkam, weil ich gar nichts mehr verstand. Weil ich ihn immer noch liebte, weil ich den Joseph vermisste, den ich kannte, weil der andere Joseph Michel geschlagen hatte, weil er etwas in seiner Scheune versteckte und ich fast umkam vor Neugier, weil ich es wissen, wieder Teil seines Lebens sein, ihm sogar helfen wollte. Ja, wenn er mich darum gebeten hätte, ich hätte ihm geholfen, egal was er getan hatte.

Aber als die Sekunden verstrichen, begriff ich, dass er, stumm wie die Wand, nur auf eins wartete. Dass ich ging.

Ich fuhr danach kilometerweit durch die Gegend, mit mehr Fragen im Kopf als vorher. Ich machte Umwege über die Dörfer in den Tälern, um mich herum scharfe Umrisse, die gebrochene Linien in den Himmel zeichneten. Allmählich bekamen die sonnengeschminkten Berghänge wieder Farbe, es lag etwas Tröstliches in der erwachenden Landschaft. Ich betrachtete mich im Rückspiegel und rieb mir über die Wangen und die vom Weinen geschwollenen Tränensäcke. Und so komisch das klingt, in dem Moment stellte ich zum ersten Mal die Verbindung her zwischen Joseph und dem Verschwinden von Évelyne Ducat, als mir wieder einfiel, was ich in seinem Stall gesehen hatte. Nur war es da schon zu spät.

An einem Abend etwa eine Woche später begriff ich, dass was passiert war.

In der Nacht zuvor war Michel nicht ins Bett gekommen, aber das hatte mich nicht weiter bekümmert, nicht zum ersten Mal zog er seine Tiere oder sein Büro meiner Gesellschaft vor. Ich sass gerade grübelnd auf den Eingangsstufen, als ich die Kühe im Stall muhen hörte. Sie waren nie wirklich still, aber ich hatte mein ganzes Leben auf einem Rinderbetrieb verbracht, kannte ihre Schreie wie meinen eigenen Atem, und jetzt spürte ich, dass sie mir was sagen wollten. Sie beklagten sich.

Ich lauschte, hörte genauer hin und erriet, dass irgendwas nicht stimmte. Also stand ich auf, ging zum Stall. Am Tor griff ich nach dem Riegel, wollte ihn aufschieben, und auf einmal packten mich Zweifel. Ein Bild war mir durch den Kopf geschossen. Ich sah Michel vom höchsten Balken baumeln, wie Popeye ein paar Monate zuvor. Es versetzte mir einen Stich, ich runzelte die Stirn und verscheuchte das Bild aus meinem Kopf, sagte mir Du guckst zu viel Fernsehen. Ich schob den Metallriegel beiseite, und tatsächlich, im Stall war kein Selbstmörder. Dafür aber sämtliche Mutterkühe in den Boxen mit ihren wenige Monate alten Kälbern. Es war eine Woche vor dem Auftrieb, und vielleicht witterten sie es schon, sehnten sich nach den Bergweiden, wo sie bis zum nächsten Winter nach Herzenslust grasen konnten. Aber das war nicht der Grund für ihr Muhen, das bei meinem Eintreten sogar noch lauter geworden war.

Unter ihren nervösen Blicken ging ich durch den Stall, inspizierte den Ort, so nah an meinem Zuhause, und doch hatte ich ihn seit über einem Jahr nicht mehr betreten. Und es dauerte nicht lange, bis ich begriff. Sie hatten nichts wiederzukäuen, nicht ein Hälmchen. Hinter ihnen häuften sich die Kuhfladen auf dem Gitterrost.

Michel war offensichtlich seit geschätzten achtundvierzig Stunden nicht mehr hier gewesen. Und das sah ihm überhaupt nicht ähnlich. Hinten im Stall lag ein aufgeschnürter Ballen, ich zerrte Heu raus und verteilte es, so gut es ging, unter den Kuhnüstern, sie stürzten sich drauf, drängelten an den Raufen. Zurück im Hof, probierte ich es auf Michels Handy, aber er ging nicht ran.

»Was treibt der bloss?«, murmelte ich vor mich hin.

Und sofort dachte ich an Joseph, an das blaue Auge und dass er etwas in seiner Scheune versteckte. Sicher, vielleicht war ja auch nur irgendwas, es gab tausend Gründe, warum Michel nicht da war, aber in dem Moment fand ich es offensichtlich, ich war mir sicher, dass es eine Verbindung zu den letzten Wochen gab. Also setzte ich mich zittrig hinters Steuer meines Dacia und fuhr zum Causse. Ich dachte Na bitte, jetzt haben sie sich meinetwegen gegenseitig totgeschlagen. Ich verfluchte mich, es war natürlich meine Schuld, ich hatte am Getriebe gefummelt und die Kontrolle verloren.

Und als ich mit zugeschnürter Kehle meinen Berg runterfuhr, durch den Ginster, dessen Blüten unser Land bald mit leuchtendem Gelb überziehen würden, dachte ich an Papa. Ich hatte natürlich Angst um Michel, an ihn hätte ich denken sollen, aber ich dachte daran, was für ein Gesicht Papa machen würde, wenn er erfuhr, dass seine frühere Herde ein paar Tage sich selbst überlassen worden war. Und ich ärgerte mich über mich selbst, dass ich so was dachte. Ich fuhr weiter Richtung Stadt und wollte gerade abbiegen und den Fluss überqueren, als ich es sah.

Ich bremste abrupt und vergewisserte mich noch mal im Rückspiegel. Kein Zweifel, es war seins.

Am Strassenrand stand Michels Auto, wie zurückgelassen.

Aber es stand nicht einfach irgendwo, ich kannte diese Stelle. Genau dort war mitten im Winter, als die *tourmente* mit aller Kraft über die verschneiten Hänge meiner Berge tobte, das Auto von Évelyne Ducat gefunden worden.

Schon am nächsten Morgen wusste das ganze Departement, dass es einen neuen Vermissten gab. Ich bin mir sicher, dass sie auf dem Markt die ganze Geschichte immer wieder durchhechelten, gleich zwei, das war ja nun wirklich zu viel, jetzt war man schon nicht einmal mehr hier bei uns sicher. Ich kann mir lebhaft vorstellen, welche Gerüchte über Michel kursierten, über mich, wohl kaum besonders schmeichelhaft. Ich ging nicht aus dem Haus, nicht ans Telefon, das ununterbrochen klingelte, Papa, der sich Sorgen um den Hof machte, Éliane und die Kolleginnen, die sich vielleicht um mich sorgten, Nachbarn, die wissen wollten, was das Fernsehen nicht vermeldete. Ich sprach nur mit den Polizisten. Oder besser gesagt mit einem Polizisten, dem einzigen, dem ich vertraute.

Cédric kam allein, sobald ich ihn anrief, in der engen Uniform, wahrscheinlich dachte er, das wäre der Anfang einer Serie, rechnete schon mit dem nächsten Vermissten. Mit erstickter Stimme beantwortete ich seine Fragen, berichtete in allen Einzelheiten vom Tag zuvor.

»Alice, wir tun alles, um ihn wiederzufinden, hm?«, sagte er und setzte ein selbstbewusstes Gesicht auf. »Sag mal, hatte Michel irgendwelche Probleme? Hätte irgendjemand einen Grund gehabt, auf ihn sauer zu sein?«

Ich schluckte und sagte leise: »Ja. Er heisst ... Joseph Bonnefille.«

»Bonnefille sagst du?« Sein Gesicht hellte sich auf.

»Ja, warum?«

»Weil Guillaume Ducat uns vor ein paar Tagen angerufen hat. Er meinte, jemand wär auf seinem Grundstück gewesen. Er war sich nicht ganz sicher, anscheinend hat er den seit mehr als fünfzehn Jahren nicht gesehen, glaubt auch nicht, dass der was mit seiner Frau zu tun hat. Aber er hat denselben Namen genannt. Joseph Bonnefille. Allmählich sind mir das zu viele Zufälle.«

Und während Cédric sein Handy rausholte und Anweisungen reinsprach, Wir treffen uns unten am Causse und fahren direkt hoch zu ihm, Ich ruf Ducat von unterwegs an, verfluchte ich mich, dass ich es nicht eher kapiert hatte. Dass alles meine Schuld war. Ich hatte ein Bild im Kopf, bei dem mir das Blut in den Adern gefror: Ich sah meinen Mann neben Évelyne Ducat liegen, beide tot.

Zwei Leichen, versteckt in Josephs Heuballen.

Joseph

Es gibt Tage, da hast du keine Lust, wieder reinzugehen.

Stehst mit der Sommersonne auf, die sich unten am Himmel langhangelt, nimmst halb verpennt die Viehtrift hinterm Hof, der Hund immer um dich rum wie ein kleiner Dämon. Auf der Parzelle, wo sie die ganze Nacht geweidet haben, treibst du deine Schafe zusammen, zählst grob durch, Pi mal Daumen, ob das Mistvieh von Wolf dir nicht eins gerissen hat. Treibst sie mit lauten Schreien auf die Trift, nach so vielen Jahren stört sie das kaum noch, kommst an der Karsthöhle vorbei, wo dein Grossvater damals ein Tier verloren hat, machst das Gatter zu. Und dann, statt dass du zurückgehst, machst du den Hügel hoch, hockst dich unten auf einen Steinhaufen, zündest dir eine Kippe an und guckst zu, wie sie sich unter den Buchsbäumen verteilen, so haben's die Schäfer früher gemacht. Du beobachtest ihre Bewegungen, die dich immer an das Fliessen von einem Fluss erinnert haben, der hinter Felsen auftaucht und wieder verschwindet. Du weisst, du musst los, die Arbeit wartet, gibt immer was zu tun. Du denkst an den Papierstapel auf dem Küchentisch, an Zäune, die repariert werden müssen, ans Ausmisten. Aber packst es nicht. Sitzt weiter still auf deinem Stein, guckst. Das ist nicht bloss Einbildung, du spürst das wirklich in dir drin. Dadurch, dass du viel allein bist, kennst du dich gut. Wenn's dir hier, auf dem Causse bei deinen Tieren, nicht gutgeht, dann ist es drinnen noch schlimmer. Und dann hasst du plötzlich deine Schafe wie nix Gutes. Du weisst, die können nichts dafür, du bist ja derjenige, der sie züchtet, nicht umgekehrt, alles wurscht. Du hasst sie, weil sonst keiner da ist.

An solchen Tagen guck ich oft runter auf meinen Schatten, der wird mit der Zeit immer kleiner. Ich beobachte die Veränderung auf dem trockenen Gras und den grauen Steinen. Denk mir, der Schatten ist wenigstens immer da. Mit dem brauch ich nicht zu reden oder sonst was, damit er bleibt. Ich denk an die Alten, an die Geschichten, die mir als Kind erzählt wurden. Damals sagten die Alten, dein Schatten wär das Abbild vom Tod. Wie ein Doppelgänger, der sich an deine Fersen heftet und erst geht, wenn du unter der Erde bist. Manchmal stell ich mir das Leben der Bauern früher vor, mit dem ganzen Aberglauben, der denen das Leben schwermachte. Geschichten von Gespenstern, die nicht aus dem Haus rauswollen, wo sie gestorben sind, Werwölfe, die Kinder anfallen und ihre Leber fressen, Wiedergänger, die sich im Wald verstecken und den Lebenden auflauern. Unsere Vorfahren, die glaubten da dran, wenn die an so verfluchten Orten vorbeimussten, rannten sie los. Mémé erzählte das manchmal, machte sich über ihre Mutter lustig und fand's zum Schiessen, aber so sehr lachte sie dann auch wieder nicht, das sah ich.

Solche Tage, wo du nur auf morgen wartest und dann am nächsten Tag wieder bloss wartest, hab ich schon hundertmal erlebt.

Aber an dem Augustmorgen war das anders.

Es war noch früh, Licht streifte die Federgräser auf meinen Weiden und machte viele kleine buschige Wellen in der Wüste aus Brombeerranken und Schotter. Da oben kreisten schon die Gänsegeier, ich mochte noch nie, wie die einen angucken. Heute würde eine Mordshitze werden, und die Schafe ruhten sich schon aus, sammelten sich unter den Pinien. Guillaume verbellte sie, aber das war denen scheissegal, die würden bis abends nichts fressen, das ging schon den ganzen Sommer so. Ich zog hängengebliebene Disteldornen aus meinem Hosensaum. Und zum hundertsten Mal seit gestern dachte ich daran, was in meiner Küche passiert war.

Was Unglaubliches.

Ich hatte mit der Sozialarbeiterin geschlafen.

War ein bisschen peinlich, wie ich mich angestellt hatte, die musste mich für ein armes Schwein halten, einen, der das noch nie gemacht hat, stimmt aber nicht. Sie war ganz nah gekommen, wollte mich küssen, und weil es unerwartet kam, war ich zurückgezuckt. In mir hatte sich alles zusammengezogen. Ich fühlte mich unwohl, richtig unwohl. Ich hätte nicht mal sagen können, wie sie nackt aussah, weil ich sie zwar gern angucken wollte, mich aber nicht richtig traute. War immerhin eine Frau. Und mit Frauen kann man ja nicht sonst was machen. Also, ich mein, man muss sich benehmen, fand ich schon immer. Ausserdem war sie meine Sozialarbeiterin, das ist kein Pappenstiel, ich konnte sie nicht mal Alice nennen, nicht mal im Kopf, da kam immer nur die Sozialarbeiterin. Und wegen alldem fühlte ich mich unwohl. Aber es hatte mir gefallen, das ja, kann man nicht anders sagen.

Erst hinterher, abends und heute früh mit den Schafen, hab ich's begriffen. Alles wie immer, nur gab's jetzt diese komische Erinnerung, stand in meinem Kopf rum wie ein Tier, das in der Herde nichts zu suchen hat. Und das tat mir gut. Ich fühlte mich ein bisschen stärker. Ich hatte das Gefühl, der Klumpen im Bauch, der immer da ist, würde sich dadurch lösen. Ich lächelte vor mich hin bei dem Gedanken, dass grade was Neues anfing bei mir. Ich guckte noch mal meinen Schatten an und warf einen Kiesel drauf, um ihn zu provozieren, ihm zu zeigen, dass ich heute keine Angst vor ihm hatte.

Bloss irrte ich mich.

Denn eigentlich ging es mir am Ende nicht wegen der Sozialarbeiterin besser. Und meinen Schatten hätte ich mal lieber nicht provoziert.

Ich weiss nicht, wie's bei den anderen ist, aber ich würd nicht sagen, dass ich die Einsamkeit gewollt hätte. Und die kam auch nicht über Nacht. Nein, ganz allmählich, über Jahre sah ich sie näher kommen, merkte, wie sie mich umkreiste wie eine schlimme Krankheit. Das begann übrigens schon vor meiner Zeit. Papa kannte das Dorf noch mit sieben Höfen, damals gab es noch so was wie Solidarität bei den Bauern, man hielt zusammen und half sich gegenseitig. Ich glaub, damals war's leichter, auch ohne fliessend Wasser und die ganzen Maschinen. Ich hab hier nur noch zwei Bauern erlebt, alle anderen sind nach und nach weg. Haben verkauft. Und der Letzte hat keinen Käufer gefunden. So waren wir dann alleine, Papa, Maman und ich. Ich begriff nicht, was sich da so langsam abzeichnete, und wir waren damals auch nicht böse, dass die Nachbarn gingen, die wir nicht mehr leiden konnten. Nach der Landwirtschaftsschule hab ich mit den Eltern ein GAEC* gegründet, sie wollten's so und ich auch. Glaub ich zumindest. Ich hab nicht drauf geachtet, was um mich rum passiert, auf die anderen, die Frauen zum Heiraten fanden und allmählich Kinder kriegten. Die ganzen Kinder, die jeden Sommer die Ferienhäuser bevölkern, guckte ich mir von weitem an, dachte, ist ja noch Zeit.

Irgendwie hab ich, glaub ich, vergessen, mich drum zu kümmern.

Ich hab mich um den Hof gekümmert, das ja, Papas Nachfolge antreten, die Herde auf Fleisch umstellen, denn alleine wär zweimal täglich Melken nicht zu schaffen gewesen. Aber mich drum kümmern, dass ich nicht alleine bin, das hab ich vergessen. Oder ich hab mich dumm angestellt, keine Ahnung. Und Papa ist früher gestorben als geplant, an dem Scheisskrebs. Da hab ich begriffen, dass es so kommt, in den fünf Jahren, als nur noch Maman und ich auf dem Hof lebten. Ich hab begriffen, dass es zu spät war. Der Klumpen wuchs.

Als die Sozialarbeiterin mit ihren Besuchen bei mir anfing, sagte sie, ich hätte Depressionen. Das käm vom Alleinsein und von der vielen Arbeit mit den Tieren. Sie wollte mich zum Psychiater schicken, wie die Irren, anscheinend gibt's dafür Pillen. Aber ich hab abgelehnt. Ich muss damit leben und Schluss. Werd doch nicht irgendeinem Kerl, der keine Ahnung vom Bauernleben hat, mein Herz ausschütten, der ganze Causse hätte's gewusst und sich das Maul zerrissen. Sie fragte auch, ob ich wirk-

* Landwirtschaftliche Erzeugergemeinschaft.

lich Schafzüchter sein will, ob ich meinen Beruf mag, solche Sachen. Vielleicht sollte man mal über eine Umschulung nachdenken, meinte sie, angeblich machen die Leute heutzutage nicht mehr ihr ganzes Leben lang das Gleiche, sondern wechseln mehrmals. Aber das hab ich auch abgelehnt. Ich weiss nicht, ob ich die Arbeit mag, dafür weiss ich aber, dass ich keine Lust hab zu wechseln. Oder nicht die Kraft oder den Mut, aber das kommt aufs Gleiche raus.

Nach Mamans Tod brauchte ich die Sozialarbeiterin, sie half, Ordnung reinzubringen, damit der Hof nicht den Bach runterging, ich hätt nämlich nicht gewusst, was zu tun ist. Als sie mit den Hausbesuchen anfing, ging's mir richtig dreckig, ich kümmerte mich fast um nichts mehr. Sogar die Schafe hab ich vernachlässigt, an manchen Tagen hab ich sie gehasst, als wär's ihre Schuld, die armen Viecher. Sie konnte mich nicht von dem Ding befreien, das immer da war, seit ich ganz allein war, aber trotzdem, sie hatte mir geholfen. Und dafür hatte ich ihr zu danken. Sie kam ein-, zweimal im Monat, half mir vor allem mit dem Papierkram, das hatte ich am meisten schleifen lassen. Ihre Besuche, dass jemand da war, das allein war schon enorm, denn manchmal traf ich zwei Wochen am Stück keinen Menschen. Das beruhigte mich ein bisschen. Sie redete viel, das konnte sie gut. Ich versuchte, nett zu ihr zu sein, was zu sagen, damit sie ein bisschen blieb, weil ich keine grosse Lust hatte, dass sie wieder fuhr und mich mit meinem Klumpen allein liess. Aber ich hörte eher zu. Ich sag's, wie es ist: Ich wusste noch nie, wie man mit Leuten redet. Mit den Schafen schon, ich weiss, wann man ihnen gut zureden muss, damit sie sich beruhigen, und wann man rumschnauzen muss, damit sie nicht auf fremde Weiden abhauen. Aber mit Leuten, nein. Das gehört zu den Sachen, die ich vergessen hab zu lernen.

Aber mehr hatte ich auch gar nicht von ihr erwartet. Nie wär mir in den Sinn gekommen, mit ihr, also, das zu machen. Nicht dass ich sie nicht hübsch fand, damit hat das nichts zu tun. Im Gegenteil, sie war schick, wie man so sagt. Sie roch gut nach Parfum, wie Frauen, die auf sich achten. Mir gefielen auch ihre Blumenkleider, die sie im Frühjahr anhatte. Drunter konnte man ihren Busen erahnen, da hätte so mancher erst recht geguckt. Aber ich nicht.

Ich dachte nicht an so was, so war ich noch nie.

Es dauerte nicht besonders lang, bis ich merkte, dass sich eigentlich nichts geändert hatte. Sie kam noch mehrmals her, und wir haben wieder miteinander geschlafen. Schön war's ja, das ist nicht das Problem. Nein, das Problem war hinterher, wenn sie wieder fuhr.

An einem Septemberabend wurde mir's so richtig klar. Ich hatte mit dem Hund die Herde woandershin getrieben. Die Nacht setzte sich sachte in den Himmel über den Feldern, vertrocknet vom viel zu heissen Sommer. Es war gerade erst frisch genug geworden, dass die Schafe grasten. Sie folgten mir ohne Mucken, aufgeregt und ungeduldig, dass sie endlich zum frischen Gras kamen, das ich ihnen für die Nacht aufhob. Das eine Mutterschaf folgte mir auf Schritt und Tritt, wie immer. Ich hatte es Pégouse getauft, das bedeutet Klette. Ich ging die Viehtrift lang, an den Mäuerchen vorbei, schwenkte den Stock und zog an der Kippe.

Und blieb kurz nach dem Steinkreuz abrupt stehen.

Ich beguckte mir meinen Hof hinter den Felsen und dachte Ja, Scheisse war's.

Ich spürte, wie der Klumpen in meinem Bauch wiederkam. War vielleicht auch nie weg gewesen. Da hab ich's begriffen.

Ich trieb die Herde weiter, dann ging ich ins Haus. Und machte alles wie immer. Ich trank ein Glas Enzianbrand. Ich machte mir eine Konservendose warm und ass vor dem Fernseher. Es lief so eine Kochshow, die Typen kochten Gerichte mit Produkten aus der Region, die man kaum noch wiedererkannte, so sehr hatten sie die umgemodelt, also mit der Zeit wird's ja auch langweilig, jedes Jahr Sendungen übers Essen. Ich hab nichts weggeräumt und bin hoch ins Bett, ist noch gar nicht lang her, da hatte ich nicht mal mehr das gemacht.

Wenn die Nacht erst mal richtig da ist, ist es da oben am schlimmsten. Da begreifst du's dann. Liegst unter der Decke, noch halb angezogen in diesem Bett, das niemanden ausser dir kennt, und rundrum spürst du das Gewicht vom Haus, dem mit den Jahren das Leben ausgegangen ist. Es zieht wegen den offenen Fenstern. Du denkst ans Schlafzimmer deiner Eltern hinter der Tür, wo du eines Morgens deine Mutter gefunden hast, die nie wieder aufstehen sollte. Du lauschst den ganzen Geräuschen, die in die Stille schlüpfen wie Insekten in morsches Holz. Draussen fiept irgendwo die Zwergohreule, die sitzt in der Dunkelheit des Causse auf einem Baum, manchmal schrecken ein paar Rehe, oder ein Hirsch röhrt, wenn gerade Paarungszeit ist. Und unter dir in der Küche, neben dem zerfetzten Kissen, auf dem Guillaume schläft, da ist der Schrank. Mit den Sachen von deiner Mutter, und die Ansichtskarten von ihren Reisen nach Lourdes klemmen dran. Wenn du das jemandem erzählst, halten sie dich garantiert für bekloppt, aber dieser Schrank macht öfters Geräusche. Als wenn er sich bewegt. Du verscheuchst den Gedanken, sobald er kommt, die Gespenster der Alten im Schlepptau, aber die Geräusche bleiben. Das macht dich natürlich nachdenklich, und du fragst dich, ob du dir's nur einbildest oder ob deine Mutter versucht, mit dir zu reden, denn vom Hof geht sie nie. Und du denkst bei dir, das ist kein Ort für einen allein, das ist kein Leben, das ist unmenschlich, und der Klumpen in deinem Bauch frisst dich auf.

In der Nacht lag ich gegen elf oder zwölf immer noch wach. Ich wälzte mich im Bett rum, nahm das Kopfkissen weg. Und da hörte ich es. Wie der Schrank unter meinem Schlafzimmerboden Geräusche machte. Nicht sehr laut, eigentlich eher unauffällig, das Holz knarrte und knarzte leise. Ich öffnete die Augen, und durch die Fensterläden, die nicht richtig zugingen, sah ich die Sterne starr am Himmel stehen. Und verstand die Botschaft: Die Geräusche, das war Maman, die mich dran erinnerte, dass sich rein gar nichts änderte, wenn ich mit der Sozialarbeiterin schlief.

Dass ich die Lösung für mein Problem woanders suchen musste.

Ich weiss noch, als ich jünger war, wie da die anderen über Mädchen redeten.

Am Wochenende sprangen sie ins Auto, brausten vom Causse runter und stürzten sich ins Tal, die Sau rauslassen bei Dorffesten oder in der Disco. Sie soffen, was sie konnten, betranken sich mit Bier und Pastis, so vertrieben sie die angestaute Müdigkeit der Woche. Wenn ich sie montags auf dem Weg zum Feld traf, das wir mähen wollten, erzählten sie mir lachend alle Einzelheiten, und ich hörte gerne zu, wer besonders trinkfest war, wen die Türsteher als Ersten rausgeschmissen haben, wer heimwärts beinahe eine Kurve nicht gekriegt hätte. Ich lachte auch und sagte, beim nächsten Mal käm ich aber mit, das wird bestimmt lustig, Da geht's dann richtig ab. Aber ich kam nie mit, ich fand immer eine Ausrede, damit ich zu Hause bleiben konnte, bei den Eltern, und die Jungs wussten das.

Ich glaub, solche Orte sind nicht wirklich meins, obwohl ich den ganzen Abend beim Fernsehngucken dran dachte und ein bisschen neidisch auf die Ausschweifungen war, die ich nie erleben würde. Ihre Geschichten reichten mir, das war ja fast so, als wäre ich selbst dabei gewesen. Aber jedes Mal ging's irgendwann um Mädchen, die sie unten kennengelernt hatten, solche von weiter her, wie wir sie hier nicht kannten. Und wenn dann der Pierre vom anderen Ende des Plateaus neben seinem Traktor stand und beim Erzählen vielsagend rumfuchtelte, wenn er meinte Ich kann dir sagen, also, was die so mit mir angestellt hat, die wollte mal so richtig rangenommen werden, da lachte ich zwar immer noch mit, aber lustig fand ich's nicht mehr. Da hatte ich plötzlich überhaupt keine Lust mehr und wollte schnell nach Hause.

Einmal hat Maman zu mir gesagt, ich wär ein Romantiker und deswegen würd ich keine Frau finden. Das gefällt denen nämlich nicht. Ich glaub nicht, dass es daran liegt, aber ganz unrecht hatte sie auch nicht. Ich hörte noch nie besonders gerne, wie die anderen über die Mädchen aus der Disco redeten, und die Geschichten glaubte ich nur zur Hälfte. Klar, ich guck mir abends auch manchmal solche Filme an, sind ja überall im Internet, die machen da sonst was, manchmal zu viert oder zu fünft. Kenn ich alles, so ist das nicht. Aber das ist was anderes, das sind Schauspieler, so sollte es normalerweise nicht sein. Nein, Frauen waren für mich schon immer eine Art andere Welt, die ich kaum verstand, in der ich keinen Platz fand, aber wo es vor allem schöne Dinge gab. Ich redete nicht gross mit ihnen, aber ich schaute sie gern an und hörte gern zu, von ihnen ging was Angenehmes aus, etwas, das wir Männer einfach nicht haben, so ist das eben. Ich hätt gern eine echte Frau gehabt, eine, wie ich sie mir vorstellte, eine, die eingewilligt hätte, ihr Leben mit mir auf dem Causse zu verbringen. Eine, die ihr Lächeln in alle Zimmer getragen hätte. Eine, die da gewesen wäre, wenn es hart auf hart kam, im Winter oder wenn der Wolf die Schafe reisst und du sie morgens mit offenem Bauch findest. Eine, die sich nicht zu fein gewesen wär, mit anzupacken. Aber die hab ich nie gefunden. Oder nie richtig gesucht, keine Ahnung. Und vielleicht gibt's die ja auch gar nicht.

Dabei hatte es Frauen gegeben, so ist es nicht. Vor allem eine. Sie hiess Sophie. Sie war Krankenschwester und pflegte Papa, als der Krebs kam. Sie war für ihn da, so sah ich das, mir wär nie in den Sinn gekommen, also, ich hätt mich nie getraut. Maman hat das eingefädelt, das Thema angeschnitten, weil sie wusste, dass ich eines Tages jemanden brauchen würde und auf dem Gebiet eher hinterherhinkte. Sophie hatte eingewilligt, und für eine Weile hatte ich fast dran geglaubt. Sie war ein nettes Mädchen, brünett, immer gut frisiert und vom Land, anfangs dachten die Eltern, sie hätten das grosse Los gezogen. Für ein paar Wochen hat sie sogar hier bei uns gewohnt. Aber ich wusste nicht, wie das ging. Oder besser gesagt, *wir* wussten es nicht. Ich seh es noch vor mir, wie Sophie von einem Zimmer ins andere ging oder sich in der Küche zu schaffen machte und wie wir drei, ich, Maman und Papa, zusahen und dachten, dass es anders gemacht wurde, dass das nicht in den Schrank gehörte, dass das Radio erst angemacht wurde, wenn wir aus dem Stall zurückkamen. Als Maman entschied, dass sie gehen musste, hab ich natürlich genau gesehen, dass die Sophie ganz schön erleichtert war. Und ich auch ein bisschen, denn damals wusste ich noch nicht, dass die Sache drängte.

Als die Wochen vergingen und die Sozialarbeiterin zu mir kam und wir miteinander schliefen, fühlte ich mich nicht weniger einsam. Im Gegenteil. Sie kam, brachte mir ein bisschen Wärme, sagte mir nette Sachen, die mir für den Moment guttaten. Aber dann fuhr sie wieder, und es fing von vorne an, der Klumpen kam wieder und wurde sogar grösser, es tat weh, wenn ich abends die Herde reinholte und wusste, dass ein neuer Feierabend anstand. Und je länger das ging, desto weniger gefiel mir diese komische Beziehung, irgendwas war da nicht ganz astrein. Ich begriff nicht, was sie suchte, was sie von mir erwartete, was sie mir geben wollte und was nicht. Sie konnte reden, wie sie wollte, geklärt wurde nichts. Also, doch, ich verstand irgendwann, obwohl sie nicht drüber sprach, dass es ihr auch nicht gutging, wegen ihrem Mann, den sie nicht mehr wirklich liebte, aber trotzdem nicht verlassen wollte, weil, na ja, so war's eben. Mich hatte sie nur ausgesucht, damit ihr Leben noch ein bisschen chaotischer wurde. Jemand anders hätt's auch getan. Und das gefiel mir nicht. Das erinnerte mich an Pierre nach der Disco, was er über Frauen sagte, und im Grunde verbreitete das den Graben, der schon immer zwischen ihnen und mir gewesen war. Ich dachte, dass sie wirklich ganz anders tickten als ich und ich es nie in ihre Welt schaffen würde.

Das sollte sich übrigens als richtig erweisen.

Einmal hab ich ihn gesehen, ihren Mann. Im Herbst, nur ein paar Tage nach einem ihrer Besuche. Ich bin nie gross zu den Versammlungen von der Landwirtschaftskammer oder den Jungen Landwirten gegangen, über den Beruf sprechen, von unseren Problemen erzählen und auf die Ministerien schimpfen, die Wölfe lieber mögen als Menschen. Nicht dass das schlecht wär, aber das ist nicht meins, und in der Zeit, wo du da rumquatschst, macht dir niemand deine Arbeit. Aber diesmal hatten sie bei allen Betrieben der Region die Runde gemacht, es gab eine Reform in der GAP[*], es wär wichtig, dass wir kommen, blablabla. Ich hatte lange überlegt, aber schliesslich gesagt Gut, ich geh hin.

[*] Gemeinsame Agrarpolitik der Europäischen Union.

Es war in der Stadt in einem grossen Saal, die Fenster gingen auf die Berge raus, man sah die Wälder aus den Talmulden wachsen und wie sie ihre Blätter verloren, man konnte die nackten Äste der Kastanien und das feuchte gelbe Unterholz erahnen. Es war voll, beim Reingehen hatte ich dem alten Trousselier die Hand geschüttelt, seit Jahren nicht gesehen, er hatte gelacht, und ich dachte Der hört erst auf zu lachen, wenn er im Sarg liegt. Auch ein paar, die ich seit meiner Kindheit kannte, aus dem Internat, waren da, der Aniel-Junge, den ich einmal auf dem Schulhof vermöbelt hatte, aber der sich heute brüsten konnte, dass er alles besser hingekriegt hatte als ich, Biobetrieb, Bienenstöcke, Solarzellen auf dem Schafstall und drei Kinder, die noch nicht volljährig, dafür aber schon pfiffiger waren als die meisten von uns. Ich setzte mich hinten hin, auf keinen Fall in die erste Reihe. Und dann hörte ich mir eine Stunde lang an, wie ein Pariser in Anzug und Krawatte uns erklärte, was sich mit der neuen GAP änderte, wie wir unsere Nutzflächen angeben und ihre Onlineformulare ausfüllen sollten, angeblich nicht zu unserem Nachteil, es wurde nur anders berechnet. Er ging uns auf die Eier mit seiner Katzbuckelei, dann kanzelten ihn die Wütendsten ab, sie hatten Zeit gehabt, sich ihre Sätze zurechtzulegen. Ich hatte keine Lust, irgendwas zu sagen. Nicht dass ich nicht sauer gewesen wär, im Gegenteil, ich sah ja, was die da oben aushockten, wie die Typen von der EU uns immer weiter Richtung Abstellgleis drängten. Aber gut, man weiss ja, wie solche Versammlungen enden. Ich hatte nicht den Eindruck, Krakeelen würde gross was ändern.

Vor allem guckte ich mir den Mann von der Sozialarbeiterin an. Er hiess Michel, ich kannte seinen Namen, wir waren uns schon ein-, zweimal begegnet, ich wusste, dass er einen schönen Bestand an Aubrac-Rindern hatte, stammten vom alten Brugier. Der hatte es richtig gemacht, vom Landarbeiter zum Chef, weil er der Tochter einen Ring angesteckt hatte. Er war gross und kräftig, trug zu kurze Hemden, hatte sehr schwarze Haare und eine einzige Braue, wie ein haariger Balken über den Augen. Passte alles ganz gut zusammen, und der machte schon was her, mehr als ich wahrscheinlich, ist auch nicht so schwer. Als ich gesehen hatte, dass er auch da war, wusste ich nicht, wohin. Ich fühlte mich nicht wohl und wär fast wieder gefahren, als ob er im Gespräch gleich erraten würde, dass seine Frau ihm Hörner aufsetzte. Auch deshalb sass ich am anderen Ende des Saals. Der Michel hörte kaum zu, was gesprochen wurde, weder dem Beamten noch den Kollegen. Er lächelte ein bisschen dümmlich, sah oft raus, als ob er wer weiss was träumte. Wenn sie dem mit mir weh tun wollte, ging das ziemlich in die Hose, nach dem, was ich so sah. Den Eindruck hatte ich jedenfalls und fragte mich wieder mal, wo das hinführen sollte.

Ich erinnere mich auch, dass er mehrmals auf ein Blatt Papier schaute, das er in der Hand hielt, alles ein bisschen heimlich, als wär's nicht ganz redlich. Als wir alle draussen eine rauchten und die Jacken zusammenrafften, weil Wind aufgekommen war, riskierte ich einen Blick, weil er nah an mir vorbeiging und ich wissen wollte, was das sollte. Ich ahnte nicht, was noch passieren würde, deshalb hat mich das nicht weiter gejuckt. Was der sich anguckte, war ein Foto aus einer Illustrierten, ein hübsches Mädchen, das ich schon mal irgendwo gesehen hatte, aber ich wusste nicht mehr, wo.

Also, noch nicht.

Als der Winter kam, wusst ich nicht mehr so recht, warum ich mit der Sozialarbeiterin weitermachte. Also, doch, ich wusste's, wegen, also, wegen dem Sex, sonst nichts. Aber am Ende schadete es mehr, als es nützte, weil es mich jedes Mal in die Wirklichkeit zurückwarf, und ich glaub, seit den Tagen nach Mamans Tod hab ich mich nicht mehr so alleine gefühlt. So verging ein weiteres Weihnachten auf meinem Hof in der schwarzweissen Wüste, nur von weitem drang Feierlärm aus dem Gebäude, das die jungen Leute aus den Tälern manchmal besetzten, wenn sie auf dem Land Party machen wollten. Wenn ich die bis hierher hörte, ging wohl ganz schön die Post ab. Mein Klumpen sass in mir drin und blieb, Tag und Nacht, und ich dachte, dass was passieren muss, damit ich aus der Geschichte rauskomm.

Aber ich hätt nicht gedacht, dass meine Lösung am 18. Januar nachts einfach vom Himmel fällt.

Ich lag unter drei Decken. Im Dunkeln draussen herrschte der Nordwestwind mit Schneegestöber, dass die Fensterläden klapperten. Man hörte nichts anderes mehr, als hätten sich alle wilden Tiere vor ihm versteckt. Wenn du hier lebst, kennst du dich irgendwann mit solchen Stürmen aus, für die nächsten Tage verheisst das nichts Gutes. In der Zeit lässt du deine Tiere nicht mehr raus, ernährst sie nur mit Heu und Getreide. Ich musste grad erst eingeschlafen sein, als ich das Geräusch hörte. Ich riss die Augen auf, vor mir der Querbalken in der Schlafzimmerwand. Ich blieb einen Moment still liegen, um sicherzugehen, dass ich mich nicht geirrt hatte.

Nein, ich hatte richtig gehört: Draussen war irgendwas.

Der Sturm tat, was er konnte, um es zu ersticken, aber da war was, das man nachts normalerweise nicht hört. Als ob etwas oder jemand den Schnee am Haus platt drückte. Oder vielleicht ein Auto, das Schritt fuhr. Es war undeutlich, aber ich war mir sicher, dass jemand zum Hof kam und bestimmt nicht auf ein Glas Enzianbrand, um diese Uhrzeit. Ich wartete, vielleicht hörte es ja auf. Aber es ging weiter.

»Was soll der Scheiss?«, zischte ich, biss die Zähne zusammen und stand auf.

Ich nahm das Jagdgewehr, das hab ich immer unterm Bett. Wenn der Wolf sich schon bis zu mir wagte, jetzt, wo die Schafe drin waren, würd ich ihm eine tüchtige Abreibung verpassen und ihn mit grossem Vergnügen irgendwo hier verscharren, ohne irgendwem was zu sagen. Zum Anziehen legte ich das Gewehr aufs Bett, überprüfte die Patronen und stieg, die Waffe fest umklammert, in Hausschuhen die Steinstufen runter. Ohne Licht, damit man nicht sah, dass ich kam. In der Küche zog ich die Luft ein. Dort war natürlich niemand, nur der Herd in der Mitte mit dem Kaminabzug bis zur Decke. Guillaume schnarchte tief und fest, der wackelte nicht mal mit dem Ohr auf seinem Kissen. Ich drückte mein

Gesicht an die hintere Scheibe, wischte sie ab. Aber ich sah bloss Schnee, der durch die Nacht wirbelte und die Buckel des Plateaus leise zudeckte. Man konnte kaum die paar Meter bis zum Schafstall sehen. Ich ging wieder nach vorne und dachte Schöne Scheisse. Ich schlüpfte in die Stiefel, machte die Jacke zu, zog die Kapuze hoch und schaltete das Aussenlicht an. Ich stiess die Tür auf, die Kälte stürzte sich auf mich, sobald ich die Terrasse betrat, ich zitterte unter meinem Pullover. Über mir heulte der Wind wie nix Gutes ums Schieferdach. Ich kniff die Augen zusammen, versuchte im Gelb der Glühbirne irgendwas zu erkennen in der Nacht. Es war so finster wie in 'nem Schafsarsch. Ich hielt den Gewehrlauf vor mich.

»He!«, brüllte ich.

Aber nur der Wind antwortete.

Ich stieg die Stufen runter und sah mich um. Vor mir lag das Stück Weg, das hierherführt und kaum benutzt wird. Ich machte ein paar Schritte und spürte, wie die Schneeschicht unter meinen Stiefeln aufbrach. Dann ging ich in die Hocke, näher ran.

Ich hatte nicht geträumt.

Auf dem Boden waren Reifenspuren. Und so, wie ich das sah, waren sie frisch. Aber weit und breit kein Auto. Ich starrte angestrengt in die Dunkelheit, stand eine Weile bei den Steinmäuerchen und fror. Und dachte nach. Der hatte sich bestimmt nur verfahren. Macht nichts, kann passieren. Also zog ich die Nase hoch und ging mit dem Gewehr unterm Arm zurück.

Aber ehe ich die Tür wieder zumachte, sah ich oben auf meiner Terrasse von weitem ein Licht.

Unten am Zufahrtsweg, auf der Landstrasse, durchbohrten zwei rote Lichter die Nacht. Autorücklichter, solche, die beim Bremsen angehen. Sie verharrten drei, vier Sekunden, wie wenn sie mich anguckten. Das gefiel mir nicht. Und plötzlich fuhren sie nach Süden und verschwanden in der Finsternis. Ich runzelte die Stirn, aber ich würd bestimmt nicht hinterherrennen. Damals hatte ich keine Ahnung, was das sollte. Also ging ich rein, nicht böse, dass ich ins Warme kam, und ein paar Minuten später lag ich wieder im Bett.

Aber ich schlief nicht viel. Nach einer halben Stunde weckte mich ein anderes Geräusch.

Unten in der Küche bewegte sich wieder Mamans Schrank. Also, es hörte sich so an, wirklich, genauso klang das. Am Anfang war es unauffällig, nur ein leises Knarren, vom Sturm erstickt. Aber dann hat sie einen Radau veranstaltet, so was hab ich noch nie gehört. Und diesmal hatte ich richtig Schiss, sogar unter meinen Decken. Wär ich nicht ganz richtig im Kopf, ich hätte schwören können, dass jemand den Schrank über den Küchenboden schob, und da fielen mir wieder die ganzen alten Geschichten ein, die liessen sich nicht vertreiben. Wenn früher die Leute nachts Geräusche hörten, Seufzer, knarrende Möbel, Glockengebimmel im Kamin, dann hiess es, die Toten kämen in die Häuser zurück, weil's ihnen draussen zu kalt war. Ich erinner mich, wie Mémé davon erzählte. In solche Häuser gingen wir nicht rein, weil es da Schrecken gab, sagte sie. Schrecken, es gefiel mir nicht, wenn sie so redete. Aber jetzt war es genauso. Ich dachte an Maman, an die Leere, als sie starb, und ich konnte nicht anders, ich fragte mich, ob sie mir wohl was sagen wollte mit dem Schrank, wo ich ihre Sachen aufbewahrte.

Ich weiss nicht, wann ich eingeschlafen bin, aber es war fast Morgen.

Nach kaum vier Stunden Schlaf schlug ich an diesem weissen Tag die Augen auf, mit einer vagen Erinnerung an die Nacht. Ich stand auf und sah durchs Fenster den Schnee auf Feldern, Felsen und Pinien. Bestimmt gut dreissig Zentimeter, und es schneite immer noch. Ich trank einen Kaffee am Küchentisch, versuchte, den Schlaf abzuschütteln, der mich nicht losliess. Mir fiel ein, dass die Sozialarbeiterin heute kommen wollte, und ich dachte wieder mal, dass das aufhören musste, dass die Rolle nicht zu mir passte, die sie mich spielen liess. Ich starrte lange auf den Schrank in der stillen Küche. Er hatte sich natürlich keinen Millimeter bewegt, stand dicht an der Wand, und ich dachte Siehste, alles Einbildung. Ich schüttete den Rest Kaffee weg und rüstete mich für die Kälte.

Kein Zweifel, der Winter war da. Der Wind trieb Flocken vor sich her, die wirbelten immer noch von oben runter, und die weisse Decke aus der Nacht wurde noch dicker. Ich schlug meine Handschuhe gegeneinander und blies hinein, stampfte mit den Füssen. Dann ging ich zum Schafstall, hielt gegen den Wind die Kapuze fest. Selbst dem Hund war kalt, er lief mit gesenktem Kopf und liess die Zunge drin. Die Traktorspuren im Schlamm waren unter der Schneeschicht gefroren. Ich schob die Metalltür auf, und als sie durch die Schiene glitt, fiel ein Packen Schnee vom Dach. In der riesigen Scheune direkt neben dem Schafstall, wo das Heu für den Winter lagerte, war die Scheisskälte überall, Eis in den Eimern, Reif auf den Wasserhähnen. Ich ging zu den Schafen. Sie hielten sich warm, indem sie sich ohne viel Radau an den Gittern zusammendrängten, um Kraft zu sparen. Die Wolle dampfte, sie machten ein bisschen Nebel. Sie guckten mich an, erstaunt über die plötzliche Kälte. Pégouse drängte sich dicht an mich.

»Komm gleich wieder«, sagte ich.

Und holte drei Heuballen, die wollte ich in den Raufen verteilen.

Aber unterwegs blieb ich stehen.

Draussen vor dem Scheunentor war was. Das mir beim Reinkommen nicht aufgefallen war. Und nicht mir gehörte, da war ich mir sicher. Vier, fünf Sekunden lang starrte ich das Ding stirnrunzelnd an. Es sah aus wie ein grosser Sack, lag neben dem Stapel Brennholz unter der kleinen Überdachung. Es guckte ein Stück raus, war zur Hälfte schneebedeckt.

Ich trat näher und beugte mich runter, damit ich es besser sah. Ich wusste nicht, was das war oder wo das herkam, aber das gefiel mir nicht. Ich ging in die Hocke und wischte mit dem Handschuh den Schnee weg. Eigentlich war es eine graue Plane mit einem Strick drum. Ich wusste nicht so recht, was ich von der Form halten sollte, lang und schmal. Ich zögerte, bevor ich nachguckte, was drin war, blickte mich nach allen Seiten um, aber jetzt im Winter war ich noch mehr als sonst der Einzige, der sich hier beim Füttern einen abfror. Also nahm ich ein Messer und schnitt den Strick durch, um die Plane aufzuwickeln. Drunter war eine Decke, ich zog dran, sie öffnete sich.

Und als Erstes sah ich einen zerzausten Schopf.

»Verdammte ...«

Unter den Haaren war ein Kopf. Der Kopf einer toten Frau. Dieses Ding, das da vor meinem Schafstall lag, als wär's meins, war eine Leiche, verflucht noch mal. Ich fuhr zurück, rutschte auf dem gefrorenen Boden aus, packte mich hin und fiel rückwärts gegen die Metalltür. Das machte einen Höllenlärm, mir fiel noch mehr Schnee auf den Kopf.

Ich blieb einen Moment so halb liegen, zwei Meter von der Leiche in der Plane entfernt. Und fragte mich, was zum Teufel diese Scheisstote hier zu suchen hatte, wo doch schon die Lebenden zweimal überlegen, ob sie herkommen. Sah wieder die Szene letzte Nacht vor mir, die Geräusche draussen, die Autorücklichter auf der Strasse, der rumorende Schrank. Hinter mir begannen die Schafe zu blöken, sie wollten ihr Heu, und der Wind durch die offene Stalltür gefiel ihnen auch nicht. Aber das war es nicht, was mich zum Handeln zwang.

Von unten kam ein Auto den Weg hoch.

Die Sozialarbeiterin.

Natürlich war sie das, ich hatte zu lange hier herumgetrödelt. Ich stand schnell auf, und in meinem Kopf fing es an zu rattern. Mein Herz hämmerte unter den Klamotten. Wenn die mich hier mit der Leiche sah, was sollte ich da sagen? Dass die ganz allein hergekommen war? Nein, ich musste handeln, was tun.

»Joseph!«, hörte ich es rufen.

Sie suchte mich, in ein paar Minuten wär sie hier. Ich musste schnell entscheiden. War vielleicht nicht die beste

Idee, aber ich packte die Plane mit beiden Händen, da, wo sie zugeschnürt war, und zog. Ich schleifte sie zum Stall. Sie war schwerer als ein totes Schaf. Die Plane hinterliess eine Spur im Schnee.

»Joseph!«

Jetzt ging sie ums Haus rum, gleich war sie da, verdammte Scheisse.

Ich rutschte mit den Handschuhen ab, weil ich feuchte Hände hatte. Ich zerrte mit aller Kraft, während der Wind peitschte, mir die Kapuze vom Kopf riss, und ich hörte, wie die immer näher kam mit ihrer Ruferei. Ich zog, bis ich das ganze Bündel drin hatte. Und es war höchste Eisenbahn, beinah hätte sie mich mit der Leiche erwischt, ich hatte grade die Tür verriegelt, da stand sie auf der Matte.

Wieder rief sie mich. Ich wich an die hintere Wand zurück, und mein Blick huschte zwischen der Metalltür und dem grauen Bündel hin und her, das nun zwischen Heu- und Strohresten auf dem Boden lag. Ich wusste nicht, was ich machen sollte, trat auf der Stelle, mir war plötzlich überhaupt nicht mehr kalt. Direkt neben mir beschwerten sich die Schafe. Sie hatten Hunger und verstanden nicht, wieso ich ihnen nicht ihre Morgenration brachte, wo ich doch da war.

Ich wartete ab, dass sie wieder fuhr, stellte mich tot, könnte man sagen. Aber sie blieb und rief nach mir, als müsste sie mich unbedingt sehen, das Unwetter konnte sie nicht vertreiben. Sie hämmerte gegens Metall, alles vibrierte, und das gefiel den Tieren gar nicht. Sie rief wieder. Also dachte ich Du musst mit ihr reden, anders geht's nicht. Ich versuchte, mich ein bisschen zu beruhigen, damit ich nicht so panisch aussah, guckte die Tote nicht an und ging zur Tür. Ich machte das eisige Vorhängeschloss auf, schob die Tür einen Spaltbreit auf und steckte den Kopf raus. Mein Mund lächelte, aber innen drin war mir gar nicht gut, ich wusste nicht, was ich machen sollte, und wollte einfach nur, dass sie wieder fuhr.

Ich sagte, was mir grad einfiel, dass ich zu tun hatte, keine Zeit heute, und dabei wusste ich, dass links von mir der tote Kopf aus der Plane rausguckte, als ob sie mir zusah. Das ging mehrere Minuten, die Sozialarbeiterin legte den Kopf schief, wollte reingucken, sie hatte bestimmt geschnallt, dass ich was versteckte. Und ich wusste nicht, was ich sonst noch sagen sollte, also hielt ich den Mund. Ich schob langsam die Tür wieder zu, was anderes fiel mir nicht ein, damit sie begriff, dass sie unpassend kam. Ihr Gesicht verschwand und der weisse Himmel und die winterlichen Weiden, und eine Windböe wirbelte Flocken in die Scheune. Ich hörte sie durch die Tür atmen, wie sie im Schnee auf der Stelle trat, und dachte Geh weg, nun geh schon weg, und mein Herz konnte bald nicht mehr. Und endlich ging sie, und ich drehte mich zu der Toten um.

Und jetzt? Was nun?

Ich hätte sofort die Polizei rufen und ihnen die Wahrheit sagen können. Hab ich aber nicht. Erstens dachte ich, dass die Frau bei mir ist, hat vielleicht einen Grund. Ich wollte's verstehen. Ausserdem regelte ich meine Probleme normalerweise selbst.

Ich fütterte endlich meine Herde, die Schafe hinter mir stürzten sich aufs Heu, drängten sich gegen die Metallstäbe, während Guillaume rumlief. Und ich wickelte die Plane und die Decke ab. Ich hatte mich auf einen alten Schemel gesetzt, noch aus Pépés Zeiten, der nahm ihn damals zum Melken, bevor's die Anlage gab. Einen Meter vor mir die Leiche, ich hatte sie gegen einen Heuballen gelehnt. Sie war starr, also vor allem Hals und Arme, untenrum ging's.

Eindeutig eine Frau, sie war blond, und selbst jetzt, wo die Haut kalt und starr wurde, sah man, dass sie schön gewesen war. Man konnte fast denken, sie schläft. Sie trug Goldohrringe, bestimmt teurer als ein Traktor. Sie war für den Winter angezogen, zum Wandern eigentlich, aber elegant. Also, glaub ich, ich kenn mich da nicht so aus, aber den weissen Rollkragenpullover unterm Parka fand ich eben elegant. Noch roch es nicht, aber das würde bald kommen, denn wenn jemand stirbt, egal ob Mann, Frau oder Tier, fängt's an zu stinken. So ist das eben. Bei Maman war es nach drei Tagen so weit, da hab ich dann beschlossen, den Arzt zu rufen. Es stank einfach zu sehr aus dem Schlafzimmer. War ja auch noch Sommer.

Ich sass lange still da und sah sie an, dachte über vieles nach. Kennen tat ich sie jedenfalls nicht, die Blondine hatte ich garantiert noch nie gesehen. So selten, wie ich vom Hof wegkomme, treff ich jetzt auch nicht massenhaft Frauen, konnte mich also kaum irren.

Sie war nicht von alleine gestorben. An ihrem Hals war ein roter Abdruck und getrocknetes Blut, du brauchst keine Fernsehserien gesehen haben, um zu wissen, was das heisst. Sie war erwürgt worden, das begriff ich sofort. Von einem Mann oder einer Frau, aber ich dachte irgendwie, es war eher ein Mann gewesen. Der, der nachts in dem Auto gesessen hatte. Es ging bestimmt um Liebe oder Geld, irgend so was musste es sein. Und dem war nichts Besseres eingefallen, als sie vor meiner Scheune abzuladen. Aber wieso ich? Wieso grade hier? Was hatte das zu bedeuten? Ich war ja nun auch kein Bestattungsunternehmen.

Musste mich trotzdem um den Hof kümmern, also stand ich irgendwann auf und ging wieder an die Arbeit. Ich machte die Heuraufen sauber, mistete aus, der Haufen draussen wurde immer höher, ich ging durch die Herde und beobachtete die Mutterschafe, weil das Lammen anstand, eine kritische Phase. Ich kratzte ein bisschen an kleinen Verletzungen vom Sommer, die noch nicht gut verheilt waren. Vor allem die vom Wolf, der eines Nachts seine Zähne in die Wolle meiner Tiere gegraben hatte, ehe er sich zu den Nachbarn verzog. Und die ganze Zeit über sah ich aus dem Augenwinkel die Gestalt der Toten, die am Heuballen lehnte, hinter sich meinen gesamten Vorrat, Hunderte Ballen, die ich im Frühjahr und im September auf meinen Wiesen gemäht hatte. Durch den trockenen Sommer reichte es gerade so für den Winter. Wie ein riesengrosses Heupaket, bis unters Blechdach, nur hier und da ein paar Lücken, wo ich schon Ballen rausgezogen hatte. Im Moment traute ich mich nicht, sie gross zu bewegen, ich wusste noch nicht, was ich mit ihr machen sollte. Es war komisch, wie sie reglos dasass mit leerem Blick, der mir bei allem, was ich tat, zu folgen schien.

Mittags trank ich ein Glas Enzianbrand und ass eine Konserve in meiner Küche, ich spürte genau, dass es kein gewöhnlicher Tag war. Ihr Gesicht ging mir nicht aus dem Kopf. Aber ich hatte keine Angst, fand es weder schrecklich noch sonst irgendwas, nicht wie in den Horrorfilmen, wo alle beim erstbesten Kadaver gleich loskreischen. Nein, ich war wieder ganz ruhig, den Tod kannte ich schon ein bisschen. Ich fand's nur merkwürdig, dass sie hier war. Als wär's nicht real.

Nachmittags ging ich wieder zu ihr, hatte sich natürlich nicht bewegt. Ich zog wieder Heu raus für die Schafe, die stürzten sich drauf, ich schob den Schnee vor der Stalltür weg, sie klemmte ein bisschen. Und der Abend kam rasch, ich stand in der Scheune, die Neonröhren an der Decke waren an, um mich rum die Nacht. Es fielen keine Flocken mehr. Der Himmel war nur noch schwarz mit etwas helleren Umrissen, Wolken, die sich oben drängelten. Die Kälte zwickte im Gesicht. Es war Zeit, das Licht auszuschalten und reinzugehen. Ich ging zur Toten und fragte mich, was ich tun sollte, ob ich sie über Nacht hierlassen konnte, vielleicht war es gefährlich oder gehörte sich nicht. Ich sah sie lange an und überlegte. Und schliesslich traf ich eine Entscheidung. Ich setzte sie, so gut es ging, aufrechter hin, gar nicht so einfach, weil sie ganz starr geworden war, schob ein paar Strohhalme weg, die um sie rum lagen, und ging zur Tür. Ich machte das Licht aus und schob die Tür auf, und als ich mir eine Zigarette anzündete, hörte ich hinter mir die Schafe blöken.

Aber nicht wie sonst: Die hatten auch begriffen, dass sich was verändert hatte. Dass sie diese Nacht nicht alleine waren.

Ich schreckte ein paarmal aus dem Schlaf hoch. Ich sah die Tote in meiner dunklen Scheune sitzen, als ob sie für mich über die Tiere wachte. Und der Schrank in der Küche war lammfromm.

»... *der* tourmente *zum Opfer gefallen? Diese Frage stellen sich vierundzwanzig Stunden später die Suchtrupps der Polizei* ...«

Erst hatte ich nicht drauf geachtet. Das Radio morgens ist eher ein Hintergrundgeräusch, wie abends der Fernseher. Läuft vor allem, damit du dich nicht so alleine fühlst. Die Sprecher gehören zur Familie, auch wenn du dir manchmal wünschst, dass sie von deiner Welt reden, die aller Welt scheissegal ist. Das Gerät steht immer auf dem Tisch, wenn du aus dem Stall kommst, aber du hörst nur mit halbem Ohr zu. Das ist dein Fenster zur Aussenwelt, zu denen, die nur im Sommer hier sind, damit ihre Bälger an die Luft kommen.

»... *Évelyne Ducat verschwand bei einer* ...«

Der Name hat mich aufhorchen lassen. Ducat. Ja, das sagte mir was. Kannte ich sogar sehr gut, den Namen. Ich drehte lauter.

»... *Guillaume Ducat stammt aus dem Departement. Seit Dienstag fehlt von seiner Frau jede Spur. Er hatte sich am Morgen auf die Suche gemacht und den verlassenen Wagen vor der Stadt an einem Wanderweg entdeckt. Er verständigte sofort die Polizei, um eine Vermisstenanzeige aufzugeben* ...«

»Gottverdammmich ...«, flüsterte ich.

Ich ging kurz in den Stall und klemmte mich vor das eisige Gesicht der Toten. Ich besah mir alle Einzelheiten, sie und ihre blauen Würgemale am Hals, aber mit anderen Augen als gestern.

Weil ich jetzt wusste, dass sie die Frau von dem Dreckskerl Guillaume Ducat war.

Ich hatte den Namen seit fünfzehn Jahren nicht mehr gehört und gehofft, das würde auch so bleiben. Aber da war er wieder und schleppte Familienerinnerungen an, die so alt waren wie mein Urgrossvater.

Die Ducats waren früher unsere Nachbarn. Sie lebten wie wir seit Jahrzehnten hier und züchteten dieselben Schafrassen auf der gleichen steinigen, rissigen Erde. Sie führten ihre Herde auf die benachbarten Triften, und unsere Parzellen überschnitten sich, das war nicht gut gemacht. Es hätte gutgehen können, die beiden Familien hätten einander in schweren Zeiten zur Hand gehen können, Geräte gemeinsam nutzen, sich helfen im Namen der bäuerlichen Solidarität. Aber so war es nicht. Sie hassten sich eher. Wir wussten übrigens nicht mehr genau, wie das alles angefangen hatte, wir sagten, es wär um Wasser gegangen, die Ducats von damals hätten eins von unseren Rohren auf ihren Hof umgeleitet. Sie dagegen meinten, nein, das käm nicht daher, schon mein Urgrossvater hätte seine Grundstücksgrenzen nicht eingehalten. Wir wussten nicht, wer recht hatte, aber eins war sicher, wir würden uns niemals mit diesen Schweinehunden anfreunden, die nichts und niemanden respektierten, und die sagten sicher das Gleiche von uns.

Erinnerungen an kranke Streiche von denen hab ich zur Genüge im Kopf. Der schlimmste war vielleicht, als ich noch klein war und eines Morgens zwei von Papas Schafen mitten in der Herde elend krepierten. Der Tierarzt war da gewesen und hatte Nadeln in ihren Mägen gefunden. Die haben's nie zugegeben, aber für uns war nicht schwer zu erraten, dass die Ducats sie ins Heu geworfen hatten, die Scheissnadeln! Nadeln im Heu, wenn das kein bösartiger Einfall ist! Zu der Zeit hatten wir grade einen neuen Hund, und mir kam die Idee, ihn Guillaume zu nennen. Wie Ducat junior. Ich sehe Papa noch vor mir, wie er auf den Stufen vor dem Haus sitzt und dem Welpen über den Kopf streichelt. Hm, das ist der richtige Name für einen Bastard, hatte er gesagt und zum Ducat-Hof gestarrt, nur hundert Meter von unserem entfernt. Seither hiessen alle unsere Hunde so, damit wir nie vergassen, wie sehr wir unsere Nachbarn verabscheuten.

So vergingen die Jahre voller Hass und immer schäbigerer Konflikte, damit bin ich aufgewachsen, und ich selbst würd bestimmt nichts dran ändern. Es war kein Zufall, dass sie sich als Letzte vom Acker machten, ehe ich als einziger Überlebender meine Schafe über die Triften trieb. Sie klammerten sich mit aller Kraft an ihr Land, damit man es ihnen nicht wegnahm. Aber der Guillaume, ihr einziger Sohn, hatte mit der Herde nichts am Hut. Der Hund war ehrgeizig, Kohle machen, was anderes hatte der nicht im Kopf, die Scheisse von den Schafen wegputzen, das war nichts für ihn. Also verpisste er sich in die Stadt, es hiess, er hat in Paris ein Vermögen gemacht. Ich tat, als ob's mich nicht juckte, aber wenn von ihm die Rede war, spitzte ich die Ohren, und manchmal dachte ich dann Verflucht, was mach ich eigentlich noch hier.

Als der alte Ducat sich nicht mehr um die Tiere kümmern konnte und für die letzten Jahre in ein Viersternealtersheim an die Küste zog, wurde ihr Land verkauft. Elende Scheisse, es hätte uns zugestanden, wir waren seit Ewigkeiten hier, wie sie, und unserem zerstückelten Besitz hätte es gutgetan. Dann hätten wir im Frühjahr und im Sommer nicht mehr jede Woche die Herde woandershin treiben müssen. Papa war damals schon tot, also haben Maman und ich ein Angebot für alle Parzellen gemacht, obwohl es uns sauer aufstiess, dass wir für solche Leute Geld lockermachten. Aber dass wir ihr Gut kaufen, wär den Ducats an die Nieren gegangen. Sie taten alles, damit es nicht dazu kam, zwei Jahre haben sie's rausgezögert. Und es kam nicht dazu. Letztendlich ging das Land schnipselweise weg, einen Teil kauften Bauern vom anderen Ende des Causse, solche, die sonst was kaufen würden, damit sie mehr Fläche und höhere Prämien kriegen. Ein Teil ging an die Gemeinde für irgendein nie verwirklichtes Projekt, und das schönste Stück Land hatten sie behalten und an einen jungen Mann verpachtet, der ins Nachbardorf zog. Schade drum, das ist meine Meinung. Das Haus stand fast das ganze Jahr über leer, wurde zum Ferienhaus, und jeden Sommer seh ich andere Leute, die dann mit ihrer Kinderschar bei mir aufkreuzen, sich unterhalten und so tun, als ob mein Leben sie interessiert.

Aber der Guillaume, der setzte keinen Fuss mehr hierher. Fünfzehn Jahre hatte ich seine Visage nicht mehr auf dem Causse gesehen. Ich wusste nicht mal, dass er zurück in die Gegend gezogen war, ich hatte gedacht, er wär endgültig zum Städter geworden, und weit weg war mir nur recht. Das war der einzige Vorteil, ganz alleine hier zu sein, wenigstens gab es keine Ducats mehr.

Nur dass jetzt direkt vor mir, in meiner Scheune, seine Frau an meinem Heuvorrat lehnte. Und als ich sie mir von allen Seiten besah, wie etwas, das mir gehörte, konnte ich letztendlich schnell erraten, was sie hier machte. Ich bin vielleicht nicht gut im Reden, aber nachdenken, das kann ich. Der Guillaume hatte eine schöne Blondine geheiratet, ungefähr so alt wie wir, vielleicht fünfundvierzig. Er hatte sicherlich ein paar Jahre mit ihr gelebt, es genossen, ihr Kinder gemacht. Und dann lief es eines Tages nicht mehr. So war er schon immer, nehmen und wegwerfen.

Also hatte er seine Frau umgebracht, ganz einfach.

Vielleicht war es im Affekt gewesen, ein Streit, der böse ausging, oder er hatte es monatelang ausgeheckt, keine Ahnung. Aber ich traute ihm so was durchaus zu. Wie seine Eltern: Zwei Schafe mit Nadeln töten oder seine Frau erwürgen, dazwischen ist nur ein kleiner Schritt, glaub ich zumindest. Bloss, wenn du deine Frau erwürgt hast und sie in deinem Wohnzimmer liegt, musst du irgendwohin mit ihr. Du kannst sie im Keller verstecken oder im Garten vergraben, aber das ist gefährlich, die Polizei würde sie doch irgendwann finden. Also suchst du einen Ausweg. Und da fällt dir der gute alte Joseph ein, der haust immer noch da oben, ganz allein in seinem Kaff auf dem Causse, und leiden konntest du den noch nie. Du denkst, dein Wort, das Wort eines Reichen, wird immer mehr wert sein als das eines Bauern, der vor kurzem noch Depressionen hatte. Und nicht irgendein Bauer: einer, der dich seit deiner Geburt so sehr hasst, dass er seinen Hund nach dir benennt. Du hast überhaupt keinen Kontakt mehr zu ihm, aber der wird schon wissen, dass du wieder hier wohnst, und eifersüchtig und verbittert, wie er ist, könnten manche durchaus glauben, dass er deine Frau umgebracht hat.

Also überlegst du nicht lang. Die Leiche legst du ihm nachts vor die Tür. Und am nächsten Morgen sagst du, deine Frau wär verschwunden. Weil du weisst, dass der Joseph, egal wie man's dreht und wendet, keine Wahl hat. Wenn er die Polizei ruft, bist du ganz vorne mit dabei, beschuldigst ihn und erinnerst an Vergangenes, das in Vergessenheit geraten ist. Da gäbe es sicher zwei, drei Alte, die das bestätigen, und auch, dass der Joseph fuchsteufelswild war, als du ihm damals dein Land nicht verkaufen wolltest.

In meinem Kopf ratterte es mit zweihundert Stundenkilometern. Und ich hatte keine andere Erklärung. Kam mir nie in den Sinn, dass er es nicht gewesen sein könnte.

Jetzt hatte er mich, der Schweinehund.

Die Strassen auf dem Plateau waren rutschig, der Schnee schmolz auf dem Asphalt zu grauem Brei, und der beförderte dich schneller auf die umliegenden Felder, als du Scheisse sagen konntest. Ich fuhr ganz langsam und starrte durch die beschlagene Windschutzscheibe fest auf die Steinmäuerchen. Der Wind hatte hinter jeder Erhebung Schneewehen angehäuft. Die Viehzüchter waren so wenig wie möglich draussen und warteten auf steigende Temperaturen, in der Zwischenzeit wachten sie über ihren Bestand, ehe das Lammen losging.

Ich hatte die Geschichte den ganzen Morgen über gedreht und gewendet. Und begriffen, dass ich nicht so viele Möglichkeiten hatte. Wenn ich die Polizei rief, führte das womöglich sonst wohin, die würden mich in die Mangel nehmen wie im Fernsehen, nie im Leben würde man mir glauben, dass ich die Tote schon kalt vor meinem Schafstall gefunden hatte. Wenn ich beim Guillaume in seinem protzigen Haus im Tal aufkreuzte, um das direkt zu klären, genauso. Und eigentlich hatte ich dazu keine Lust. Er hatte bestimmt alles durchdacht und wusste, dass ich auf keinen Fall Aufmerksamkeit erregen oder mit den Bullen oder Journalisten reden wollte. Also fuhr ich nun übern Causse durch die weisse Landschaft und tat genau das, was er wollte: Ich kümmerte mich selbst um die Leiche. So wie immer.

Und ich hatte mir so meine Gedanken gemacht.

Das Plateau ist wie ein Schweizer Käse, hier bei uns sind überall Karsthöhlen, der Regen hat das Kalkgestein zu Schächten ausgehöhlt, die die Oberfläche mit den tieferen Schichten verbinden. Früher glaubten sie, dort unten wär das Tor zur Hölle und dass es neben den Leichen von Hunden, Schafen, Kindern und Greisen, die hineingestolpert waren, auch Gespenster und Monster gab. Es hiess, nachts würde die ganze Bagage dort unten klagen, manchmal stiegen die Stimmen der Toten aus dem Bauch der Erde nach oben. Ich hatte zwei oder drei solcher Löcher eingezäunt, damit mir kein Schaf reinfiel wie früher manchmal. Deshalb dachte ich von jeher, wenn ich irgendwann mal was verschwinden lassen müsste, dann in so einem Schlund.

Hinter dem Hügel, wo einige letztes Jahr den Wolf gesehen haben wollen, fuhr ich um mächtige, bizarre Felsen herum, die fast ein bisschen wie krumme, bucklige Menschen aussahen. Aber als ich in den Weg einbog, musste ich anhalten.

Da standen schon zwei Polizisten.

Sie beugten sich in ihren blauen Jacken über eine Karte auf der Motorhaube und berieten sich. Als sie mich sahen, machten sie mir ein Zeichen und kamen zum Autofenster. Wieder spürte ich, wie mir das Herz in der Brust hämmerte, und eine plötzliche Hitzewelle fuhr mir durch die Arme. Ich kurbelte das Fenster runter, Kälte packte mich. Der Typ sagte Guten Tag. Ich auch. Er stellte sich vor, Major Vigier, das klang ernst. Er fragte, ob ich aus der Gegend wär, ich sagte Ja, ich hätte da hinten einen Hof. Er sah aus wie ein Junge unter seinem Käppi, ganz glatte Haut, hervorstehende Wangenknochen und spitzes Kinn.

»Ist Ihnen seit gestern irgendetwas Ungewöhnliches aufgefallen?«, fragte er.

Ich tat, als müsste ich nachdenken, dann schüttelte ich den Kopf. »Suchen wohl die Vermisste?«

»Ja«, seufzte er, als ob sie schon seit zwei Wochen dran wären. »Wir haben so ziemlich überall Suchtrupps ausgeschickt. Sie war vielleicht hier, nach dem, was man uns gesagt hat. Wir warten auf die Ausrüstung und Kollegen, dann suchen wir in den Karsthöhlen.«

Scheisse, dachte ich. Sagte aber nur: »Aha.«

»Ich sag's noch mal: Wenn Sie irgendwas gesehen haben, auch was Unwichtiges, kann das nützlich sein.«

»Hm. Aber ich komm ja nicht viel raus.«

»Natürlich. Sie haben bestimmt ordentlich zu tun im Moment.«

Guck an, jetzt interessierte er sich für meine Arbeit. Er fröstelte ein wenig und zog den Kragen mit der behandschuhten Hand etwas zu. Dann sah er mich wieder an.

»Wo wollen Sie eigentlich hin?«

Ich überlegte. Sein Ton gefiel mir diesmal nicht.

»Da rüber. Ich hole einen Heuballen ab«, log ich.

»O. k. Dann will ich Sie nicht länger aufhalten.«

»Hm.«

Ich kurbelte das Fenster hoch, und er ging wieder zu seinem Kollegen. Ich fuhr auf der Strasse weiter und sah zu, dass ich einen grossen Bogen machte, damit sie mich nicht noch mal sahen. Ich kam an schwarzen Pinien vorbei, die Äste schwer vom Schnee, an über den Winter verlassenen Ferienhäusern, an Dolinen, die man unter der weissen Decke kaum noch erkannte. Und fuhr zurück nach Hause, parkte und rauchte eine Zigarette in der Kälte.

Die Karsthöhlen konnte ich erst mal vergessen.

Es ging nicht anders, die Tote musste hierbleiben, wenigstens vorerst. Bis Gras über die Sache wuchs. Eines Tages würde man sie für verschollen erklären. Der Guillaume würde so tun, als ob er sich damit abfand. Und alle würden zur Tagesordnung übergehen, im Radio würden sie sich neuen, lukrativeren Themen zuwenden. Aber bis dahin war sie hier immer noch am sichersten. Zu mir verirrte sich kaum jemand.

Also nahm ich die Leiche wieder aus dem Kofferraum, brachte sie zurück in die Scheune und lehnte sie ans Silo. Sie war nicht mehr starr, es ging leichter als am Vortag. Ich weiss nicht, wieso, aber ich fand es schon mal wichtig, dass sie sass, ich konnte sie nicht hinlegen oder einfach irgendwo sonst wie liegen lassen. Ich fand, das gehörte sich nicht. Der Hund strich ständig um sie rum, ich schnauzte ihn an, dass er sie in Ruhe liess. Es roch immer noch nicht, bestimmt weil es so kalt war und auch weil es von den Schafen direkt dahinter rüberwehte.

Dann holte ich den Traktor, der hinter dem Gebäude im Schnee stand. Ich kletterte in die Fahrerkabine, zog die Handschuhe aus und startete. Fuhr durch das offene Tor in die Scheune und montierte die Hubgabeln. Den Dreipunkt-Kraftheber hatte ich mir vor Mamans Tod gebraucht gekauft, zur Arbeitserleichterung. Ich stellte mich vor meinen Heuhaufen, schob die Gabeln unter die obersten Ballen und begann die Würfel umzustapeln, indem ich auf dem Betonboden manövrierte. Ich setzte welche ab, stapelte neue drauf, schob welche zur Seite. Es dauerte, aber ich konnte das. War ein bisschen wie als Kind mit Bauklötzen, es musste vor allem halten und durfte nicht gegen die Wand kippen. Ich machte weiter, und nach einiger Umstapelei hatte ich alles neu geordnet und eine Kammer hinter drei Reihen Heu gebaut, mit einer Art Gang dahin. Da stieg ich vom Traktor, nahm die Tote und schleifte sie über den Boden, hinein in dieses

Heuhaus, und setzte sie rein, in dieses Loch in meinem Wintervorrat. Wie ein kleines Zimmer ganz für sie allein. Und ich versperrte den Eingang mit ein paar handgestapelten Heuballen.

Ich trat zurück an die hintere Scheunenwand und guckte, wie es aussah. Wirkte, als hätte ich viel mehr Heu. Aber wenn's dir niemand sagte, konntest du nicht ahnen, dass da drin eine Frau versteckt war.

Ich war ziemlich stolz auf mich.

Mehrere Tage vergingen.

Der Schnee war ein bisschen geschmolzen, und die Landschaft bestand wieder aus gelben und grauen Steppen, wie seit ewigen Zeiten. Das Gras war trocken, und die Disteln reckten ihre Stacheln aus den Steinhaufen. Ich konnte die Herde ein bisschen rauslassen, für die Muskeln, die würden die Schafe bald brauchen. Es war eine komische Zeit, diese Frau in meinem Heu, ich konnte nicht sagen, was das mit mir machte. Aber es war nicht schrecklich oder unangenehm. Jeden Morgen und jeden Abend zog ich Heuballen heraus und verteilte sie in den Raufen. Und jedes Mal verschloss ich die seltsame Heutür zum Versteck. Ich versuchte mir vorzustellen, wie es drin war, in der Höhle, die ich für sie gebaut hatte.

Ich dachte nicht weiter an den Guillaume und was er mir da eingebrockt hatte. War mir eigentlich wurscht, mich interessierten andere Sachen. In den Nachrichten sprachen sie viel davon, Bilder von Polizisten und Feuerwehrleuten auf dem Berg oder den Wanderwegen im Tal, die hofften, die Vermisste zwischen den Kastanien zu finden. Manchmal erstattete der Staatsanwalt oder was weiss ich wer Bericht, Journalisten glaubten an einen Mörder von ausserhalb, die Leute von hier wärmten längst vergessene Geschichten wieder auf, von der *tourmente*. Und wenn ich abends vor meinem Fernseher sass, dachte ich zufrieden, dass sie bei mir war, die würden sie nie finden, und dann wär das so was wie eine lokale Legende, für die nur ich und der Guillaume eine Erklärung hätten. Und das gefiel mir. Aber am aufmerksamsten hörte ich zu, wenn sie von ihr sprachen. Weil ich wissen wollte, wen ich da in meiner Scheune hatte. Ich wusste, dass sie nicht mehr lebte und es eigentlich sinnlos war, aber es interessierte mich trotzdem.

Évelyne, so hiess sie, ich fand, das war ein schöner Name. Sie war neunundvierzig, drei Jahre älter als ich. Eine aus der Stadt, eine Städterin, die nur wegen den Geschäften ihres Mannes in unserer Pampa war, weil der an seinem Geburtsort ein Unternehmen aufbauen wollte. Sie arbeitete nicht, wie es hiess, ihre Kinder waren erwachsen und studierten an den besten Unis, wenn sie die also nicht grade besuchte, war sie zu Hause. Manchmal ging sie wandern, denn sie war ja sportlich, die hielt was auf sich. Sie zeigten Fotos von ihr, und sie war eine sehr schöne Frau, so eine hatte ich vorher noch nie getroffen. Und vor allem hätte ich so eine nie haben können. Keine Frau für das öde Plateau, hätte die garantiert nicht lang ausgehalten. Ich konnte mir gut vorstellen, was für ein Bild sie von uns Bauern hatte, sie sprach bestimmt mit Verachtung von uns oder mit dieser aufgesetzten Freundlichkeit, die ich nur zu gut kannte.

Aber das war vorher. Jetzt war sie hier. Und niemand konnte irgendwas dagegen machen.

Als mittags das Telefon klingelte, zuckte ich zusammen. Kam nicht oft vor, dass Leute mich anriefen. Einkäufer manchmal, wegen den Lämmern, aber meistens kamen sie einfach vorbei, ging schneller so, und ich war ja immer da. Das Klingeln erfüllte die Küche, und ich runzelte die Stirn. Ich legte meine Gabel hin und stand auf, ging zum Wandtelefon. Ich hob ab. Und zuerst hörte ich gar nichts.
»Hallo?«, sagte ich.
Keine Antwort.
»Hallo, wer ist da?«
Da hörte ich so etwas wie ein Atmen. Und kurz dachte ich, es wär der Guillaume. Hatte nicht widerstehen können und mich angerufen, der Hund, fragte sich wahrscheinlich, wie es aussah, was ich mit der Leiche gemacht hatte, warum ich niemandem was gesagt hatte, obwohl ihm das bestimmt recht war. Denn je länger ich seine tote Frau hierbehielt, desto weniger würden die Bullen mir die Geschichte glauben, da machte ich mir nichts vor. Ich war der typische Mörder, so, wie ihn die Journalisten erfanden, zum Gruseln. Der Typ mit dem Dachschaden, der ausgerastet war und sich an seinem Kindheitsfeind gerächt hatte.

Aber es war nicht der Guillaume.
»Hallo, wer ist denn da?«, wiederholte ich lauter.
Und endlich sprach sie. Ich erkannte ihre Stimme sofort.
»Joseph. Ich … ich bin's. Alice.«

Alice, also die Sozialarbeiterin. Ihre Stimme zitterte irgendwie, als ob sie gleich weinen würde. Ich schwieg ein paar Sekunden.

»Joseph. Was ist denn los?«

Ich zog die Nase hoch.

»Warum meldest du dich nicht?«

Ich wusste nicht, was ich sagen sollte. Und ich hatte auch keine Lust. Also suchte ich Ausreden: »Hab zu tun hier, Tiere machen viel Arbeit.«

»Ich weiss, Joseph.« Sie wiederholte meinen Namen, so ein Psychologentrick, den hatte sie schon immer drauf. »Aber ist da nicht noch was anderes? Hab ich was gemacht, was dir nicht gefallen hat?«

»Nein.«

»Kann ich vorbeikommen? Keine Ahnung, morgen vielleicht? Dann reden wir über alles.«

Sie tat, als würde sie sich um mich Sorgen machen, aber ich hatte eher das Gefühl, ihr ging's nicht gut.

»Nein, morgen hab ich keine Zeit.«

»Joseph ...«

»Tut mir leid.«

Sie liess nicht locker, und ich wusste wirklich nicht, wie ich ihr erklären sollte, dass ich nicht wollte, dass sie herkommt. Ich wollte nichts Gemeines sagen, sie war immer anständig zu mir gewesen. Aber am Ende ging's nicht anders.

»Wiedersehen«, sagte ich.

Und legte auf.

Ich setzte mich wieder, zündete mir eine Kippe an und rührte mich einen Augenblick lang nicht. Ich verstand es nicht. Ich hatte nie verstanden, was sie in der Geschichte mit mir gesehen hatte. Aber jetzt verstand ich noch weniger, warum sie unbedingt kommen wollte, wo sie doch zu Hause ihren Mann hatte. Ich fand das wirklich komisch, ihr Verhalten, und als ich drüber nachdachte, fragte ich mich, ob alle Frauen so waren. Ob Beziehungen zwischen Frauen und Männern immer so kompliziert waren.

Dann stand ich plötzlich auf. Ich nahm meine offene Konservendose mit der Gabel drin und ging raus. Den Hund liess ich im Haus, damit ich mal meine Ruhe hatte, und lief zur Scheune. Dort ging ich zu meinem Heuberg, der die letzten Tage ein bisschen geschrumpft war, und zog die Ballen zum Versteck raus. Ich zwängte mich hinein, kam in Évelyne Ducats Kammer. Und setzte mich mit meinem Mittagessen vor sie.

Ich guckte sie wieder an, diese Frau, im Gesicht wurde die Haut langsam grünlich, die Haare fielen aus und mischten sich mit den Halmen am Boden. Sie hatte kaum noch was von der schönen Pariserin, die der Guillaume geheiratet hatte, sie begann zu riechen, und irgendwas Ekliges floss ihr aus der Nase. Aber das machte nichts. Ich richtete ihren Oberkörper auf, lehnte sie an eine Ecke, zog ihren Pullover glatt, der ganz schmutzig und labberig war. Und in dem Moment hab ich's gemerkt.

Mein Klumpen im Bauch, der mich überallhin begleitete, mich nie losliess und mir so weh tat.

Er war weg.

Das klingt komisch, ich weiss. Aber seit ich beschlossen hatte, die Leiche hierzubehalten, in meiner Scheune, seit sie in meiner Nähe war, wenn ich mich um die Herde kümmerte, war ich nicht mehr so allein. Ich weiss gar nicht, ob ich das sagen sollte, aber ich hatte mich schon lange nicht mehr so gut gefühlt. Ich war ruhig und fast entspannt. Es war, als ob Évelyne Ducat irgendwie mit mir zusammen war, nicht mehr mit dem anderen, der sie hier abgeworfen hatte. Ich hatte das Gefühl, sie braucht mich.

Nie war es mir gelungen, mit einer Frau zusammenzuleben. Ich hatte nie verstanden, was die von einem Mann erwarteten, weder Sophie noch die Sozialarbeiterin, die sich aus irgendwelchen Gründen an mich klammerte. Es machte mich zwar ein bisschen traurig, aber vielleicht war das hier die einzige Beziehung, zu der ich je fähig wäre. Über eine Tote wachen, wie damals bei Maman.

Pégouse war die Erste, die lammte. Das Kleine kam problemlos raus, ich kannte sie, da machte ich mir keine Sorgen. Aber ich blieb trotzdem in der Nähe, du weisst ja nie. Das Lammen ist eine schwierige Zeit, du musst dabeibleiben, damit du den Tierarzt rufen kannst, wenn ein Mutterschaf einen Kaiserschnitt braucht. Selbst nachts gehst du mehrmals gucken, ob alles in Ordnung ist. Die sich's leisten können, bauen Kameras ein und verfolgen alles gemütlich vom Schlafzimmer aus. Aber ich mach's wie Papa: Ich bleib im Stall. Ich hatte zwei, drei Tiere verloren, damals, als ich mich kaum noch um den Hof kümmerte, jetzt pass ich auf. Tagsüber leb ich mit der Herde, ich ess auch dort. Und nachts leg ich mich auf einen Strohballen in die Ecke. Klar, bei dem Radau, den die veranstalten, schläfst du nicht richtig, aber wenigstens bist du in der Nähe. An manchen Abenden hasst du sie, dann schnauzt du sie tüchtig an und hoffst, dass sie mal die Klappe halten und dich eine Weile in Ruhe lassen. Und ein andermal nimmst du's hin, weil das eben jedes Jahr so ist, und im nächsten Winter geht's von vorne los.

Aber dieses Jahr war es anders. Ich verbrachte meine Nächte im Stall, wälzte mich auf meinem Strohhaufen rum, die Halme pikten durch den Pullover, ich blinzelte, wenn bei einem Mutterschaf die Wehen losgingen, guckte, dass die Lämmer gut im Pferch ankamen, vergewisserte mich, dass sie trinken durften. Aber manchmal, wenn der Schlaf nicht kommen wollte, draussen der Wind an den Metallwänden rüttelte und die Rehe schreckten, ging ich zu meinem Heuhaufen, räumte den Eingang frei und setzte mich neben Évelynes sterbliche Hülle. Dort sass ich dann, stumm wie immer. Und es gefiel mir. Ich fühlte mich wohler, mit ihr zu schweigen, als bei anderen nach Worten zu suchen. Das passte mir. Ich kümmerte mich ein bisschen um sie, richtete die Kammer, strich ihre Kleidung glatt, wenn sie Falten hatte. Mir war schon bewusst, dass sie tot war, ich nahm den Verwesungsgeruch wahr, so wie bei den halbaufgefressenen Tierkadavern, die der Wolf manchmal auf meinen Weiden liess. Mir war klar, dass die Leiche täglich mehr verweste, in den tiefen Augenhöhlen war nichts mehr, man sah schwarze Adern unter der Haut am Hals, irgendwelches Zeug floss aus ihr raus und durchtränkte ihre Kleidung. Aber durch die Kälte dauerte es länger, als ich gedacht hatte, es war auszuhalten. Jeden Tag zog ich ein paar Ballen aus meinem Vorrat und brachte sie den Schafen. Ich nahm von den Seiten, manövrierte mit dem Traktor in der Scheune, arbeitete mich um die Höhle rum, damit sie nicht einstürzte. Und als der Winter verging, wurde der Stapel kleiner, und die Ränder näherten sich allmählich dem Versteck.

Im Haus war es ruhig, in Nächten, wo ich in meinem Zimmer schlief, hörte ich nie den Schrank. Als hätte Évelynes Anwesenheit alles besänftigt, als hätte keins meiner Gespenster etwas zu nörgeln. Das beruhigte mich, wenn ich mich manchmal fragte, ob ich noch ganz dicht war, weil ich mit einer Leiche lebte, als wären wir verheiratet.

Das ist bestimmt schwer vorstellbar, aber letztendlich war es in der Zeit viel leichter als in anderen Jahren. Ich denk manchmal noch dran.

Im Fernsehen sprachen sie noch ab und zu von ihr, anscheinend ging die Suche weiter, jetzt, wo kein Schnee mehr lag, aber das Rätsel blieb ungelöst. Sie hatten kaum noch Hoffnung. Einmal kam die Polizei vorbei. Sie waren mit ihren Ermittlungen weiter, sie wussten, dass die Ducats früher mal auf dem Nachbarhof gelebt hatten. Aber gegen mich hatten sie nichts in der Hand, der Guillaume hatte natürlich nichts gesagt. Sie stellten mir ein paar Fragen, die ich beantwortete, aber das war's dann auch. Die machten mir keine Sorgen. Noch nicht jedenfalls.

Wer mir allerdings Sorgen machte, war die Sozialarbeiterin. Manchmal klingelte abends das Telefon, und wenn ich ranging, meldete sich niemand. Ich wusste, das war sie, und fragte mich, warum sie das machte, ich verstand nicht, was sie damit bezweckte. An manchen Tagen sah ich sie sogar auf dem Causse. Sie parkte vorne am Weg und blieb einfach da stehen, beobachtete den Hof und was ich so anstellte. Ich glaub nicht, dass sie was ahnte, aber ich hatte Angst, dass sie irgendwann meinem Geheimnis auf die Schliche kam. Und zum Problem wurde.

Denn ausser ihr traf ich niemanden, dafür sorgte ich. Das Lammen sollte dieses Jahr unter uns bleiben, zwischen mir, den Tieren und der Toten.

Ich hatte nicht genug Heu, das hatte ich schon bei Wintereinbruch gewusst. Der Sommer war zu trocken gewesen, ich konnte nicht genug mähen, damit es übers Jahr reichte. Meine Heuballen landeten einer nach dem anderen in den Raufen, der Berg schrumpfte, und eines Tages hatte ich fast keine mehr. Mehr als dreissig Ballen waren übereinandergestapelt und bildeten eine Art Würfel, unterm Scheunendach wirkte er winzig. Und direkt hinter der ersten Reihe lag das Versteck. Dieser Würfel war Évelynes Haus, aus dem der Geruch des Todes wehte. Und bald schon würde ich von den Wänden nehmen müssen.

Ich hatte also keine Wahl.

Irgendwann nahm ich morgens das Telefon zur Hand, wie ich das hasse, und sagte meinem Lieferanten Bescheid, dass ich komme. Ich machte den Hänger am Traktor fest und fuhr im Schritt ins Tal. War schon eine Weile nicht mehr unten gewesen, und es kam mir komisch vor, einfach wegzufahren, wohl wissend, was ich in meiner Scheune hatte. Noch war kein Frühjahr, aber es war schon nicht mehr so grau, zwischen den Steinen grünten Grasbüschel, die die Schafe im Sommer abfressen würden. Am Himmel zogen Geier ruhig ihre Kreise, als ob sie schon warteten. Die Lerche war von ihrer Reise zurück, ich sah sie auf den Felsen, in den Wacholderbüschen hüpften Rotschwänzchen. Durch die schmutzigen Scheiben der Fahrerkabine sah ich die weissen Striche vorbeiziehen, eingeschnürt in meine Jacke, die Hände fest am Lenkrad. In dem Tempo würde das ja ewig dauern, mir klebten Autos an der Stossstange, die mich bestimmt verfluchten. Der Traktor heulte in den Kurven.

Ich kauf mein Heu immer beim selben, einem Landwirt mit herrlichen Grasflächen am Berghang und am Flussufer. Er stellt nie viele Fragen, das ist mir sehr recht. Er half mir beim Aufladen, ich zurrte alles fest, damit ich unterwegs nichts verlor, und tuckerte mit dem Traktor wieder über den Asphalt. Ich fuhr knapp zwei Kilometer, immer den Fluss lang, und dachte ein bisschen an Évelyne, so ganz allein da oben. Ich kam an einer Abzweigung vorbei.

Und hielt abrupt am Strassenrand.

Diesen Weg, den Hügel rauf, mit einem weissen Felsen an der Einfahrt, erkannte ich. Ich hatte ihn im Fernsehen gesehen.

Da wohnte der Guillaume. Und da hatte er vielleicht seine Frau umgebracht.

Ich war schon oft hier vorbeigekommen, wenn ich runterfuhr, aber hatte nie drauf geachtet. Und seit Évelyne bei mir war, hatte ich keine Lust gehabt herzukommen. Aber jetzt, wo ich direkt davorstand, war das was anderes. Auf einmal war ich neugierig. Ich wollte wissen, in was für einer Villa der Hund sich eingenistet hatte, als er aus der Hauptstadt herzog. Und vor allem wollte ich sehen, wo seine Frau gelebt hatte, bevor sie starb. Sie besser kennenlernen. Ich sass zaudernd in meiner Fahrerkabine, Scheisse, das war reine Dummheit, ich könnte alles versauen. Aber letztendlich bin ich hin. Ich parkte meinen Traktor und den Hänger ein Stück weiter in einem kleinen Weg, damit man sie nicht von der Strasse aus sah, und lief zur Einfahrt.

Der Weg, der zum Guillaume führte, war auf beiden Seiten bewaldet. Ich ging durchs Wäldchen, ein bisschen versteckt zwischen den grauen Birkenstämmen. Der Boden war weich und voll verrotteter Blätter. Ich lief, na ja, vielleicht fünfzig Meter. Durch die Bäume sah ich allmählich das Haus. Und was für eins, leck mich am Arsch. So ein eckiges Architektending mit Flachdach und so senkrechten Holzlatten an den Wänden und einer grossen Fensterfront, bestimmt mit Blick übers ganze Tal. Das hatte nun gar nichts mehr mit dem typischen Haus vom Causse zu tun, wo er nicht weit von mir aufgewachsen war. So eine Villa, das musste ein Heidengeld gekostet haben. Ein Geländewagen stand davor, aber zuerst sah ich niemanden, ich ging einmal rundrum, aber blieb unter den Bäumen. Ich sah die Terrasse im ersten Stock und versuchte mir vorzustellen, wie Évelyne dort oben Wein trank oder rauchte, wie eine feine Dame, die den Ausblick oder die Spatzen auf den Ästen genoss. Es war eine schöne Vorstellung, als ob sie wieder ein bisschen lebendig wurde. Ich schlich weiter. Sie hatten sogar ein kleines Nebengebäude, eine Werkstatt oder Sauna oder was weiss ich. Ich guckte auf die Uhr. Ich durfte nicht rumtrödeln, die Schafe würden bald Hunger kriegen. Ich wollte grade wieder gehen, als ich seine Stimme hörte. Ich drehte mich um.

Da stand er, der Guillaume, auf den Stufen seines modernen Schlosses.

Ein paar Meter entfernt.

Er telefonierte. Natürlich hatte er sich verändert, aber ich hätte ihn problemlos erkannt. Er hatte einen dicken Ranzen dran und war wohl auch noch stolz drauf, er versuchte nicht, ihn zu verstecken. Kaum noch Haare auf dem Schädel. Er trug Jeans und ein weisses Hemd, so ziehen sich solche Leute an, wenn sie cool aussehen wollen. Ich dachte an unsere Kindheit, die ganzen Geschichten zwischen unseren Familien, an das eine Mal, als der alte Ducat unsere Zäune zerschnitten hatte und die ganze Herde auf die Strasse gelaufen war. Für ihn war diese Zeit bestimmt weit weg, weil er woanders gelebt hatte.

Ich ging näher, ohne dass er mich sah, und weil es ansonsten ruhig war, konnte ich ein bisschen was von dem Gespräch aufschnappen.

»... Ja, ich will, dass du kommst ... Ja, ganz sicher, ich brauche dich.«

War nicht schwer zu erraten, dass der mit einer Frau redete. Einer anderen Frau.

»... wurde immer noch nicht gefunden, und sie glauben auch nicht mehr dran, haben sie gesagt.«

Er tat, als wüsste er nicht ganz genau, wo sie war. Der Arsch.

»... Ich kauf dir ein Ticket. Du kommst hierher, zu mir, o. k.? Das geht schon, du wirst sehen. Wir ...«

Abrupt brach er ab. Er sah in meine Richtung.

Ich war auf einen Zweig getreten, und es hatte geknackt.

Ich erstarrte und hielt die Luft an. Er kann mich nicht sehen, die ganzen Baumstämme und so, er kann mich nicht sehen, das sagte ich mir immer wieder. Er bewegte sich und musterte aufmerksam den Wald. Ein paar Sekunden lang.

»Entschuldige«, sagte er endlich und hielt sich das Telefon wieder ans Ohr. »Ich dachte gerade ... Nein, da ... da ist nichts.«

Er verlagerte sein Gewicht und redete weiter.

Ich glaub, er hat mich wirklich nicht gesehen, er dachte sicher, es wär irgendein Tier.

Ich wartete sicherheitshalber noch, er ging zur anderen Seite des Hauses. Und ich trat den Rückzug an und lief durch das Laub auf dem Waldboden. Ich hielt schön Abstand und ging zurück zur Strasse, der Guillaume hatte seine Frau ja anscheinend schon ersetzt. Und das bestätigte allen Dreck, den ich schon immer von ihm gedacht hatte.

Ich machte, dass ich zu meinem Traktor kam.

Zurück brauchte ich über zwei Stunden. Mit dem vollen Hänger hintendran den Hang hoch, das mag der Traktor nicht besonders. Und als ich an den Felswänden am Plateaurand vorbeifuhr, die von jeher vertrauten Strassen erreichte, die sich durch meine Landschaft schlängeln, war ich nicht böse. Unten fühlte ich mich nicht zu Hause, jetzt, wo ich die hässliche Visage vom Guillaume gesehen hatte, noch weniger.

Ich sah meinen Hof schon von weitem, das Kreuz an der Zufahrt, und hatte es eilig, nach Hause zu kommen. Aber ich hatte nicht mit der Sozialarbeiterin gerechnet. Sie kam mir im Auto entgegen, und ich sah, dass sie den Traktor erkannt hatte. Ich hatte gehofft, sie fährt einfach weiter, aber daraus wurde nichts. Sie wendete und hängte sich an mich dran. Das war gar nicht gut, ich musste mich um mein Heu kümmern und wollte sie auf keinen Fall in der Scheune haben. Der Geruch und der Heuwürfel in der Mitte, zu riskant. Also fuhr ich vorneweg, parkte. Und obwohl es mir leidtat, dass ich unhöflich war, machte ich meine Arbeit, als wär sie nicht da. Ich lud die Heuballen von Hand ab und brachte sie in die Scheune. Einen nach dem anderen stapelte ich um Évelynes Versteck, als wäre nichts.

Die Sozialarbeiterin holte mich am Tor ein. Wir sahen uns zum ersten Mal, seitdem ich die Tote bei mir gefunden hatte. Und ich erkannte sie nicht wieder. Sie war sauer, folgte mir auf Schritt und Tritt. Wieder fing sie mit ihrer Fragerei an, und ich hatte keine Lust darauf. Wir müssen reden, sagte sie immer wieder, als ob Reden irgendwas bringen würde. Dieses Benehmen gefiel mir gar nicht, ich verstand immer weniger, was sie von mir wollte, warum sie das tat. Was hatte ich denn gemacht, dass sie so zu mir war? Ich wurde nicht mal hellhörig, als sie diesen Satz sagte, der für mich keinen Sinn ergab: »Warum hast du ihm das angetan?«

Sie redete eben Unsinn, und Schluss. Ich lief weiter hin und her, und in mir schrie alles Die muss weg, Die muss weg. Ich ging bestimmt fünf-, sechsmal an ihr vorbei.

Und dann kam sie mir in die Scheune hinterher. Da kriegte ich's mit der Angst. Ja, es machte mir Angst, dass sie vielleicht entdeckt, was ich versteckte. Und ich weiss, ich hätte das nicht tun dürfen, aber es rutschte mir einfach raus: Ich schnauzte sie an. Ich sagte Raus hier, Sie sollen rausgehen, hab ich gesagt! Ich war viel wütender, als ich dachte, die Vorstellung, dass sie reinkam, ertrug ich nicht, der Ort gehörte mir und der Toten. Und natürlich hatte sie gleich beim Betreten gemerkt, dass bei mir was nicht stimmte. Ich sah, wie ihr Blick zum Heuwürfel ging, und mir zersprang fast das Herz in der Brust. Ich dachte Jetzt ist es aus, sie hat's begriffen. Sie musste Évelyne gerochen haben.

In dem Moment, als die Sozialarbeiterin an mir vorbeiguckte, spürte ich, dass es bald zu Ende wäre ...

Eine Woche verging, und ich kam jeden Tag ins Versteck und blieb ein bisschen bei Évelyne. Man erkannte nicht mehr viel von ihr, die Haut war ganz schwarz geworden und trocken, ein bisschen wie Pappe, an manchen Stellen löste sie sich sogar. An den Fingern ging sie ab wie Handschuhspitzen. Ich konnte kaum hingucken. Zum Glück war der Geruch eher schwächer geworden. Ich hatte den Eindruck, ihr Körper verschwand allmählich, und das gefiel mir nicht. Ich war ein bisschen traurig, dass es zu Ende ging und ich nichts machen konnte, ich hatte mich dran gewöhnt, dass sie bei der Herde war. Alle Lämmer waren inzwischen auf den Beinen und wuselten um die Mütter rum. Ich wusste, dass ich mich früher oder später von ihr trennen musste, sie konnte nicht für immer hierbleiben, früher oder später würde sie jemand finden, und ich landete im Knast, obwohl ich nichts mit ihrem Tod zu tun hatte. Aber ich konnte mich nicht entschliessen, jedes Mal schob ich's raus. Na komm, noch ein, zwei Tage, dachte ich.

Ich erinnere mich an den letzten Abend, kurz vorm Ende. Als Schlafenszeit war, ging ich nicht hoch. Ich zog mich warm an, zum Rausgehen, zündete mir eine Zigarette an und lief zur Scheune, die Taschenlampe malte gelbe Kreise in den Schlamm. Keine einzige Wolke über mir, ich konnte alle Sterne sehen, eine Milliarde kleiner weisser Flecken, die den Himmel durchlöcherten. Man hörte den Nachtwind und den komischen Gesang der Geburtshelferkröte, irgendwo im Gras. Ich zog die Tür auf. Die Schafe hatten mich sicher kommen hören, sie rumorten ein wenig hinter der Wand.

Mein Heuberg war noch kleiner geworden. Ich öffnete die Tür zum Versteck und schlüpfte hinein. Ich leuchtete Évelyne nicht ins Gesicht, ich wusste zu gut, wie sie jetzt aussah. Es stank immer weniger. Ich schichtete ein bisschen Heu auf den Boden und legte mich dort im Dunkeln hin. Lange konnte ich nicht einschlafen, es war ja eine der letzten Nächte in dieser Zeit, die so anders gewesen war als alle anderen. Mein Leben ging sicher bald wieder seinen gewohnten Gang, ich wäre wieder der einsame Bauer ohne Frau, Bruder oder Eltern, mit denen ich einen Teil meiner Zeit verbrachte.

Der Vorteil hier oben ist, du siehst die Probleme schon von weitem kommen. Oft ist es ein fremdes Auto, das du siehst, sobald es an den Kalkblöcken vorbei ist. Du hast

Zeit, dich vorzubereiten, das Gewehr zu holen, wenn du denkst, da ist was faul. Dann kannst du sie gebührend empfangen, sobald sie an den Stufen parken.

Das blaue Polizeiauto hab ich sofort erkannt, als es den Weg raufkam, mit dem tiefen Chassis, das über die Bodenwellen kratzte. Es war am späten Nachmittag, ich hatte gerade die Herde von der Trift hinter den Pinien reingeholt. Ich rauchte eine auf der Terrasse und stellte mich mit verschränkten Armen hin, gleich mal zeigen, dass das mein Hof war und ich meine Ruhe haben wollte.

Sie parkten quer über dem Weg und kamen zu mir.

»Monsieur Bonnefille?«

»Hm?«

»Major Vigier. Erinnern Sie sich an mich?«

Ich nickte kurz. Der Typ vom letzten Mal, der mit seinem Kollegen an den Karsthöhlen gewesen war. Aber diesmal wirkte er ernster. Der andere war ein Grünschnabel, brachte kein Wort raus.

»Können wir reinkommen?«, fragte der Major gleich.

»Gibt's ein Problem?« Ich guckte ihn nicht richtig an dabei.

»Mir wäre es lieber, wir besprechen das drin, wenn es Ihnen nichts ausmacht.«

Es machte mir was aus. Ich sah mich um, in der Ferne kreisten zwei Gänsegeier über irgendeinem Kadaver.

»O. k.«

Er bedankte sich der Form halber, und wir setzten uns alle drei in meine Küche. Ich zog die Nase hoch und wartete, dass er's ausspuckte. Ich wollte solche Uniformen nicht auf dem Hof haben, aber was blieb mir anderes übrig.

»Monsieur Bonnefille, sagt Ihnen der Name Évelyne Ducat irgendwas?«

Ich zögerte. Dann antwortete ich: »Ist das nicht die, die vermisst wird?«

»Ja, genau. Kennen Sie sie?«

Ich schüttelte den Kopf.

»Ich will nicht lang drum rumreden. Guillaume Ducat, ihr Ehemann, behauptet, dass Ihre beiden Familien sich früher nicht leiden konnten.«

Ich rieb mir das Kinn und überlegte, was ich denen sagen sollte. »Da ist was dran, aber das ist lange her. Was hat das mit seiner Frau zu tun?«

»Ich weiss nicht, fällt Ihnen da vielleicht was ein?«

»Nein.«

Er hustete. Und fragte dann sehr streng: »Können Sie mir sagen, was Sie in der Nacht vom 18. auf den 19. Januar gemacht haben?«

»Wahrscheinlich geschlafen«, gab ich zurück.

»Kann das jemand bestätigen?«

Ich seufzte. Als ob die nicht wüssten, dass ich allein lebte.

»Meine Schafe.«

Sie tauschten einen Blick, der nichts Gutes verhiess. Ich guckte zur Seite und aus dem Fenster, auf meinen Schafstall hinterm Haus.

»Es ist so, Guillaume Ducat behauptet, dass er vor ein paar Tagen Besuch hatte. Ein Mann habe sich auf seinem Grundstück versteckt. Und ihm zufolge waren dieser Mann Sie, Monsieur Bonnefille.«

»Ach?«

»Sagt er zumindest.«

Der Hurensohn, dachte ich. »Dann redet er Schwachsinn. Hat sich nicht geändert.«

Einen Augenblick lang sagte niemand mehr was. Ich, weil ich nicht wollte, sie, weil sie mich schmoren liessen wie die Bullen im Fernsehen.

»Macht es Ihnen was aus, wenn wir uns mal bei Ihnen umsehen, Monsieur Bonnefille?«

»Ja, schon.«

»Warum, haben Sie etwas zu verbergen?«

»Nein.«

»Auch nicht in der Scheune?«

Wieder Stille. Die Sozialarbeiterin hatte denen was gesteckt, jede Wette.

Sie standen auf, und der Major deutete mit dem Kopf zur Tür, wie um zu sagen Na los, gehen wir. Ich dachte kurz nach und folgte ihnen schliesslich. Wir gingen alle drei hinter den Hof. Ihre riesigen Treter hinterliessen tiefe Spuren auf dem schlammigen Weg.

»Nach Ihnen«, sagte er, als wir vor der Metalltür standen.

Ich zögerte, blickte ihm fest in die Augen. Aber ich sah nichts, was mir geholfen hätte. Also zog ich am Griff, und die Tür glitt quietschend zur Seite. Sie gingen rein, als wären sie hier zu Hause.

Der Major guckte hoch. »Ganz schön gross.«

Ich zuckte die Schultern. Als hätte der noch nie einen Schafstall gesehen. Er lief den Betonboden ab, warf einen Blick zu den Schafen hinter dem Gatter. Die wirkten auch nicht gerade begeistert über die Eindringlinge.

»Wie viele haben Sie?«

»Zweihundertvierzig Mutterschafe.«

Er tat beeindruckt. Und ging auf meinen Heuvorrat zu, der andere hinterher. Sie liefen die aufgestapelten Heuballen lang, strichen mit der Hand drüber.

»Es heisst, Sie mussten dieses Jahr nachbestellen.«

Ich gab keine Antwort. Er probierte ein paarmal, ob sich die Ballen verschieben liessen. Er suchte nicht auf gut Glück.

Und fand auch was.

Drei Ballen kippten nach hinten. Die beiden sahen sich an, als hätten sie einen Schatz gefunden.

»Was ist das denn?«

»Ein Loch«, sagte ich.

»Ich schaue mir mal an, was dahinter ist, ja? Ich hab da so eine Idee, was Sie verstecken.«

Ich hatte nichts mehr zu sagen. Er schob die Ballen weg und schlüpfte in den Gang, der Grünschnabel wartete draussen und behielt mich im Auge. Man hörte Schritte auf dem Beton und wie das Heu über den Boden wischte.

»Sehen Sie was, Major?«

Der Major gab keine Antwort aus dem Versteck.

»Major, was ist da drin?«

»...«

»Major?«

Endlich kam er wieder raus. Er schwieg, dann: »Nichts«, flüsterte er seinem Kollegen zu. »Gar nichts.«

Er sah enttäuscht aus. Guckte mich vorwurfsvoll an, ich zuckte die Schultern.

»Nur ein Loch.«

Seufzend schüttelte er den Kopf. Er lief wieder durch die Scheune, musterte mein Silo, meinen Dreipunkt-Kraftheber in der Ecke, meine Getreidesäcke. Er scharrte mit den Füssen über den Beton. Und kam zurück zu mir.

»Sie kennen Évelyne Ducat also nicht?«

»So sieht's aus.«

»O. k. Sagt Ihnen der Name Michel Farange irgendwas?«

Jetzt war ich überrascht. Ich verstand den Zusammenhang nicht.

»Ich geb Ihnen einen Tipp, das ist der Mann Ihrer Sozialarbeiterin.«

»Ah. Ja, den hab ich schon mal gesehn. Aber ist 'ne Weile her.«

»Ganz sicher? Sie sagt nämlich, dass Sie ihn geschlagen hätten. Neulich.«

Geschlagen? Wovon redete der denn da?

»Was, nein. Das muss ein Irrtum sein, würd ich nie machen.«

»Natürlich nicht ... Und Sie haben natürlich auch nichts mit seinem Verschwinden zu tun.«

Diesmal war ich wirklich baff. Ich suchte nach Worten.

»Wir haben heute früh sein Auto gefunden. An derselben Stelle wie das von Madame Ducat.«

Ich sah dem Polizeiauto nach, als es auf meinem Weg davonholperte, durch den Ginster, der bald blühen würde. Die kämen wieder, da war ich mir sicher. Im Moment hatten sie nichts gegen mich in der Hand, nur Verdächtigungen, sie und die Sozialarbeiterin. Ohne Leiche kein Opfer, und ohne Opfer kein Mord, das wusste ich aus dem Fernsehen. Aber wenn ich nicht aufpasste, konnte der Wind sich ganz schnell drehen, und dann wurde es gefährlich. Nie im Leben würde ich denen verklickern können, dass die, die so lange bei mir gewohnt hatte, nicht auf meinem Mist gewachsen war.

Aber das war nicht alles. Da war auch noch der vermisste Ehemann der Sozialarbeiterin. Damit hatte ich nun wirklich nicht gerechnet. Ich kapierte gar nichts. Warum hätte der Guillaume den umlegen sollen, wo er gar nichts mit ihm zu schaffen hatte, soweit ich wusste. Oder sollte ich dadurch noch verdächtiger wirken? Der Dreckskerl war zwar pervers, aber so nun auch wieder nicht. Nein, ich begriff es nicht. Aber eins war sicher, die Geschichte machte es für mich nicht besser. Ich dachte an Michel Farange, an das eine Mal bei der Versammlung der Jungen Landwirte. Die zerstreute Art, wie er überhaupt nicht zuhörte, was der Beamte über die neue GAP erzählte. Und das Foto von der Frau aus der Illustrierten, das er verliebt angeschmachtet hatte. Der war komisch gewesen.

Ich wartete, dass es Nacht wurde, tat fast nichts. Diesmal blieb mir nichts anderes übrig, ich musste das mit der Frau beenden, die hatte bei mir nichts verloren. Es war sinnlos, das wusste ich von Anfang an, aber ich hatte mich hinreissen lassen zu komischen Ideen, dass sie lange bleiben würde, mit mir leben, könnte man sagen. Der Gedanke, mich von ihr zu trennen, gefiel mir gar nicht. Ich hätte kaum erklären können, wieso, aber ich war traurig. Als ob was zu Ende ging, eine Zeit, in der ich fast glücklich gewesen war und die niemals zurückkommt. Wie als Kind, wenn du denkst, der Causse ist der schönste Ort der Welt, du hast die Zukunft nicht im Blick, weisst noch nicht, dass du die endlose Steppe eines Tages nicht mehr sehen kannst, ohne zu flennen. Und ich spürte, wie die Einsamkeit wiederkam. Um mir Mut zu machen, trank ich zwei Gläser Enzianbrand.

Ich ging im Dunkeln um den Schafstall rum, in Stiefeln und Handschuhen. Ganz in der Nähe rief die Zwergohreule, vielleicht guckte sie zu, wie ich tat, was ich nicht tun wollte, und lachte mich aus. Unterwegs griff ich mir eine Mistgabel, schleifte sie hinter mir her. Und ging zum Misthaufen. Die ganze Schafscheisse, jeden Tag schaffte ich sie aus dem Stall und sammelte sie auf einer Betonplatte, ehe ich was damit machte. Es roch ziemlich streng, aber der Geruch war mir so vertraut, dass ich ihn fast nicht mehr wahrnahm. Vorsichtig fuhr ich mit den Gabelzinken seitlich in den Haufen. Ich zog den Mist zu mir. Mehrmals. Und sah, wie Évelynes schicke Sachen zum Vorschein kamen. Ihre Wanderhose, ihr Wollpullover, der kein bisschen weiss mehr war. Hierher hatte ich sie geschleift, als ich die Polizei kommen sah, um ein Haar hätten sie mich mit ihr in der Scheune erwischt. Es tat mir leid, dass ich sie hatte da reinlegen müssen, war mir verdammt schwer geworden. Aber mir war nichts anderes eingefallen. Ich hatte schnell gemacht und nur aufgepasst, dass nirgendwo was rausguckte.

Gabel für Gabel trug ich den Mist ab. Und holte sie da raus.

Die Haut klebte ihr an den Knochen, sie und ihre Sachen waren mit Scheisse beschmiert, war nicht schön. Der Anblick hätte wohl niemandem gefallen. Und trotzdem, mit der Frau hatte ich mich so wohl gefühlt wie noch nie in meinem Leben. Was ich für diesen vertrockneten Kadaver empfand, kam vielleicht Liebe am nächsten. Der Liebe, wo Maman immer sagte, ich würde sie nie finden, weil ich ein Romantiker wär. Weil Frauen nun mal nicht so waren, wie ich mir das vorstellte, und solange ich das nicht begriff, würde ich auch keine finden.

Ich breitete eine Plane aus und rollte die Leiche drauf. Dann wickelte ich sie ein, verschnürte sie, so gut es ging. Was von ihrem Gesicht noch übrig war, verschwand unter blauem Plastik. Ich trug sie zum Kofferraum und machte den Motor an, aber nicht die Scheinwerfer. Ich fuhr ganz langsam im Dunkeln, nur der Mond leuchtete mir den Weg. Die Nacht war kühl und trocken, der Wind neigte die Grashalme, und ich erahnte überall wogende Federgräser. Nicht ein Auto, auf dem Causse war keine Menschenseele. Niemand sah mich.

Ich parkte, holte Évelyne aus dem Kofferraum und schleifte sie über den Boden. Die Fasern der Plane blieben an scharfem Felsgestein hängen, war nicht gerade das reine Vergnügen, sie so zu zerren. Um mich rum konnte ich Hügel und Dolinen ausmachen, die Wellen in die Nacht zeichneten.

Ich kam zum Rand der Karsthöhle.

Sah aus wie ein umgestürzter Steinkreis mitten auf der Weide. Ich stieg runter, liess das Bündel rollen, ganz vorsichtig, damit es nicht kaputtging. Ich räumte Felsbrocken beiseite, machte den Eingang zum Schlund frei. Ein paar Wochen zuvor war die Polizei da drin gewesen, mitsamt ihrem Material, sie hatten die Höhlen nach Évelyne abgesucht. Aber ich setzte drauf, dass sie nicht noch mal kämen, für die war das gegessen, sie war nicht hier. Ich beugte mich etwas vor und sah die vollkommene Schwärze. Das Innere vom Causse, ich wusste, dass es hier plötzlich steil abfiel, gleich hinter den Felsen kam ein dreissig Meter tiefes Loch. Unten lagen bestimmt zwei, drei Schafskadaver, die meinen Vorfahren reingefallen waren. Sie wär nicht ganz allein, da unten.

Ich zog die Leiche ans Loch. Ich zögerte kurz, und es kam mir vor wie eine Trennung, in mir stieg ein Gefühl auf, das ich nicht beschreiben kann. Melancholie vielleicht, das ist wohl das richtige Wort dafür. Ich zündete mir eine Zigarette an und wartete so lange wie möglich, lehnte schlapp an den spitzen Steinen, Évelyne neben mir, über uns die Sterne.

Und schliesslich stiess ich sie ins Loch.

Das Bündel rutschte plötzlich nach unten, ohne hängenzubleiben oder sonst was. Ich hörte nicht mal, wie es unten aufkam. Ich lauschte, vielleicht nahm ich ja das Ächzen der Toten wahr, die, wie die Alten sagten, manchmal tief aus der Erde aufstiegen, dem Eingang zur Hölle, wo die Verdammten es mit Ungeheuern und Dämonen zu tun bekamen. Aber da war nur Stille, die mich daran erinnerte, dass ich nun wieder ganz allein war. Dass ich niemanden hatte, mit dem ich sprechen, weinen oder sonst irgendwas Lebendiges machen konnte.

Der Schrank rumorte in dieser Nacht. Ich fand keinen Schlaf, lauschte vom Bett aus den nächtlichen Geräuschen. Und unten begann es zu rumoren. Aber das hatte nichts Furchterregendes, es waren keine heftigen Geräusche. Nein, es klang, als ob der Schrank sich auf leisen Sohlen über den Steinfussboden der Küche schlich. Ich lauschte mit weit aufgerissenen Augen, starrte auf den Balken. Und dachte, dass es was bedeutet. Dass es nicht von Gespenstern kam, die mir Böses wollten, oder von Maman, die ans Haus gebannt war, sondern nur die Erinnerung an Évelyne. Sie sagte mir auf Wiedersehen, zum Dank, dass ich mich um sie gekümmert hatte. So verbrachte ich einen guten Teil der Nacht, hellwach, obwohl alles um mich schlief und ich draussen nichts als Stille hörte. Ich erkannte die Atmosphäre, an die ich mich nun wieder gewöhnen musste.

Ich liess die ganze Geschichte Revue passieren, den Guillaume, die Polizisten, die Sozialarbeiterin, ihren Mann, der verschwunden war. Ich dachte auf einmal, dass ich mich vielleicht verrannt hatte, vielleicht lag ich falsch, und der Guillaume hatte seine Frau gar nicht umgebracht. Vielleicht war es viel komplizierter. Und während es mit Höchstgeschwindigkeit in meinem Kopf ratterte und ich ahnte, dass ich dann die ganze Nacht wach liegen würde, schoss mir plötzlich ein Bild durch den Kopf, und ich dachte Verdammmich, das ist es!

Ich stand auf, warf mir ein paar Sachen über, damit mir nicht kalt wurde, machte Licht und ging runter. Ich guckte den Schrank an, er hatte sich nicht gerührt, stand wuchtig an der hinteren Wand. Und in dem kleinen

Zimmer, wo ich mein Büro hab, fuhr ich den Computer hoch. Ich ging ins Internet, musste ein bisschen suchen, bis ich's fand.

Na bitte, da war's.

Das Foto von dem Mädel, das Michel Farange angeschmachtet hatte, als wär's seine Geliebte. Sie war es. Alicia More hiess sie. Und ich hatte sie mehr als einmal gesehen, also darauf war ich nicht besonders stolz. Weil sie nämlich ... also, sie war ...

Sie war Pornodarstellerin. So.

Michel Farange stand auf eine Schauspielerin aus Schmuddelfilmen.

Maribé

Ich hab sie umgebracht.

Es gibt bei der Geschichte immer noch vieles, was ich nicht verstehe, aber eins ist klar, ich weiss mehr als alle anderen aus dem Tal, in dem ich nur ein paar Monate war. Und auf jeden Fall mehr als die Bullen, die sind völlig aufgeschmissen.

Mittlerweile vermeide ich es, drüber nachzudenken, über alles, was ich dort erlebt hab. Es tut so scheisse weh. Wobei, ich glaub, ich würd jetzt noch alles stehen und liegen lassen, falls sie zurückkäme, so sehr vermiss ich sie. Ich bin so sauer auf mich selber, es ist total krass, wie sauer ich bin. Weil es stimmt: Ich hab sie umgebracht.

Wenn's den Tag, an dem wir uns begegnet sind, nie gegeben hätte, wär sie jetzt noch da.

Es war am Ende von Leben Nummer drei.

In dieser unendlich langen Phase, in der ich auf die nächste wartete wie auf den Scheissmessias. Weil, das Leben damals war ein Scheisshaufen sondergleichen, ernsthaft jetzt, wurde Zeit, dass das Ende in Sicht kam.

Keine Ahnung, wie das bei anderen läuft, aber mit sechsundzwanzig hatte ich bereits das Gefühl, mehrere Leben hinter mir zu haben. Bei mir dauerte ein Leben zwei, drei Jahre, nie länger, eher kürzer. Es gab dann einen Typen oder eine Frau, mit denen verbrachte ich meine Zeit und glaubte an die Liebe, und zwar so richtig, volle Kanne. Das war dann eine neue Welt, so weit weg wie möglich von der davor, um den Unterschied zu betonen. Aber vor allem war es ein Anfang, eine Begegnung, die mich hoffen liess, dass ich endlich gefunden hatte, wonach ich seit meinem sechzehnten Lebensjahr suchte; und ein Ende, meistens an dem Tag, wo ich alles kaputtmachte, mit möglichst viel Kollateralschäden. Im Grunde wie ein kleiner Selbstmord, denn am Ende hasste ich dieses Leben stets genauso sehr, wie ich es geliebt hatte. Jedes Mal das Gleiche.

Und trotzdem stürzte ich mich jedes Mal wieder rein. Ich stürzte mich ins Leere und wartete, dass jemand mich auffing, und wenn ich meinen Retter zu packen bekam, klammerte ich mich an ihn wie an eine Boje nach einem Schiffbruch und redete mir ein, diesmal sei es fürs Leben.

Fürs ganze Leben, meine ich.

Ich weiss, ich weiss. Ich bin labil, leicht zu beeinflussen, zu viel dies, nicht genug jenes. Borderline. Ich kenn die Leier, danke, Maman hat es mir jahrelang vorgekaut, sie mit ihrem Therapeuten, der sich mehr für mich als für sie interessierte. Und ich hab keinen Schimmer, inwiefern mir sein Analysieren geholfen hat, meinen Weg zu gehen.

Scheisse.

Tja, und statt mein Studium zu nutzen und eine Stelle als Designerin in einem Prêt-à-porter-Laden zu suchen, wie sie es gern gesehen hätte, jobbte ich damals nur und erholte mich von der Trennung von Fred, in der Hoffnung, dass es ihm schlechter ging als mir. Ehe ich mich aus dem Staub machte, liess ich meinen Frust an seinen Recordinggeräten aus, die hatte er sich gegönnt, nachdem er ein halbes Jahr lang in irgendwelchen Foren gesurft und mir auf die Nerven gegangen war. Seine Soundkarte, sein Mikro, seinen Vorverstärker, ich glaub, da war nichts mehr zu retten, fünftausend Mäuse für die Tonne. Er konnte sich von seinen Songs verabschieden, seinen Scheissintros und seiner gedämpften Auto-Tune-Stimme, wenigstens dieser kleine Triumph blieb, als ich die Bilanz meines Lebens mit ihm zog.

Zwei Jahre für den Arsch.

Die Migräne kam wieder und hämmerte mir den ganzen Tag gegen den Schädel, ich verliess kaum meine Einraumwohnung, nur zum Stöbern in Secondhandläden. Ich hatte nicht mal Lust auf Musik: Rap erinnerte mich zu sehr an den Idioten, den ich grad abgeschossen hatte, ehe er selbst die Eier dazu hatte. Ich zeichnete ziellos vor mich hin und rauchte dabei eine nach der anderen, designte krasse Kleider, die ich hinterher nie nähte.

Aber das Schlimmste war nicht, dass ich kein Geld hatte oder in meinen vier Wänden Trübsal blies, damit komm ich klar. Nein, am meisten Angst hatte ich, wieder alleine zu sein.

Richtig alleine.

Sobald das Freiheitsgefühl verflogen war, packte es mich genau wie vorher. Totale Panik. Niemanden finden, zugucken, wie die Einsamkeit sich auf Dauer einnistet, da könnt ich durchdrehen. Als ob du in einen Tunnel gerätst und niemals wieder rauskommst. Schon nach einer Woche war ich im freien Fall. Und lauerte ungeduldig, dass jemand die Reissleine zog.

Der Anfang von Leben Nummer vier.

Als ich wieder vor die Tür ging, war es nicht schwer, Typen für eine Nacht zu finden, gar kein Ding. In Bars zieht ein Busen wie meiner sofort alle an, ich merke, wie sie mich anglotzen und wie ausgehungerte Schakale um mich streichen. Ich weiss, wie die sich abmühen, die Schleimer, kenn ich auswendig. Und zwei-, dreimal hab ich nicht nein gesagt, bin mit einem nach Hause. Ich hatte sogar ein bisschen Spass in den Hipsterwohnungen mit Blick auf die Quais und bodengleicher Dusche. Aber schon wenn ich am nächsten Morgen die unfertigen Milchgesichter sah, wollte ich nur noch abhauen. Weil, hinter der Zuckerschnute und der ausgefeilten Flirttechnik war nicht der Hauch eines Zukunftsbeginns.

Nein, ich wartete, dass mich jemand an die Hand nahm.

Und dann hat's halt sie getroffen. Persönliches Pech.

»Das liegt an der Strahlung.«

So hat sie mich angesprochen, ihre ersten Worte waren: Das liegt an der Strahlung.

Ich dreh mich um und sehe sie, als wär sie neben mir aus dem Boden gewachsen, einen Mojito in der linken Hand. Es ist komisch, aber ich erinnere mich noch genau, was ich zuallererst gedacht habe. Irgendwas von wegen Was will die denn hier? Die Bar hiess Les Pirates, so eine Studentenkneipe, wo die Erstis hingehen und wo du nach Mitternacht einen Shot umsonst kriegst, wenn du dem Wirt deinen BH schenkst. Selbst ich fühlte mich hier manchmal zu alt, na, und sie erst ...

Rückblickend ist mir klargeworden: Sie war meinetwegen da, sie hatte mich gesucht. Soll heissen eine Loserin wie mich, jemand anders hätt's bestimmt auch getan.

Ich sag erst mal nichts, und sie lässt nicht locker: »Ich hab gesehen, wie du dir die Schläfen reibst. Du hast Migräne, stimmt's?«

Ich so Joa, und runzel die Stirn. Stimmt, mein Schädel hämmert, ich wollte grad nach Hause.

»Das liegt an der elektromagnetischen Strahlung. In grossen Städten hast du das mittlerweile überall. Wahrscheinlich bist du hypersensibel.«

Es dauert eine Weile, ehe ich kapier, was sie da erzählt. Sie ist mindestens zwanzig Jahre älter als ich, sieht man sofort. Sie ist schön, hat sich gut gehalten, wie es heisst, so vom Typ her feine Dame, blond, kultiviert. Eine aus der Bourgeoisie, die dazu steht und nächtens mit dem Plebs verkehrt. Vom Typ her eigentlich absolut nicht mein Typ.

Ich lächle, weil die Situation was Groteskes hat.

»Was?«, sagt sie und streicht sich durchs Haar. »Das stimmt wirklich, kannst du nachlesen.«

Sie wirkt entspannt, breitet in aller Ruhe ihre komischen Ideen aus. Sie redet weiter, sagt, dass sie deshalb nicht mehr in der Stadt lebt, dass die Strahlung uns langsam, aber sicher umbringt. Und mir vergeht ganz schnell das Lächeln. Ich hör ihr zu, keine Ahnung, wieso, es interessiert mich eigentlich nicht, aber ich hör ihr zu. Soll heissen doch, ich weiss, wieso: Ihre Worte haben was Besänftigendes. Von ihr geht Wärme aus. Sie fühlt sich offensichtlich pudelwohl in dieser Bar für junge Erwachsene, verschmilzt mit uns, entwaffnend natürlich.

Sie blickt auf, wirft mir ein flüchtiges Lächeln zu, das bedeutet Du bist süss, sie will mir einen Drink ausgeben.

Meine Migräne lässt nach, also nehme ich an, ein Bier, und im Hintergrund singt Bowie, einer dieser generationenübergreifenden Künstler. Wie zum Zeichen, dass nichts zwischen uns steht, nicht wirklich.

Sie erzählt mir irgendwelchen Mist, ätherische Öle, was man alles damit machen kann, Körnerfutter, so alte Hippieweisheiten, sie erzählt von dem engen Tal, in dem sie lebt. Keine einzige Frage über mich, zum Glück, ich stecke grade zwischen zwei Leben, da gibt's nichts zu sagen, muss halt den Zug abwarten. Aber als die Minuten vergehen, seh ich sie mit anderen Augen, ich mustere ihren Mund, beobachte ihre Hände, die sie wie zwei balzende Spatzen zwischen uns tanzen lässt. Ich trinke mein Bier, wisch mir den Mund ab, und darüber lächelt sie wieder.

Und da passiert's.

Scheisse. Ich check sie ab.

Ja, ich kann's auch nicht erklären, aber so ist es: Vor ein paar Minuten hab ich sie nur belächelt, zwischen uns lagen Welten, und auf einmal gefällt sie mir. Scheisse, selbst ihr Alter gefällt mir. Da ist was, eine Verbindung. Ich ahne schon, dass ich die Nacht nicht allein verbringe.

Wir gehen eine rauchen. Sie zieht an ihrer Vogue und checkt mich schweigend ab, ich spüre, wie ihr Blick über meinen Körper wandert. Und das gefällt mir.

»Wo wohnst du?«, fragt sie und schabt mit dem Absatz übers Pflaster.

»Ganz im Norden.«

Sie zieht die Augenbrauen hoch: Ganz schön weit. »Mein Hotel ist drei Strassen weiter.«

Über uns senkt sich sanft die Sommernacht auf die Mauern, gelb von den Lichtern der Stadt. Der riesigen Stadt, der ich grade entfliehen wollte, voller Menschen und voller Strahlung.

Wie kann ich erklären, was in dieser Nacht in ihrem Viersternezimmer passiert ist?

Es lässt sich nicht sagen, dafür fehlen mir die Worte. Aber eins weiss ich, es war der Wahnsinn. Ernsthaft jetzt, mich hat noch nie jemand so berührt, weder Mann noch Frau. Sie schien alles von mir zu wissen, kannte meinen Körper wie ihren eigenen, die Empfindsamkeit von jedem Stückchen Haut, welche Stellen mit Vorsicht behandelt, welche verwöhnt werden wollten. Ihre Hände, ihre Lippen auf mir, nie unbeholfen, alles war genau richtig, fest, wenn es fest sein musste, sanft, als ich langsam wieder runterkam.

Ich gab mich ihr völlig hin. Ja, ich streckte die Waffen. Buchstäblich. Hatte das Gefühl, erst jetzt zu entdecken, was Liebemachen eigentlich heisst.

Bei null anzufangen.

Dann kamen endlich Worte. Beinahe nebensächliche Einzelheiten nach der Nähe grade eben.

»Ich heisse Évelyne.«

Évelyne, so hätte meine Mutter heissen können. Im Ernst, sie hatte was von Maman, mit ihrer unerschrockenen Bürgerlichkeit. Das war mir in den Sinn gekommen, und ich fand's kurz gruselig.

»Maribé«, sag ich leise.

Sie legt die Stirn in Falten. »Maribé?! Ist das ein Spitzname?«

»Ja, alle nennen mich so. Ist besser so, glaub's mir.«
»Besser als ...?«
Ich lächle.
»Marie-Bénédicte?«
Ich schüttle den Kopf.
»Marie-Béatrice? Marie ... Brigitte?«
Ich zögere, ich mag diesen Namen so gar nicht. Dann denk ich mir Ach, komm, sei mal ein bisschen offen. »Marie-Bérangère.«
»Ma-rie-Bé-ran-gère? Nein, jetzt veräppelst du mich.«
»Schön wär's.«
»Du bist ja hochwohlgeboren, meine Schöne ...«
Ich zucke die Schultern, keinen Bock, über meine Familie zu reden, mit der ich seit Jahren im Clinch liege, von dem Haus im schicken Vorort, von der Kohle auf einem Sparkonto, das ich niemals anrühren werde, und wenn ich verrecke.
Évelyne bedrängt mich nicht, sie guckt mich lächelnd an. Das ist mir peinlich.
»Was?«
»Nichts«, weicht sie aus.
»Doch, jetzt sag. Ich seh doch, dass du dir das Lachen verbeisst.«
»Nein, es ist nur, also dein Name passt so gar nicht zu ...«
»Zu was?«
»...«
»Sag schon.«
Sie zögert. »Na gut, ich sag's dir. Weisst du, wie du aussiehst?«

Ich runzle die Stirn, warte auf das Schlimmste.

»Bei deinen gemachten Brüsten und wenn du so kokett guckst, muss ich an ... Ich muss an diese Pornodarstellerin denken.« Sie macht eine Pause und gurrt dann mit ihrer sinnlichen Stimme den Namen: »Alicia More.«

»Schwachsinn!«

»Doch, wirklich. More, more, more ...«

Sie prustet los und ich auch, will die Stimmung nicht kaputtmachen, auch wenn mir der Vergleich ja eigentlich nicht besonders gefällt. Sie lässt ihre Finger über meinen viel zu runden Busen wandern, fährt mit dem Zeigefinger Achten.

»Warum hast du das machen lassen? War doch bestimmt nicht nötig.«

»Eine Jugendsünde. Jetzt ist es halt so.«

Sie hält den Mund, hat's kapiert: Darüber will ich auch nicht reden. Die Silikonbrüste sind alles, was mir von Leben Nummer zwei geblieben ist. Richard, Brasilien und Brega-Atmosphäre, für ihn hätt ich auch alles getan, am Anfang, als wir zusammengezogen sind. Er war so scharf drauf, ich stieg voll drauf ein, fast hätt ich mir seinen Namen unter die beiden Granaten tätowieren lassen. Ich glaubte ganz fest dran, wie immer.

Es endete natürlich in einem Drama.

Nur dass er inzwischen Vater geworden ist, der Arsch.

»Wann sehen wir uns wieder?«

Als ich die Frage stelle, merke ich, wie fieberhaft das klingt. Dass Évelyne mich bereits hat, dass ich sie will, ihr gehören, mit ihr zusammen sein, sie nie mehr loslassen. Ich bin total nervös, hab Angst, dass sie mir entgleitet.

»Wenn ich wieder in deiner Megalopolis bin. Ungefähr in einem Monat.«

Mein Lächeln erstarrt. Sie streicht die schwarze Strähne auf meiner Wange zurück.

»Kann es sein, dass du dich ganz schön schnell reinstürzt, meine Hübsche?«

Natürlich stürz ich mich rein. Ich hab schon längst abgehoben, Scheisse, ich fliege.

Da sagt sie, was sie nicht hätte sagen dürfen: »Du kannst ja einfach in meine Nähe ziehen. Die Landluft würde dir guttun.«

Sie wollte einfach die Stimmung auflockern, wir hatten uns grade erst kennengelernt, da war noch nichts. Für mich war das das Signal.

Ich wusste nichts über sie, aber im Kopf hatte ich schon die Koffer gepackt.

Ein paar Tage lang tigerte ich durch meine Einraumwohnung, durchlebte immer wieder die Nacht mit Évelyne. Ich träumte von ihr, wenn ich schlief, sie wich mir nicht von der Seite, wie ein Schutzengel, immer da. Sie hatte meine Ängste durch extreme Lust ersetzt. Ja, so bin ich: Wenn's einmal da ist, ist es da. Bis zur Besessenheit.

Ich surfte stundenlang im Internet. Ich las Sachen über diese Pornodarstellerin. Eine Italienerin. Ich fand ihre Biographie, erst ein paar Filme, sie war noch am Anfang. Man fragt sich, woher Évelyne sie kannte. Oder vielleicht stimmt auch mit mir was nicht, weil solche Filme mir absolut nichts geben, die sind doch nur dazu da, Kerle anzumachen. Da war schon eine gewisse Ähnlichkeit: Mal abgesehen vom Busen hatte sie ein längliches Gesicht, so ähnlich wie meins, lange braune Haare. Aber man musste es schon sehen wollen. War das erste Mal, dass man mich mit einem Pornostar verglich.

Vor allem las ich Artikel über diese Strahlungsgeschichte, Hypersensibilität und Migräne. Da gab es einiges. Der Gedanke, dass dieser Dreck manchen Leuten zu schaffen macht, setzte sich durch, manche berichteten von viel schlimmeren Sachen als ich. Und Évelynes Worte, die mir in der Bar so komisch vorgekommen waren, verfingen bei mir wie eine verborgene Wahrheit. Als ob ich plötzlich Zugang zu geheimem Wissen hatte. Es war offensichtlich, dass sie recht hatte, daher kam meine Migräne: Ich war hypersensibel. Das WLAN sämtlicher Router im ganzen Haus, Handys, sie waren überall, die Dinger rösteten mir das Hirn, ich hatte plötzlich das Gefühl, sie um mich rum zu spüren.

Ich weiss, ich weiss, ich lass mich leicht beeinflussen. Aber trotzdem, das erklärte eben alles, man muss auch bedenken, in welchem Zustand ich da war.

Und ausserdem machte es Sinn. Fred, der Rap, diese riesige, viel zu volle Stadt, die ständige Hektik, die mir an die Nieren ging, und nun auch noch die Strahlung. Ich stand noch immer mit einem Fuss in meinem letzten Leben, deshalb ging's mir schlecht. Ich musste weg hier, die ganze Scheisse ein für alle Mal hinter mir lassen. Raus aufs Land, ich musste aufs Land, verdammte Scheisse, Natur, ätherische Öle, Körner, frische Luft. Es wurde offensichtlich, ein Bedürfnis. Der wahre Grund war natürlich Évelyne, aber ich fand tausend andere, damit mein

Vorhaben ein bisschen vernünftiger klang. Und damit ich es Maman erklären konnte, Nein, nein, das ist keine Kurzschlusshandlung, ich denk da schon länger drüber nach, das wird mir guttun.

Zwei Wochen später war ich unterwegs, am Steuer meines randvoll bepackten Twingo. Ein Koffer, meine Nähmaschine und meine Overlock, zwei mit Stoffresten vollgestopfte Mülltüten und natürlich meine Schneiderpuppe, quer über den Sitzen. Im Grunde mein ganzes Leben plus ein Vorrat an ätherischen Ölen, zu denen ich mich grad bekehrt hatte.

Fest überzeugt, dass ich dem Glück entgegenfuhr.

Wenn ich jetzt dran denke, war ich wirklich extrem bescheuert.

Es war herrlich. Ja, als ich ankam, war ich alles andere als enttäuscht, es war genauso, wie ich, die Städterin mit lauter Klischees im Kopf, es mir vorgestellt hatte. Ein winziges Städtchen, Fussgängerzone, ein Fluss mittendurch, Einzelhändler, schöne alte Häuser aus Naturstein und mit Schieferdächern. Ruhe, endlich Ruhe, das tat mir extrem gut. Rundrum das Tal. Aus Felsvorsprüngen wuchsen bewaldete Hänge, Strassen krallten sich als gewundene Serpentinen dran fest, Bergkämme durchschnitten den Himmel, senkrechte Schluchten über reissenden Gebirgsbächen. Nachts hielten die Sterne in der Dunkelheit Einzug. Hier wird es dir gutgehen, dachte ich mir die ersten paar Tage, du kannst von vorn anfangen.

Für ein Viertel meiner ursprünglichen Miete fand ich eine hübsche Zweiraumwohnung zur Strasse raus, einen

Katzensprung vom Zentrum. Also was heisst Zentrum, sagen wir mal vom Marktplatz. Und schon am ersten Abend allein in meinem spärlich möblierten Zimmer, die Nähmaschine wackelig auf einem Tisch vom Sperrmüll, begann ich zu nähen. Scheisse, ich fühlte mich gut, ich glaubte fest an mein neues Leben, an diese Wiedergeburt, die sich Zeit gelassen hatte, binnen einer Stunde verwandelte ich ein schäbiges Sweatshirt in eine sexy Tunika.

Mit einer Energie, die mich selbst erstaunte.

Schon am nächsten Tag lernte ich Leute kennen. Beim Brunnen, am Fluss, war ein Bistro, wo sich anscheinend die Leute aus der Gegend morgens trafen. Und als ich dort, in meine Stola eingemummelt, meinen ersten Kaffee trank, weil es hier schon im Herbst saukalt wird, quatscht mich plötzlich so ein Typ an, grinst wie ein Honigkuchenpferd. Klar, die grossen Brüste spielten mit rein, Dinger wie meine gab's in der Ecke nicht so oft, aber ganz ehrlich, die Anmache war ziemlich soft. Der Typ hatte keine Ähnlichkeit mit den ganzen notgeilen Spackos aus den Grossstädten, die ich nicht mehr abkonnte.

»Bist du neu hier?«

»Ja, ich arbeite im Textilbereich«, log ich, als wär ich nur deshalb hergekommen. »Ich will versuchen, ein paar Kreationen zu verkaufen.«

»Echt? Was machst du so?«

»Vor allem Upcycling: Ich sammel Secondhandklamotten und versuch sie aufzuwerten. Pimpen sozusagen.«

Das klang richtig nach was, man konnte's fast glauben. Wenn ich mir den Jungen so anguckte, ausgeleierter Pullover und zerzauste Dreads, wollte ich ihm lieber nichts von Évelyne erzählen.

»Cool ... Na dann, willkommen bei uns. Ich bin Pom. Ich bin in einem Kollektiv, ein kleiner Verein, vielleicht hast du Interesse. Wir sind ungefähr zwanzig Leute und helfen uns gegenseitig. Jeder, was er kann: Zeichnen, Sirup, Marmelade, Mucke. Ein paar machen auch Siebdruck. Ab und zu kaufen wir den Bauern ein Schwein ab und teilen es auf, helfen Gemüsebauern bei der Ernte, solche Sachen halt. Ich hab eine Craft-Beer-Brauerei weiter unten im Tal, mein Bier verkaufe ich auf dem Markt. Ohne Scheiss, wenn du Hilfe brauchst, sag Bescheid.«

»Alles klar, mach ich.«

»Hast du einen Schlafplatz? Es gibt sonst WGs.«

»Ja, alles gut, ich hab was. Aber danke, das ist echt nett.«

Zur Abwechslung meinte ich's ernst. Er bedrängte mich nicht oder so, gab mir nur seine Nummer, und ich sah ihm lächelnd nach, als er ging. Das fing alles gut an, sehr gut sogar, ich hatte mir die Landung deutlich chaotischer vorgestellt.

Ich liess eine Woche verstreichen, lebte mich bisschen ein, packte die Kartons aus. Und eines Abends beschloss ich, zu tun, wofür ich alles zurückgelassen hatte. Ich inhalierte drei Tropfen ätherisches Kiefernnadelöl gegen die Panik, schluckte zwei Tropfen Estragon- auf Olivenöl, statt eine zu rauchen. Dann nahm ich das Festnetztelefon und wählte Évelynes Nummer. Scheisse, meine Kehle war ganz ausgetrocknet. Das Herz stand kurz vorm Explodieren, wie bei einem Vorstellungsgespräch.

»Ja, hallo?«

Ihre Stimme, mir wird sofort ganz warm, und gleichzeitig bin ich in Schockstarre. Reg dich ab, verdammt noch mal, sag ich mir. Zu sensibel.

»Ich bin's. Maribé.«

»Oh, hallo, meine Hübsche! Geht's dir gut? Wie schön, deine Stimme zu hören.«

Und ihre erst! Ich hab feuchte Hände, die Worte wollen nicht, wie ich will.

»Ich ... ich bin da.«

»Wie, da?«

»Ich meine, ich bin hergezogen ... Vor einer Woche. Weil du doch gesagt hast, das würde mir guttun, wegen Strahlung und so. Na ja, und jetzt bin ich halt hergezogen ... hierher.«

Langes Schweigen.

»Évelyne, bist du noch dran?«

»Jaja.« Plötzlich nicht mehr ganz so begeistert.

»Aber ich komm klar, ja! Ich brauch keine Hilfe oder so.«

»Was? Nein, nein, so war das nicht gemeint. Ich bin nur überrascht. Das ist wunderbar, eine tolle Neuigkeit, Liebes.«

Bisschen gezwungen, ihr Liebes.

»Und ... sehen wir uns?«

»Na und ob, ja ... Ich muss nur zwei, drei Sachen klären. Ich ruf dich zurück, o. k.?«

»Äh ... o. k.«

»Knutscher.«

Ich lege auf, ernüchtert.

Und rede mir gut zu: Ich hatte sie ja nicht mal vorgewarnt, tauch einfach so in ihrem Leben auf, das kann einen schon verunsichern. Zur Beruhigung inhaliere ich noch etwas Kiefernnadelöl. Ich nähe, mach ein Kleid fertig. Draussen war es mucksmäuschenstill, kein einziges Auto. Nichts als die Stille eines Städtchens in der Herbstnacht. Durchs Fenster konnte ich an der Himmelsgrenze den Felsgrat ausmachen.

Évelyne rief mich um Mitternacht zurück. Ich kann es kaum erwarten, dich wiederzusehen, meine Schöne, die Nacht mit dir war wunderbar, das klang ganz anders. Wir könnten uns in drei Tagen sehen. Sie würde mich abholen.

»Ich kümmer mich um alles, sei einfach nur schön, o. k.?«

Unwillkürlich strahlte ich wie ein kleines Mädchen.

An dem Abend schlief ich gegen zwei Uhr nachts ein, den Kopf voller Sterne.

Ich weiss, zu naiv.

»Na, wie findest du den Ausblick?«

»Einfach ... einfach herrlich.«

Was hätte ich sonst sagen sollen? Fast keine Wände, eine riesige Fensterfront über die ganze Länge des Wohnzimmers. Und hinter dem Glas und der Terrasse dehnte sich das Tal Richtung Süden, man sah den Fluss, der sich in trägen Schleifen durch sein Bett wand. Rechts ragten die Felsen auf, brüsk und grau, bis zum Rand vom Causse, der dicht unter den Wolken sass.

Ein Glas Rotwein in der Hand und gestylt wie ein Teenager, der einen auf erwachsen macht, schaute ich, schaute mir die Einrichtung von Évelynes Villa an, überall diese Holzdinger, Möbel, die ich nie im Leben in meiner Wohnung untergebracht hätte.

Scheisse, ich traute mich nicht mal, zu raten, was die Hütte hier wert war. Über eine Million, auf jeden. Aber sie hatte ganz klar hundertmal mehr Klasse als die, in der ich aufgewachsen war.

Jahrelang hatte ich versucht, von dieser Welt, Kohle, Luxus, loszukommen, und nun stand ich wieder mittendrin. Und es gefiel mir auch noch. Ja, ich weiss, ich steckte schon immer voller Widersprüche. Aber ich glaub, was mich jetzt anzog, war das Gefühl, dass ich aus freien Stücken kam. Hier einbrach. Wie ein Fuck you an Fred und seine Scheissreime. An alle andern vor ihm. Und an Maman.

Ernsthaft jetzt, das spielte mit rein, Ich schlafe mit einer Reichen, und ihr könnt mich alle mal. Weil, die hätten sagen können, was sie wollten, Évelyne mochte mich, das war offensichtlich. Ich liebte es, wie sie mich vom Sofa aus mit Blicken verschlang. Ich war gern mit einer zwanzig Jahre älteren Frau zusammen, ich fühlte mich allen anderen überlegen. Wichtig.

Ich ging wieder zu ihr, schmiegte mich an sie, noch feucht von dem, was wir gerade in diesem zur Welt hin offenen Raum miteinander erlebt hatten. Sie zog mich an sich, vergrub ihr Gesicht in meiner zerzausten Mähne.

»Marie-Bérangère ...«, raunte sie mit warmer Stimme.

Ich versteifte mich.

Und da entdeckte ich die andere Seite der Medaille. Also, entdeckte ... Sagen wir mal, sie erklärte mir, was ich schon geahnt hatte, ohne es mir einzugestehen.

Kurz gesagt: Évelyne war verheiratet. Mit Guillaume, so hiess er. Sie hatten zwei Kinder. Das ganze Geld verdankte sie ihm. Er war international tätig, an der Finanzierung von Aufbauprojekten in Entwicklungsländern beteiligt, das sagte sie zumindest, ich verstand nicht genau, was es damit auf sich hatte. Aber der machte wohl eher in Finanzen als im Humanitären, der Typ. Sie hatten sich in Paris kennengelernt und dort gelebt, bis die Kinder alt genug waren, den Schoss der Familie zu verlassen. Erst da hatten sie das Haus hier bauen lassen. Für ihn war das ein Weg zurück in seine Heimat, und vielleicht auch, um neue Kontakte zu knüpfen und sein Business auszubauen. Sie wollte vor allem weg aus der Hauptstadt. Grossstadt, sie kannte nichts anderes, seit sie klein war, und hatte die Nase voll davon. Im Grunde wie ich. Ihr Mann lebte abwechselnd hier und in der Dritten Welt, sie war zwangsläufig viel allein, klar. Sie malte, ging wandern, besuchte ab und zu ihre Söhne in den Städten, wo sie studierten, übernachtete im Hotel.

»Und du hast nie gearbeitet?«

»Doch, zwei, drei Jahre. Aber ich glaube, ich bin dafür nicht gemacht. Und ich verstehe nicht, was mir ein Gehalt bringen sollte.«

Klar, so gesehen ...

»Sag mal«, fing sie an, »kommst du zurecht, finanziell?«

»Jaja. Ich brauch ja nicht viel, meine Miete ist extrem niedrig.«

»Du gibst mir Bescheid, wenn was ist, ja.«

»O.k.«, sagte ich, aber es wär mir nicht im Traum eingefallen, sie um Geld zu bitten. »Und ... sag mal, dein

Mann, weiss der, dass du noch andere ... also, dass du dich mit jemandem triffst, wenn er weg ist?«

»Sagen wir mal, es ist ihm lieber, wenn er nichts weiss. Und mir auch: Ich frag mich nicht mehr, wie er da unten wohl seine Nächte verbringt. Wir haben so eine Art stillschweigende Übereinkunft. Jeder kommt auf seine Kosten.«

Ich zögerte, dann wagte ich mit piepsiger Stimme eine Frage: »Aber ... du würdest ihn nicht für eine wie mich verlassen, oder?«

Stille. Flüchtiges Lächeln.

Ihr Blick wanderte über mein Gesicht, nahm jede Einzelheit auf wie bei einem zerbrechlichen Kunstwerk. Dann, als einzige Antwort, küsste sie mich. Und ich liess sie.

Mit weit offenem Mund, ihr völlig ergeben.

Was hatte ich denn erwartet, verdammte Scheisse? Mal eben spontan einer Frau nachreisen, von der ich grade mal den Körper kenne, sonst nichts. Was hab ich denn gedacht? Dass sie Single ist oder was? Dass sie allein in ihrem gottverlassenen Haus am Berghang lebt, dass sie nur auf mich gewartet hat, auf mich und meine Pornosternchenmöpse?

Nein, natürlich hatte ich geahnt, dass sie ein Leben hatte, so bescheuert bin ich jetzt auch nicht. Aber trotzdem, irgendwie hatte ein kleiner Teil von mir was anderes gehofft. Keine Ahnung, eine komplizierte Scheidung, einen noch frischen Todesfall vielleicht. Eine schmerzliche Lage, in der ich mir einen Platz hätte suchen können.

Ein Minimum an Gegenseitigkeit bei diesem Bedürfnis nach ihr, das mich nicht losliess.

Tja, aber unsere Beziehung war von Anfang an schief: Évelyne stand am Steuer, und ich ruderte mühsam hinterher.

Sie diktierte die Termine, wir sahen uns, wenn der Gatte die Welt bereiste, wenn die Söhne sie mal nicht brauchten, damit sie deren Probleme junger Erwachsener regelte. Andere hätten das nicht mitgemacht, hätten sie abgeschossen, Ich bin nicht deine Privathure, Du musst schon wissen, was du willst, meine Gute.

Aber ich nicht, damals jedenfalls nicht.

Ich fand mich damit ab.

Ich nahm die paar Krümel Liebe und flüchtigen Freuden, die sie mir gewährte wie einem ausgesetzten Tier die Futterration. Vielleicht erhoffte ich mir was anderes, später, so von wegen Hab Geduld, deine Stunde kommt noch, weiss nicht mehr. Ich weiss nur noch, wie krass abhängig ich war. Es war, als hätte Évelyne mich verhext, Scheisse, sie ging mir nicht aus dem Kopf.

Und alles in allem war ich die ersten Wochen glaub ich glücklich.

Ja, so wackelig mein Leben mit Évelyne auch war, ich liebte es wie die vorherigen vor der Implosion. Die Nächte in ihrem Palast, das morgendliche Erwachen mit Blick auf den Causse, wie ein Wall, nichts weiter tun als den Moment geniessen, ehe ihre Familie zurückkam, das waren schöne Augenblicke.

Sie tat mir gut, so selbstsicher, wie sie war in ihren beiden streng getrennten Leben, ohne Reue oder Zweifel. Sie entschied im Grunde für mich, Komm her, meine Hübsche, Das wird schon, du wirst sehen.

Und letztendlich gab sie mir, wenn auch mit Unterbrechungen, ziemlich viel Liebe. Denn sie hat mich geliebt, da bin ich mir verdammt sicher, sie fuhr total auf meine Kurven ab, die sie wahrscheinlich an ihre eigenen erinnerten, früher, und auf meine Jugend, in der sie sich verlor.

Manchmal gingen wir tagsüber zusammen wandern, sie zeigte mir die Wege, die die Plateaus durchzogen wie Adern, das karge Land auf nebelverhangenen Höhen, wo die Schafe weideten, die Berge und den süssen Duft des Ginsters, der sich an die Felsblöcke drängte. Wir sahen die Gänsegeier über unseren Köpfen kreisen, hielten nach Bartgeiern Ausschau, träumten vom bösen Wolf.

Einmal im Spätherbst haben wir uns sogar da oben geliebt, um uns rum nichts als Steinwüste und ein paar vertrocknete Grasbüschel. Und an dem Tag, weit weg vom Ansturm der Aussenwelt, durch diese durch nichts zu erklärende Lust mit Évelyne verbunden, glaubte ich an uns.

Scheisse, wenn das keine Liebe war, was dann?

Ich weiss, ich weiss, ich mach mir was vor, das war von Anfang an zum Scheitern verurteilt. Aber den Gedanken vertrieb ich, sobald er mich streifte, wie ein lästiges Tier, das nichts in meinem Kopf zu suchen hat.

Ich führte ebenfalls ein Doppelleben. Musste ich auch, denn letztendlich war ich öfter alleine als bei ihr.

Alles begann mit Pom, dem Typen, der mich im Bistro angesprochen hatte. Er war nett, gutmütig, nie auf den eigenen Vorteil aus. Kerle, die ihren Prinzipien treu bleiben, sind im Grunde rar gesät. Er nahm mich mit in seine Welt, in das Kollektiv, wo alle zusammenkamen, die selbst was auf die Beine stellen wollten, ihre Zukunft gestalten, statt sie nur zu ertragen. Belgier, Pariser, war so ein bisschen die zweite Generation der Neoruralen, entschlossen, durchzuziehen, wozu ihren Eltern der Mut gefehlt hatte. Leute, die ganz anders waren als alles, was ich kannte, die mich einfach nahmen, wie ich war, nie wurde ich wegen meiner bürgerlichen Herkunft verurteilt, von der ich mich abgewandt hatte.

Ich half einer jungen Frau, ihr Haus auszuräumen, sie wollte einen Hof weiter südlich im Tal herrichten, zum Dank überliess sie mir die Hälfte ihrer Möbel. Super Sache.

Ich engagierte mich ein bisschen im Verein, ging zu Treffen, half beim Organisieren der Partys. Samstags einmal im Monat, in einem Gemeindesaal auf dem Causse, so war es üblich. Elektro, Rock, Latin, es wechselte, je nachdem, wer auflegte, wir hatten eine gute Zeit da oben, alles ziemlich gechillt, auch wenn das nicht nach jedermanns Geschmack war, kam schon mal vor, dass mitten in der Nacht ein Bauer mit dem Gewehr aufkreuzte und uns einen Schrecken einjagte. Klar lief es mehr als einmal aus dem Ruder, wir hatten auch so zwei, drei unbeherrschte Alkis, die eher vor irgendwas davonlaufen wollten, als was aufzubauen.

Aber der Grundgedanke des Kollektivs war nicht, Ärger zu machen. Im Gegenteil, das Ziel bestand darin, diese Ecke Frankreichs, die die Städter nur aus dem Sommerurlaub kannten, zum Leben zu erwecken. Wir versuchten, die hiesige Wirtschaft anzukurbeln, wir boykottierten Supermärkte zugunsten lokaler Erzeuger. Fleisch, Gemüse, Honig, Getränke, wir fanden alles, was wir brauchten.

Für mich war das eine andere Welt, eine richtige Entdeckung.

Ich traf ein Pärchen, das auch mit Textilien arbeitete. Sie machten Siebdruck: Sie entwarf die Kleidung, und er druckte die Motive aus organischen Pigmenten. Ziemlich schicke Sachen. Wir tauschten uns aus, begannen über gemeinsame Projekte nachzudenken. Sie halfen mir, einen Marktstand zu beantragen, und das hat echt viel verändert. Meine upgecycelten Klamotten fanden wider Erwarten Abnehmer. Évelynes Hütte konnte ich mir damit nicht leisten, aber ja, es verkaufte sich.

Einmal die Woche stand ich also in der Fussgängerzone, die selbstgezimmerten Kleiderständer bogen sich unter den Stoffkombinationen, die ich in den vergangenen Wochen genäht hatte. Die Frauen aus der Gegend guckten sich gern die ungewöhnlichen Kleider, Röcke und Oberteile an. Und ich stellte sie mir in meinen Kreationen vor, mit denen sie vielleicht ihre eingeschlafene Beziehung neu entfachen wollten.

Einmal kam die Sozialarbeiterin zu mir an den Stand. Soll heissen, damals wusste ich nicht, wer das war, ich hatte keinen blassen Schimmer von dem unerklärlichen Band, das uns bald verbinden sollte. Sie guckte meine Bügel durch und hätte fast ein Kleid anprobiert, ehe eine Freundin von ihr dazukam und sie unterbrach. Ich seh es noch vor mir, wie sie plötzlich rumfährt, total peinlich berührt, und ich weiss nicht, wieso, aber in dem Moment dachte ich Da hat jemand einen Liebhaber, jede Wette. Ich werd die Wahrheit vielleicht nie erfahren, aber ich denke, da lag ich gar nicht so falsch.

Ernsthaft jetzt, ich bin mir sicher, dass da die ganze Geschichte angefangen hat.

Aber wenn auch nur die Frauen bei mir kauften, die Männer kriegten auch was für ihr Geld. Sie glotzten wie blöd. Die genossen völlig ungeniert meine Brüste unter den engen Pullovern, als der Winter näher kam. Ich spürte die Blicke aus dem Häufchen Kunden auf dem Markt, die vorbeiflanierten, sie hingen am Arm ihrer Ehefrauen wie am Galgen und träumten von dem Jungbrunnen, der ich sicherlich für sie war.

Ich bin nicht blind, ich bemerkte das Kopfnicken und das wissende Lächeln zwischen untervögelten Männern in den Fünfzigern und einsamen Landwirten. Und im Grunde störte es mich gar nicht mal so sehr. Wir lachten sogar drüber, ich, Pom und die anderen. Weil die Lust, die von diesen Kerlen kam, nichts Perverses hatte.

Auch als ich durch die Strassen lief, hatte ich mehrmals das Gefühl, dass mich jemand beobachtete. Ich spürte eine Gegenwart, ganz nah, als ob mir jemand folgte. Aber ich kümmerte mich nicht weiter drum.

Dachte, das gehört hier eben zur Atmosphäre. Zur Kulisse.

Wieder mal zu naiv.

Als ich den ersten Umschlag unter meiner Tür fand, raffte ich es nicht.

Es war an einem Morgen Ende November. Schnee hatte sich noch nicht blicken lassen, kalt war es dagegen schon ordentlich. Allmählich merkte ich, was es hiess, das ganze Jahr hier zu leben, die Touristen machten sich aus dem Staub, die Zeit verging langsamer, der Himmel sackte in sich zusammen und schloss uns in unserer kleinen Welt ein, enger denn je. Die grauen, gerupften Bäume an den Talhängen erinnerten mich an Gitterstäbe einer Zelle. Wir gingen immer seltener raus, zogen uns in die Häuser zurück, während der Wind sich auf den Höhen austobte.

Trotz der Verkäufe auf dem Markt, trotz der Solidarität im Kollektiv, finanziell gesehen, war ich nicht grade Krösus. Wovon lebte ich denn letztendlich? Von einer wackeligen Kombination aus Mindestsicherung, dem Nähen und bisschen Schwarzarbeit bei den Gemüsebauern des Tals zur Erntezeit. Es reichte grade so für Miete, Essen und eine gelegentliche Extraausgabe. Mamans Geld, das seit Jahren auf einem Konto auf meinen Namen lag, würde ich nicht anrühren. Ich hatte einmal mit Évelyne drüber gesprochen, aber ich bemühte mich zu differenzieren. Ich glaub, ich machte einen klaren Unterschied zwischen dem Luxus, den ich bei ihr hatte, und meiner prekären Lage. Und selbst wenn mir das mal durch den Kopf gegangen war, ich hätte sie niemals um irgendwas gebeten.

Ich trank gerade meinen Kaffee, die warme Tasse mit beiden Händen umklammernd, die Nase verstopft trotz des Eukalyptusöls, das ich den lieben langen Tag inhalierte, da sah ich eine Ecke weisses Papier unter meiner

Tür vorgucken, neben den Stoffsäcken. Natürlich runzel ich erst mal die Stirn, denke Was ist das denn?

Weil es kalt ist, steh ich nicht gleich auf, schliesslich schlag ich die Decke zurück und heb es auf.

Ein Umschlag.

Ja, ein einfacher weisser Umschlag, unter meiner Tür durchgeschoben, die ging direkt auf die Strasse raus. Ich dreh ihn hin und her, keine Briefmarke, keine Adresse, den hatte ganz sicher nicht der Postbote dagelassen. Ich mach ihn auf.

Drin sind zwei Sachen: ein Zettel mit einem grossen Herz, mit Kugelschreiber gemalt.

Und ein Fünfhunderteuroschein. Man gönnt sich ja sonst nichts.

Ich steh einen Moment wie erstarrt, die Kohle in der Hand. Sonst nichts, keine Nachricht, keine Erklärung. Ich muss nicht lange überlegen, für mich ist klar, das war Évelyne. Es kommt mir komisch vor, ich kann mir schlecht vorstellen, dass sie mitten in der Nacht vor meiner Tür steht, ohne die Gelegenheit zu nutzen, zu mir ins Bett zu schlüpfen, aber wer soll es sonst gewesen sein? Ganz sicher keiner von Poms Kumpels: Der eine oder andere steht bestimmt auf mich, das ja, aber die sind völlig pleite.

Ich setze mich wieder, nehm den Telefonhörer. Mich bei ihr bedanken, hören, wie ihre Stimme meinen Morgen wärmt, ich lächle, noch bevor ich die Nummer wähle. Ihr Mann ist zwar da, aber mit ein bisschen Glück hat sie heute vielleicht ein Stündchen Zeit für mich.

Dennoch halte ich inne.

Keine gute Idee. Wenn sie mir das Geld so heimlich gegeben hat, dann hat das seinen Grund. Damit wir nicht drüber reden müssen. So kann sie mir helfen und erspart mir die Diskussion, in der ich als Pennerin dagestanden hätte.

Ja, deswegen.

Der Schein lag vierundzwanzig Stunden auf meinem Tisch, neben der Nähmaschine, wie ein verbotenes Geschenk. Es störte mich, ich hatte keine Lust, das Geld anzurühren, ich kam ganz gut alleine klar. Es erinnerte mich an Maman, an diese Familie, der ich nichts schulden wollte.

Aber ich änderte meine Meinung. Fünfhundert Mäuse, das kam mir dann doch gelegen.

Und für sie war das nichts. Dann konnte ich es genauso gut nutzen, schliesslich gab ich Évelyne auch sehr viel. Im Grunde gab ich ihr alles, ich gehörte ihr. Deshalb dachte ich mir am nächsten Tag Scheiss drauf, und schob den Schein zu den Münzen in mein Portemonnaie.

Nie hab ich bezweifelt, dass die Kohle von Évelyne kam. Soll heissen, bis ... bis Januar jedenfalls nicht. Wenn ich jetzt dran denke, Scheisse, war ich bescheuert.

Aber ernsthaft jetzt, wieso hätte ich denn einen Zusammenhang zu den Männerblicken vom Markt herstellen sollen? Warum hätte einer dieser Typen mir Geld geben wollen?

Es passierte dreimal.

Dreimal fand ich morgens einen Umschlag unter meiner Tür, den mein Schutzengel nachts hingelegt hatte. Und so hab ich mich damit abgefunden. Das half mir natürlich, zweihundert Euro hier, fünfhundert da, in meiner Lage war das nicht zu viel. Einmal war nur Geld drin, die anderen Male auch eine kleine Überraschung, eine getrocknete Blume, ein verknoteter Grashalm.

Das war süss, ich hatte den Eindruck, eine andere Seite an Évelyne zu entdecken, eine persönlichere. Ich bemühte mich, das Geld vernünftig einzusetzen, sie sollte sehen, dass ich mich nicht gehenliess. Aber das Thema selbst sprach ich nie bei ihr an. Es war wie ein Geheimnis, bei dem wir beide so taten, als wüssten wir von nichts, das uns aber gelegen kam.

Ich hab übrigens niemandem was erzählt. Mit Pom und den anderen konnte ich unmöglich drüber reden, genauso wenig wie über diese Liebe, die ich seit meiner Ankunft erlebte und von der sie nichts wussten. Das waren zwei derart gegensätzliche Welten, sie hätten es nicht verstanden und erst recht nicht akzeptiert, mit wem ich meine Nächte verbrachte. Für sie, mit ihren Idealen, waren Évelyne und ihr Businessgatte der Teufel in Person. Die Aneignung von örtlichen Grundstücken mit grossem, städtischem Kapital zum Nachteil der Leute aus der Gegend, der multinationale Konzern, der seine giftigen Tentakel bis in die ärmsten Regionen streckte. Ich konnte mir ihre Reaktion nur zu gut vorstellen.

Deshalb hielt ich sorgsam eine undurchlässige Grenze zwischen meinen beiden Leben aufrecht. Und zeigte mich nie mit Évelyne in der Stadt. Was ihr ebenfalls entgegenkam.

Ein paar Leute boten mir an, aus meiner Wohnung in das riesige Haus aus Schiefer zu ziehen, das sie unter

Einhaltung der traditionellen Architektur der Täler renoviert hatten, eine Art gemeinschaftlicher Wohnort, wo sie sich zu dreissigst einem Gemeinschaftsprojekt widmen wollten. Der Mensch und die Natur vor allem anderen, das war ihr Motto. Ich verstand den Gedanken, das war schon reizvoll, sie würden ihr eigenes Bier brauen. Aber ich hab nein gesagt. Ich stand in der Mitte der Furt, zwischen zwei Welten, ich konnte da nicht mitmachen. Ich glaub, ich stimmte ihren anarchistischen oder linksextremen Ideen (den Unterschied hab ich nie verstanden) nur halbherzig zu. Ich war nicht bereit, meine Wenigkeit dem Kollektiv zu opfern.

Ich weiss: Das ist egoistisch.

Aber tief im Inneren, und ohne dass ich es wollte, gehörte ich eher Évelyne als meinen neuen Freunden. Auf Gedeih und Verderb, würd ich sagen.

Mein Idyll konnte nicht ewig dauern, damit hätte ich rechnen müssen. Aber ich hab eben nicht gedacht, dass das dicke Ende so schnell kommt. Ich hatte gehofft, ach, keine Ahnung, dass unsere Liebe stark genug war, damit es hielt. Ich irrte mich: Als Weihnachten kam, war von Leben Nummer vier schon nicht mehr viel übrig.

Wie jedes Jahr wurde Maman Anfang Dezember munter. Wenigstens einmal im Jahr, wär doch schön, wenn die ganze Familie zusammenkommt, dein Bruder, dein Grossvater, der dich nie zu Gesicht kriegt, bei uns zu Hause. Bei uns zu Hause hiess in dem Schickimicki-Vorstadthaus, aus dem ich neunzehn Jahre lang nur wegwollte. Avenue du Château, aber hallo. Schon allein die

Vorstellung, da zu übernachten, deprimierte mich total. Und wozu? Mir ihre Fragen anhören, ihnen erzählen, was ich so machte, meine Clique von Neoachtundsechzigern, meine Affäre mit einer zwanzig Jahre älteren Frau, noch dazu verheiratet? Super, ich sah es direkt vor mir.

Vergiss es, die Antwort lautete Nein, und ich machte nicht viele Umstände.

»Verdammte Scheisse, die kotzt mich so an!«

Das sagte ich, als ich aufgelegt hatte, dann rieb ich mir den Brustkorb mit Majoranöl ein, damit die Wut sich legte.

Poms Clique organisierte eine riesige Party auf dem Causse. Sie taten sich mit einem anderen Kollektiv aus dem Nachbartal zusammen: grosser Aufwand, grosse Anlage, guter Sound, ein paar Typen würden mit Fackeln jonglieren, das volle Programm.

»Das wird richtig geil!«, hatte Pom zu mir gesagt, als er mir davon erzählte, aufgeregt wie ein kleiner Junge unter seiner Dreadmatte. »Du bist doch dabei, oder?«

»Yes, auf jeden. Das lass ich mir nicht entgehen.«

Ich weiss nicht, ob meine vorgetäuschte Begeisterung überzeugend war. Ich würde ja letztendlich hingehen, auf ihre abgefahrene Weihnachtsparty, und es würde bestimmt gut werden.

Aber ich hatte nur eins im Kopf: die Zeit mit Évelyne zu verbringen. Bescheuert, ich weiss. War übrigens noch nie mein Fall, die Feiertage Ende des Jahres, diese erzwungene gute Laune, das Na, und was machst du an Silvester? Scheisse, das Jahr davor mit Fred hätte ich alles gegeben, allein zu sein statt auf dieser Hip-Hop-Party mit seinen Rapperkumpels. Aber diesmal, keine Ahnung, wieso, hatte ich in mir drin irgendwie diese Lust.

Lust auf Wärme, auf Gemütlichkeit, auf ein schönes Essen zu zweit.

Lust auf Évelyne, das war's im Grunde, ich hatte Lust auf sie, als wären wir ein ganz normales Paar, eine zukünftige Familie, nicht dieses wackelige Konstrukt, das sie mir aufzwang.

Also sprach ich es eines Abends, als ich an sie gekuschelt in den zerwühlten Laken lag, ganz beiläufig an:

»Wär doch schön, oder?«

Ein Lächeln von Évelyne. Dieses Lächeln, das ich mittlerweile lesen konnte, das mich gleichzeitig schwach werden und leiden liess. Das hiess nämlich Du bist süss, aber jetzt träumst du, Herzchen. Es erinnerte mich an die traurige Realität: Ich konnte noch so sexy, scharf, gut gebaut und alles sein, ihr in der Kiste mehr Vergnügen verschaffen als ihr Geldsack von Ehemann, aber in ihrem Leben nahm ich nur einen winzigen Platz ein. Und daran wollte sie um nichts in der Welt irgendwas ändern.

Das war der Deal, von Anfang an, ich hatte es hingenommen. Bescheuert, wie ich war.

»Willst du noch ein Glas?«

Damit zieht sie sich an und geht in die Küche. Ich hinterher, schweigend und angespannt. Draussen versperren scharfe Bergkämme den Blick auf den Nachthimmel vor der Glaswand, wir sitzen uns an der massiven Eichenholztheke gegenüber und lassen den Wein in den Gläsern kreisen. Sie trinkt mit Kennerblick, leckt sich die Lippen. Ernst, als wär sie genervt von meiner Frage.

Als hätte ich eine verbotene Grenze überschritten.

Sie starrt in die Nacht oder weicht meinem Blick aus, keine Ahnung. Und verkündet, was sich für mich wie eine Strafe anfühlt. »Ich bin an Weihnachten nicht da. Ich fahre für zwei Wochen weg.«

»Ach so ... Feiert ihr in der Familie?«

Sie presst die Lippen aufeinander, den Blick noch immer ins Leere gerichtet, nickt.

Natürlich, was hatte ich denn gedacht?

Als ich mich an dem Abend verabschiedete, als sie mich absetzte und wir uns küssten, wusste ich, dass das Ende nah war. Soll heissen, ich spürte, dass wir uns zum letzten Mal sahen, ohne dass es krampfig war. Obwohl ich noch immer verrückt nach der Frau war, nach ihrem Selbstbewusstsein, ihrer Klasse, der Überlegenheit, die sie ausstrahlte, hatte sie allmählich die Nase voll von mir. Ich merkte es ganz genau, Scheisse, ich wollte um jeden Preis verhindern, was sich leise abzeichnete, aber je mehr ich machte, desto lästiger wurde ich ihr.

Ich hatte keinen Halt mehr, sie entglitt mir.

Als ich dann am nächsten Morgen einen neuen Umschlag mit hundert Euro unter der Tür fand, erschien mir alles schrecklich eindeutig. Das war keine Entschuldigung, das passte nicht zu ihr. Nein, die Kohle, genau wie die anderen kleinen Geschenke, die sie mir so gnädig gewährte, war ein Druckmittel. Sie machte mich heiss und war dann kalt, damit ich ihr noch mehr ausgeliefert war.

Genau, Évelyne war pervers: Am meisten erregte sie, wenn ich ihr treu ergeben war.

Und es klappte, verdammte Scheisse.

Zu Weihnachten schneite es. Die Flocken bestäubten die Gipfel mit einem weissen Schleier, der sich oben im Nebel verlor. Pom war ganz verzaubert von dieser Landschaft in Schwarzweiss, von dem Tal, das ganz anders war, wenn der Winter um die Ecke lugte, das seine geheimsten Schätze offenbarte, wenn man sich nur drauf einliess. Und die abgefahrene Party mitten in der Pampa auf dem Causse in einem schlechtgeheizten Saal, um den der Wind heulte, wurde ein voller Erfolg. Wie waren vielleicht zweihundert. Ja, zweihundert Gestörte, eine Hälfte besoffen, die andere high, Dresscode im Stil Weihnachtsmann meets Punk, und feierten ausgelassen dieses Katholikenfest, das für uns keine Bedeutung hatte ausser der Gelegenheit, sich mal auszutoben, wenn das Leben hier zu langsam wurde.

Es war, als ob die Leute das neue Jahr sehnlichst erwarteten, als ob sie wirklich glaubten, dass es besser werden würde als das alte. Als ob diese bessere, solidarischere, nachhaltigere Welt, von der sie dachten, dass sie sie gerade aufbauten, eine Chance hätte, eines Tages zu entstehen. Ihre Utopie im Visier, immer im Blick, trotz tausend Widersprüchen, die sie mit viel Energie runterspielen wollten.

Ich ging natürlich hin. Sogar getanzt hab ich, mit Männern und Frauen. Zu später Stunde wies ich ein paar Annäherungsversuche zurück. Von Pom, nebenbei bemerkt. Ich bin ihm nicht böse, er war breit, als er mich küssen wollte. War sogar ganz süss, wenn ich so drüber nachdenke, in seinem unsicheren Blick lag ein Verlangen, das mich an meine ersten Verliebtheiten als Teenager erinnerte. Unter anderen Umständen hätte ich ihn vielleicht gelassen, nur so, ihm zuliebe, hatte ich bei anderen Kumpels schon gemacht.

Das Problem war, dass mir der Sinn nicht nach Spass stand. Ich fühlte mich in dieser Bande Idealisten, berauscht von ihrem nicht systemkonformen Leben, wie eine Aussenseiterin.

In meinem Kopf träumte ich von einer schändlichen Welt. Évelynes Welt, kilometerweit weg.

Eigentlich war ich in den zwei Winterwochen, als sie nicht da war, total depri. Ich setzte mir meine Schüsse mit ätherischen Ölen, Eisenkrauttee für die Stimmung, Estragon, deutlich mehr als die empfohlene Dosis, damit ich nicht wieder anfing zu rauchen, aber trotzdem blies ich jeden Tag Trübsal. Unmöglich, die Dinge positiv zu sehen, mich auf das Schöne an den schneegefleckten Felswänden rund um das Städtchen zu konzentrieren.

Als hätte ich alles, was mir am Anfang gefallen hatte, vergessen, fast trauerte ich meinem vorherigen Leben nach. Ich sass Stunden an der Nähmaschine, starrte auf das Rein und Raus der Nadel im Stoff, das die Minuten, die Stunden, dieses unendliche Warten taktete. Ja, so gesehen war das meine einzige Beschäftigung: Ich wartete, dass Évelyne zurückkam, wie ein Kind auf die Mutter wartet, ungeduldig und ängstlich zugleich.

Ich lauerte auf das Ende dieses kaum angebrochenen Lebens und merkte, dass das, was mir am meisten Angst machte, eingetreten war: Trotz des lieben, verrückten Haufens um mich rum fühlte ich mich einsamer denn je.

Von ihr kam nichts.

Sie hat sich nicht gemeldet, als sie zurück war, kein Anruf, kein Zettel, nichts. Jeden Morgen sah ich unter der Tür nach, ich ging so wenig wie möglich raus, blieb beim Telefon, wartete auf das leiseste Lebenszeichen und sagte mir immer wieder Na toll, sie hat dich vergessen. Und von Tag zu Tag stieg, zusammen mit Angst und Traurigkeit, die Wut. Ich kenne sie gut, diese Wut, die sich am Ende meiner Beziehungen Bahn bricht, wenn alles explodiert. Die, die Fred bei unserer Trennung zu spüren gekriegt hatte, Fusstritte gegen sein Zeug, Schläge mit der Handtasche in die Fresse. Trotz der Massagen mit Majoranöl spürte ich, wie sie in mir aufstieg, meine Freunde merkten es übrigens auch, es kamen Kommentare, ich wär nicht mehr so entspannt, manchmal herrschte ich Pom grundlos an.

Der Arme, er konnte gar nichts dafür.

Und dann, eines Morgens, ruf ich sie an, als wär nichts.

»Évelyne?«

Ich hab ein Kinderstimmchen.

»Ja.«

»Ich ... ich hab gewartet, dass du anrufst, du bist doch schon eine Woche hier, oder?«

»Ja. Ja, tut mir leid, ich hatte noch keine Zeit.«

Keine Zeit. Sie hatte keine Zeit, sag ich mir.

»Ach so. Wollen wir uns treffen? Wir können ja, ich weiss nicht, wandern gehen oder so, irgendwann die nächsten Tage?«

Schweigen, Seufzen, dann, so kalt wie Causse-Gestein: »Ich weiss auch nicht. Im Moment ist es eher ungünstig. Ein andermal, o. k.?«

Sekundenlang bin ich still, dann wage ich ein »Sag mal, ist alles o. k.?«.

»Ja, klar.«

»Aber du hast doch was. Bist du irgendwie beleidigt?«

Scheisse, ich kling wie meine Mutter, wenn wir uns sehen.

»Nicht doch. So, ich muss dann mal, wir hören voneinander, ja? Bussi.«

Bussi, verdammte Scheisse, sie hat Bussi gesagt.

Ich bin nicht mehr ihre Hübsche, ihr Liebes, ihr Hauptgewinn. Nein, mein Anruf ist ihr lästig, das hör ich schon an der Stimme. Und das tut weh, Scheisse, die Einsicht macht mich fertig. Ich lege auf. Starre die Wand an, den Hörer noch in der Hand.

Wütend und am Ende, alles zusammen. Ich mahle mit dem Kiefer.

Und plötzlich kommt es raus.

Mit einem Ruck reisse ich am Kabel, das Telefon hebt ab und zerspringt auf den kalten Steinen. In Stücke.

»Schlampe!«, brülle ich, ganz allein in meinem winzigen Wohnzimmer. »So eine Schlampe!«

Und ich bin mir nicht sicher, ob ich sie oder mich meine.

18. Januar. Der fatale Tag. Mir hat sich jedes Wort eingebrannt, das wir uns an dem Abend an den Kopf geworfen haben.

Ich kam vom Kollektiv. Wir hatten den ganzen Nachmittag für einen Imker aus den Bergen Etiketten auf Honiggläser geklebt. Sinn des Ganzen war, dass ein bisschen

Kohle in die Vereinskasse kam, damit wir uns wenigstens einen Verstärker leisten konnten. Es entspannte mich.

Ein Mädchen war zum Mobilmachen vorbeigekommen, für das nächste Wochenende war eine Demo vor der Präfektur geplant, wütend und zugleich friedlich, gegen die Genehmigung zur Förderung von Schiefergas im Süden des Departements.

»Mit solchen Projekten tun wir der Region ganz bestimmt nichts Gutes. Das Gas hat unter der Erde zu bleiben und basta!«

Ganz schön aufgebracht, die Gute. Mal sehen, hatte ich gesagt, aber schon gewusst, ich würde nicht hingehen. Ich war durchaus ihrer Meinung, die Sache war wirklich ein Skandal, der Minister hatte die Erlasse unauffällig am Tag vor seinem Rücktritt unterzeichnet. Aber ich fühlte mich einfach nicht angesprochen. Ich wollte lieber zu Hause bleiben.

Ich lief durch die Fussgängerzone, die Hände tief in den Jackentaschen, kaum zu glauben, diese Kälte. Die Wettervorhersage hatte Schnee und weitere Stürme für die Nacht angekündigt, die eroberte schon den Himmel. Keine Menschenseele, die Leute hatten sich zu Hause eingesperrt, hingen mit der Familie vor dem Fernseher. Mein Heimweg ging durch die Strasse, die die Grenze zwischen Stadt und Gebirge bildet. Zu meiner Linken erhoben sich die steilen Hänge bis hinauf zu den Felswänden, die mitleidig auf uns runterguckten. All das verschwand allmählich in der angehenden Dunkelheit.

Ich lief allein, mit schnellem Schritt.

Zuerst war da dieses Geräusch, hinter mir, das Gefühl, verfolgt zu werden, das ich in den letzten Wochen öfters gehabt hatte. Ich drehte mich um, aber da war niemand, Das bildest du dir ein, Maribé. Und so ging ich weiter.

Dann sah ich sie.

Ein Stück weiter vorne, zwanzig Meter vor mir, erkannte ich Évelynes selbstsichere Gestalt. Ja, das war sie, Wanderstiefel an den Füssen, sündhaft teurer Parka um die Schultern, vollbepackter Rucksack. Kam vom Wandern, ganz gechillt, als hätten wir keinen Winter.

Ich erstarre ganz plötzlich. Sie ist jetzt bei mir, offenbar nicht grade glücklich über die Begegnung.

Meine Kehle ist wie zugeschnürt.

»Hallo.«

Verkrampftes Lächeln.

»Was machst du hier?«

»Ich geh zu meinem Auto«, sagt sie. »Am Ortseingang.«

»Warst du wandern? Bei dem Wetter?«

»Ja, ich bin nur mal rauf auf die Höhen, damit ich nicht einroste.«

»Alleine?«

Sie nickt.

»Warum ... warum hast du nicht gefragt, ob ich mitkomme?«

Sie runzelt die Stirn. »Ich wollte allein sein.«

»Also, du meinst ... ohne mich, ja?«

»Nein, ich meine allein. Das ist alles.« Die Stimme trocken wie ein toter Ast.

»Hattest du vor, mich anzurufen?«

»Ja, hatte ich. Was soll denn dieses Verhör?«

»Wann?«

Seufzen.

»Wann? Antworte mir.«

Ich seh es ganz genau, je mehr ich beharre, desto mehr geh ich ihr auf den Wecker. Sie will mich loswerden. Ich mach grad alles kaputt. Aber es ist stärker als ich, mein Herz erstickt unter meinem Busen. Sie steckt sich eine an.

»Was ist los, Évelyne?«

»Ja, nichts, hör auf.«

Ich hole tief Luft, und als mir die Tränen in die Augen treten, versau ich's endgültig.

»Hast du jemanden kennengelernt?«

Keine Antwort.

»Wen? Einen Mann, stimmt's? Wie alt?«

Sie nimmt einen Zug, bläst den Rauch in die Nacht, die uns allmählich umzingelt. »Weisst du was?«, sagt sie mit eisiger Ruhe. »Du gehst mir gerade auf die Nerven, o. k. Ich hab keine Lust, darauf zu antworten. Frag ich dich vielleicht, mit wem du sonst noch schläfst?«

»Was, mit niemandem. Wovon redest du?«

»Mit deinen PNs ist nichts gelaufen?«

»Meinen was?«

»Deinen Möchtegern-Anarchos, deinen Lotterbuben. Den Pissnelken, PNs halt!«

Stille. Sie steht vor mir und raucht, voller Verachtung, erhaben. Ich erkenn sie nicht wieder.

In mir steigt es hoch, ich hasse sie in dem Moment genauso sehr, wie ich sie liebe, will mich ihr zu Füssen werfen und auf sie einschlagen. Vom Ende der Strasse sind Schritte zu hören, aber ich bemerke sie kaum, ich bin nicht mehr ganz da.

Meine Stimme klingt erstickt, als ich wieder spreche. Soll heissen, als ich schreie, weil ich die Beherrschung verloren habe, komplett.

»Du bist ein Monster, Évelyne. Merkst ... merkst du eigentlich, was du mir antust?! Scheisse, merkst du das?«

»Hör auf ...«, sagt sie, kaum weicher.

»Hör du doch auf!«

»Das glaub ich jetzt nicht ... So, ich muss jetzt los. Wir klären das, wenn du dich beruhigt hast, o. k.?«

»Nein! Nein, du kannst mich nicht einfach so stehenlassen!«

»Doch. Du beruhigst dich, und wir telefonieren morgen. Ich bin kaputt, ich hab jetzt keinen Nerv für so was.«

Keinen Nerv für so was. Ihre Worte kommen bei mir an wie Scheissmesserstiche. In mir drin brennt es lichterloh, alles fällt zusammen. Sie drückt ihre Kippe auf dem eisigen Pflaster aus und will an mir vorbei. Ich halte sie am Ärmel fest.

»Du bist echt ...«

Sie macht sich los, geht in die dunkle Gasse.

Ein paar Meter liegen schon zwischen uns, als ich die Worte brülle, die ich tagelang bereuen würde: »Scheisse, du bist wirklich ein Miststück, ich hasse dich!«

Sie dreht sich um, starrt mich an, Mitleid im Blick. Und da fallen mir in meiner Wut die Umschläge unter meiner Tür wieder ein. Ich wühle in der Tasche, fische zwei zerknitterte Scheine raus.

»Und deine Kohle! Weisst du was, ich will deine Kohle nicht mehr! Hier, nimm!«

Ich werfe die Scheine in ihre Richtung, sie landen auf dem Boden und werden nass vom geschmolzenen Schnee.

Ich erinnere mich gut an ihren Blick in dem Moment. Ihren letzten Blick. Soll heissen, ich glaube mich zu erinnern, vielleicht hab ich's mir mit der Zeit gedreht, wie es mir passt. Aber jedenfalls seh ich ihre Augen vor mir, klar und mit einem Mal ruhig in der Nacht. Ernsthaft jetzt, ich bin mir sicher, dass sie kurz überlegt hat, zurückzukommen, mich in den Arm zu nehmen, damit wir einen Schlussstrich ziehen. Dann wäre bestimmt alles anders gekommen.

Aber das hat sie nicht gemacht.

Sie verschwand im Dunkel der Strassen, und ich brüllte ein letztes Mal: »Évelyne!«

Das war das letzte Mal, dass ich sie gesehen habe.

Ich hab sie umgebracht.

Ich weiss nicht, was Évelyne in dieser Nacht zugestossen ist, ich werd's wahrscheinlich nie erfahren. Aber inzwischen hab ich eine Meinung zu dem Thema. Ich glaube echt, sie ist tot. Noch immer drückt es mir das Herz zusammen, wenn ich dran denke, alles kommt wieder hoch. Aber eine andere Erklärung hab ich nicht. Sie ist tot. Und mittlerweile bin ich überzeugt, dass es meine Schuld ist.

Ja, irgendwie hab ich sie mit umgebracht.

Dran gedacht hab ich, keine Frage.

Ernsthaft jetzt, wenn sie vor mir gestanden hätte, als ich nach unserer Begegnung in meine Wohnung kam, ich glaub, ich hätte sie kaltgemacht. Ich zitterte am ganzen Körper, ich war ausser mir. Rasende Wut. Ich hab's an meiner Schneiderpuppe ausgelassen, die Arme, sonst war niemand da, ich zerriss die Klamotten, die ich grade erst fertig hatte. In solchen Momenten hält man sich besser von mir fern, das können meine sämtlichen Ex bestätigen. Die Schlampe, die Schlampe, die Schlampe, wiederholte ich laut. Ich dachte an alles, was wir gemeinsam erlebt hatten und wie sie alles weggewischt hatte, als wär nie was gewesen.

Ja, ich wollte nur eins, auf sie einprügeln. Alles rauslassen, was in meinem Bauch wütete, diese unsinnige Liebe abtöten, in die ich mich reingestürzt hatte wie ein Teenager. Leben Nummer vier beenden, und zwar brutal, wie immer. Die ganze Nacht verfluchte ich sie.

Ich weiss, ich weiss: zu impulsiv.

Und zu empfindlich, verdammte Scheisse.

Als ich am nächsten Abend von ihrem Verschwinden erfuhr, sah ich sofort einen Zusammenhang mit unserem Streit. Zuerst dachte ich Sie ist mit dem oder der Neuen durchgebrannt, wo sie mir nichts erzählen wollte. Ich konnt's mir vorstellen: Über die Feiertage hatte sie Frischfleisch aufgetan, ein junges Ding, das genauso naiv war wie ich, mit dem betrog sie ihren Mann. Und an dem Abend neulich hatte ich sie so genervt, dass sie zu der anderen abgehauen war.

Uns eins reinwürgen, mir, ihrem Mann, allen. Das war nicht so abwegig, es passte zu ihr, uns so zu provozieren.

Aber die Tage vergingen, und sie tauchte nicht wieder auf. Fast überall war von ihr die Rede, ihr Gesicht kam in den Zeitungen. Man pries ihre guten Eigenschaften, idealisierte sie, als wär sie schon unter der Erde. Meine PNs, wie sie sie nannte, pfiffen auf sie, erfanden haarsträubende Szenarien, Familientragödien wie in den schlechtesten Fernsehserien, politische Intrigen, Sachen, die nur Reichen passieren. Ich hörte mit gezwungenem Lächeln zu, sagte nichts von meiner heimlichen Beziehung mit dieser Frau von oben, die meine Freunde verachtete, umgekehrt war es genauso.

Zum ersten Mal kriegte ich ihren Mann, Guillaume Ducat, zu Gesicht, als die Journalisten ihn befragten. Ich starrte das Foto in der Zeitung lange an, das selbstzufriedene Gesicht eines Fünfzigjährigen, so wirkte er zumindest auf mich. Ich fragte mich, ob er von mir wusste.

Und in dieser Zeit, als das ganze Departement nach Évelyne suchte, versank ich in etwas, das stark an eine Depression erinnerte. Ich brütete über dem widersprüchlichen Zeug, das sich in mir angestaut hatte, Wut, Traurigkeit, Hass und Liebe, Verständnislosigkeit und Schuld, es frass mich auf. Das Gefühl, dass Leben Nummer vier kaputt war, ehe ich es beenden konnte, dass man mich um meinen Selbstmord gebracht hatte. Und, verdammte Scheisse, ich vermisste Évelyne, das war echt krass. Ein derart brutales Verlassenheitsgefühl, ohne sie lief ich rum wie Falschgeld: War sie auch arrogant und distanziert, wenn ich sie zu Hause wusste, hatte ich mich allein durch ihre Existenz geborgen gefühlt.

Ich ging nicht mehr raus. Ich verschanzte mich zu Hause, taub für Poms Anrufe, die der anderen und natürlich die meiner Mutter, ich nahm viel zu viel ätherisches Öl, achtete kein bisschen mehr auf die empfohlene Dosis.

Du bist schuld, du bist schuld, dachte ich in Endlosschleife, dachte an all die Worte, die ich ihr niemals hätte sagen dürfen. Du bist so bescheuert, du hast alles kaputtgemacht, zu was anderem bist du nicht fähig.

Vor den Polizisten spielte ich den Unschuldsengel.

Sie kamen eines Morgens zu mir in die Wohnung. Major Vigier, als ich die Uniform sah, versteifte ich mich. Aber ich hatte erwartet, dass sie mich finden, wegen der Anrufliste, klar, ehe es bei uns kriselte, hatten wir immer wieder telefoniert. Ich hatte mir was überlegt, konnte meine Rede.

Alles Kokolores.

»Ja, ich kannte sie flüchtig. Vom Markt, sie interessierte sich für meine Arbeit. Wir haben uns angefreundet.«

Der Typ zog die Augenbrauen hoch. Es war komisch, er wirkte irgendwie überfordert vom Ausmass des Falls.

»Angefreundet? Was wollen Sie damit sagen?«

»Na ... das ist doch klar. Wir waren befreundet, haben uns ab und zu getroffen. Sie war oft allein, und ich bin neu hier, da waren wir manchmal zusammen wandern. Sie ist gerne gewandert.«

»Aha. Und am 18. Januar, haben Sie sich da getroffen?«

Ich seufzte bedauernd. »Nein, wir hatten uns seit fast einem Monat nicht mehr gesehen. Sie war wahrscheinlich alleine wandern, das hat sie manchmal gemacht.«

»Hm ... Waren Sie an dem Tag mit jemandem zusammen? Ich meine ...« Er zögerte kurz. »Kann jemand bestätigen, dass Sie nicht mit ihr in den Bergen waren?«

»Jaja. Ich war an dem Tag im Vereinsgebäude. Mit mindestens zehn Leuten.«

Er konnte es überprüfen, auch dass Évelyne und ich seit Weihnachten fast nicht mehr telefoniert hatten. Er gab sich damit zufrieden, bohrte nicht weiter nach. Sieht so aus, als wär ich eine gute Lügnerin. Ich konnte mir nicht vorstellen, ihnen die Wahrheit zu sagen. Denen nicht. Das hätte mich auf jeden Fall verdächtig gemacht, schläft mit der Vermissten, hat sie als Letzte lebend gesehen, Scheisse, ich wär erledigt gewesen.

Dabei wusste ich was, was sonst keiner wusste.

Den Gerüchten nach hatte der Winter Évelyne auf dem Gewissen. Sie sei zu einer riskanten Wanderung aufgebrochen und von Wind und Schnee auf dem Plateau überrascht worden. War die wahrscheinlichste Erklärung, ein Wanderer oder Schäfer würde irgendwann im Frühling ihre Leiche finden, nach der Schneeschmelze, und das ganze Rätsel um diese Frau würde in sich zusammenfallen wie ein Soufflé, nur eine Warnung für die Leichtsinnigen, welche Gefahren da oben immer noch lauern.

Aber was anscheinend niemand wusste: Sie war von ihrer Wanderung zurückgekommen. Ich hatte sie auf dem Rückweg getroffen, sie wollte durch die Stadt zum Auto, müde, aber am Leben. Die *tourmente* konnte nichts für ihr Verschwinden.

Ausserdem erfuhr ich aus der Presse, dass ihr Auto am Ortseingang gefunden worden war, mit anderen Worten:

dort, wo sie geparkt hatte, ehe sie zum Wandern aufbrach.

Ich konnte es drehen und wenden, wie ich wollte, andere Möglichkeiten abwägen, ich sah nur eine Erklärung: Wenn ihr was passiert war, dann nur zwischen der Stelle, wo wir uns gestritten hatten, und ihrem Auto. Darum fühlte ich mich schuldig.

Aber das war nicht alles.

Mir war was von unserem Streit eingefallen. Ein fast unbemerktes Detail, auf das ich in meiner Wut überhaupt nicht geachtet hatte.

Die Schritte am Ende der Strasse, kurz bevor ich sie anbrüllte.

Scheisse, dachte ich, als es mir wieder einfiel.

Die Strasse war leer gewesen. Aber wir waren nicht allein. Da war noch jemand, jemand, der uns gesehen hatte. Und wenn der Typ (oder die Frau, aber ich stellte mir eher einen Kerl vor) nicht mit der Polizei geredet hatte, konnte das nur eins bedeuten. Dass er es war.

Er hatte verhindert, dass sie bei ihrem Auto ankam.

Ihr Mörder.

Ich hätte sofort abhauen sollen.

Mich hielt hier nichts mehr, in diesem Tal, versunken in einen endlosen Winter, mit dem ganzen Schnee, der schmolz und schneller wieder fiel, als man ihn vergessen konnte. Im Grunde hätte ich nie herkommen sollen, das war von Anfang an ein Fehler gewesen.

Aber ich schaffte es nicht: Nichts wissen, weiter hoffen, von Évelynes Rückkehr träumen, es war stärker als ich.

Ja, ganz genau, die Ungewissheit hielt mich zurück.

Nur die Ungewissheit.

An manchen Tagen machte ich bei dem Suchspiel mit, ich fuhr die Strassen ab, in den Bergen, Tälern, auf dem Causse, suchte die Landschaft nach meiner Liebsten ab. Manchmal parkte ich unweit ihrer Villa und beobachtete das Kommen und Gehen der Besucher. Ihr Mann ging selten aus, sein dicker SUV stand auf dem Rasen vorm Haus, in dem Évelyne und ich uns geliebt hatten. Einmal kam auch dieser Bauer aufs Grundstück geschlichen, zu Fuss, wie ein Dieb.

In dem Moment dachte ich Er war's!

Aber er war's nicht, wie ich nachher merken sollte.

Im Kopf ging ich tausendmal meine paar Monate hier durch, versuchte, zu verstehen, was passiert sein könnte. Und jede Woche sah ich die Dinge anders. Ich dachte an den Mörder in der Strasse und all die Blicke, wenn ich meine Kleider auf dem Markt verkaufte, die Kerle, die meine falschen Möpse anglotzten wie Objekte verbotener Begierde. Das ist es, dachte ich, irgendwem ist das zu Kopf gestiegen. Und mir wurde klar, dass da mehrmals eine Art Präsenz gewesen war, wenn ich durch die Stadt lief, als ob mir jemand folgte.

Nein, das drehst du dir zurecht, du spinnst, versuchte ich mich zu überzeugen.

Und dennoch.

Eines Abends klopfte es an meine Tür, Évelynes Name wurde schon seltener in den Zeitungen. Es pochte dreimal kurz an die Scheibe. Ich lag im Schlafzimmer auf dem Bett und starrte an die weisse Decke.

Ich steh auf, geh mit gerunzelter Stirn ins Wohnzimmer. Wundere mich, wer das ist. Vielleicht Pom, macht sich Sorgen um mich, das ist lieb.

Aber sobald ich den verschwommenen Umriss hinter der Scheibe seh, denk ich Nein, das ist nicht Pom. Ein Schrank, eins neunzig und so breit wie die Tür. Meine Schneiderpuppe an der Wand wirkt daneben winzig.

Er klopft wieder.

Ich zögere, etwas beunruhigt. »Wer ist da?«

Erst nichts, dann: »Ich bin's.«

Ich? Wer ich?

»Bitte mach auf.«

Er redete, als ob wir uns kennen. Ich bleib kurz hinter der Tür stehen, Hand vorm Mund, krame im Gedächtnis, gehe alle Gesichter durch, die ich hier kennengelernt habe, am Stand, im Kollektiv. Schliesslich mach ich auf.

Und ich mustere den Typ, der da breitbeinig auf meiner Schwelle steht.

Ein kräftiger Kerl, abgewetzte Jeans, Karohemd aus festem Leinen. Ein grobschlächtiges Gesicht, eine Monobraue anstelle von Augenbrauen. Aber ungefährlich, noch jedenfalls, wirkt sogar ganz sympathisch. Ein bisschen hilflos, würd ich sagen. Er fährt sich mit dem Finger über die Unterlippe, räuspert sich, als suchte er nach Worten.

»Ich weiss, du wolltest noch warten«, sagt er endlich leise. »Aber ich konnte einfach nicht anders.«

»Was?«

Ich hatte ein komisches Gefühl bei ihm. Ich kannte ihn nicht. Jedenfalls nicht wirklich. Aber er sagte mir was. Rein äusserlich kam er mir vage bekannt vor, ich hatte ihn schon auf der Strasse gesehen, auf dem Markt. Mehrmals. Oft sogar.

Das klingt jetzt blöd, aber im Grunde gehörte er irgendwie zur Landschaft.

Als wär er immer da gewesen, in der Nähe. In meinem Leben.

Er redet weiter: »Du ... du musst mir das erklären.«

»Was?«

»Der Typ, der mich neulich angerufen hat. Der ... der war Polizist. Hat von dir gesprochen, der kannte deinen Namen. Das war doch ein Witz?«

Ich starre ihn völlig ratlos an. »Ich weiss wirklich nicht, was ... Ich versteh grad gar nichts, o. k.?«

Er fährt sich mit der Pranke durch die Haare, die Braue hängt durch. »Bitte sag mir, dass das ein Witz war.«

Das sagt er, und seine Lippen zittern. In seinem Blick liegt was, das ich kenne. Nicht nur Begehren, es ist stärker. Fast so was wie Liebe, was Gewaltiges. Als hätten wir unser Leben zusammen verbracht. Mir wird unbehaglich, plötzlich will ich, dass er geht. Ich mache langsam die Tür zu.

»Ich glaube, das ist ein Missverständnis. Ich kann Ihnen da nicht ...«

»Warte.« Er stellt einen Fuss in die Tür, ich kann nicht zumachen.

Mit gerunzelter Stirn halte ich dagegen. »O. k., jetzt reicht's. Ich weiss nicht, wer Sie sind, und Sie machen mir allmählich Angst mit Ihrem Gerede.«

Er hört mir kaum zu, ist voll in Fahrt. »Aber ... das kannst du mir nicht antun. Nach allem, was wir beide uns gesagt haben, was ich für dich getan habe, von Anfang an. Nein ...«

»Ich glaub's nicht, Sie spinnen ja total.«

Ein paar Sekunden ist er still, verblüfft, verwirrter denn je. Sucht offenbar ebenfalls nach einer Erklärung. Ich denk noch So, jetzt wird er wohl abhauen. Denkste, Puppe, jetzt senkt er den Blick. Er glotzt mir auf die Möpse, Scheisse, starrt sie an wie zwei Melonen im Supermarkt. Mit einer Gier, die mir überhaupt nicht gefällt. Sein Gesichtsausdruck wechselt von hilflos zu ausgehungert. Ich spüre, wie's hochkocht, seh an seinen Augen, dass es kippt.

Und er stürzt sich auf mich.

Er schlingt die Arme um mich, ich weiche zurück, die Tür springt sperrangelweit auf.

Ich bringe meine Unterarme zwischen ihn und mich, versuche, ihn wegzuschieben, während sein Mund meine Lippen sucht. Ich wehre mich, so gut ich kann, aber so, wie er gebaut ist, kann er mit mir machen, was er will. Er wird mich vergewaltigen, verdammte Scheisse, der Irre wird mich vergewaltigen. Ich hör nicht, was er redet, konzentriere mich darauf, seinen Brustkorb wegzuschieben, der mir viel zu nah kommt, werfe den Kopf hin und her, damit er mich nicht küssen kann. Ich biege mich nach hinten, und wir kippen beide um, seine Schulter trifft den Tisch, der fällt um, meine Overlock geht zu Boden. Ich zapple unter seinem Gewicht, er packt mich an den Händen, umklammert mit rauen Fingern meine Handgelenke.

Ich schreie, beschimpfe ihn, bin kurz vorm Aufgeben.

Ich weiss nicht, wie ich es geschafft habe, ein Knie hochzukriegen, wie ich meine Beine zwischen unsere kämpfenden Körper gebracht habe. Aber sobald es gelungen ist, drück ich ihn weg. Mit aller Kraft, ich drücke und brülle dabei. Seine Brust geht ein Stück weg, wir rollen auf die Seite.

Und mein Fuss tritt plötzlich aus.

Mit einer Kraft, die mich selbst erstaunt.

Voll rein. Sein Kopf wird nach hinten geschleudert, gegen die Wand. Das nutze ich aus, nur weg von ihm, so weit wie möglich, ich flüchte in die entgegengesetzte Ecke.

Er stöhnt, eine Hand vorm Gesicht, hängt schief da. Er reibt sich das rechte Auge.

Stille in meinem Wohnzimmer.

Ich trau mich nicht, mich zu rühren. Ich warte.

Als er endlich den Kopf hebt, seh ich den grossen blauen Fleck am Auge. Sieht schlimm aus, das war ein Volltreffer. Er weicht meinem Blick aus. Das ist nicht mehr derselbe Mann, nicht mehr rasend, nicht mehr gefährlich. Erledigt. Er starrt unendlich traurig auf verschiedene Punkte im Raum, die Lippen zusammengepresst. Meine Angst fällt ab. Es ist vorbei.

So vergeht eine Weile.

Dann steht er auf, stammelt Entschuldigungen, Es tut mir leid, irgend so was in der Art.

Und verschwindet durch die offene Tür.

Eine Woche nach dem Überfall bin ich aus dem Tal weg.

Wenigstens dafür war's gut, es hat mich fortgetrieben, sonst wär ich womöglich bis an mein Lebensende in dem gottverlassenen Nest geblieben, wo ich nie wieder einen

Fuss hinsetzen werde. Eines Morgens fuhr ich los, meine Nähmaschinen und die Schneiderpuppe auf dem Rücksitz, die angefangenen Kleider im Kofferraum, und liess dieses Leben zurück, das ich lieber nie gelebt hätte. Mit ebenso viel Bitterkeit wie Unverständnis.

Ich konnte es nicht für mich behalten, nach einer schlaflosen Nacht hatte ich Pom angerufen, Kannst du bitte kommen? Ich muss mit jemandem reden. Und ich hatte ihm alles erzählt, soll heissen fast alles. Er hatte mir geholfen, drüber wegzukommen, hatte zugehört, urteilte nicht, das mochte ich an ihm. Er kannte die Bauern besser als ich, dank ihm erfuhr ich mehr über den Mann, der mich fast vergewaltigt hätte. Michel Farange, so hiess er. Ein Rinderzüchter vom Berg, verheiratet mit einer Sozialarbeiterin. Eher der ruhige Typ, meinte Pom. Wir fanden keine Erklärung für seine Aktion, aber wir ahnten, dass sein Leben da oben nicht immer einfach war.

Wahrscheinlich lief es in seiner Ehe nicht mehr so toll.

Ihm war die Sicherung durchgebrannt.

Ich hätte natürlich Anzeige erstatten sollen, klar, das riet mir auch mein Kumpel. Aber ich wollte nicht. Ernsthaft jetzt, mein Name am Pranger, mein Privatleben in allen Zeitungen breitgetreten, die Geschichte mit Évelyne öffentlich, nein, danke. Und ausserdem war ich ja mit dem Schrecken davongekommen, der Kerl hatte nur versucht, mich zu küssen. Und so bat ich eben Pom, dass er's für sich behielt. Und ich glaub, bis jetzt hat er Wort gehalten.

Selbst als ich wegging.

Selbst später, als Michel Farange verschwand.

Ich denk immer noch oft an Évelyne, und ja, sie fehlt mir immer noch. Sie hatte etwas, das ich nie wieder bei irgendwem gefunden habe, so eine Art, dass ich ans Leben glaubte, ans Glück, an die Liebe, an all die Ideale, denen ich ständig hinterhergerannt war.

Ich bin mir sicher, dass sie tot ist. Trotzdem träum ich manchmal, dass sie noch lebt, dass sie wiederkommt. Mich wieder unter ihre Fittiche nimmt. Weil, mein weiteres Leben war nicht grade glanzvoll. Ich zog an die Küste, eher zufällig, dahin, wo ich zwei, drei Leute kannte, die mich aufnehmen konnten. Ich suchte ganze Tage nach einer Zukunft, rauchte eine Schachtel nach der anderen, die ätherischen Öle hatte ich weggeschmissen, und beweinte mein Schicksal, mit dem nur allzu vertrauten Verlassenheitsgefühl, das mich wieder eingeholt hatte.

Wieder mal im freien Fall, Warten auf einen Helden, der mich aus dem Schlamassel holte.

Auf Leben Nummer fünf.

Trotzdem würde ich den Übergriff nie vergessen, die Angst, die mich gepackt hatte, als ich mich schon vergewaltigt sah, die Schenkel mit Gewalt aufgezwungen von diesem Unbekannten, der seinem Hof entsprungen war. Und vor allem verstörte mich immer noch dieses komische Gefühl, wegen dem, was ich in Michel Faranges Blick gelesen hatte.

Weil, der Typ war nicht verrückt.

Nein, inzwischen bin ich mir sicher: Es ist total abgefahren, aber der dachte echt, wir kennen uns. Ehe er ausgerastet ist, war in seinen Augen so ein seliger Schein. Eine tiefe, aufrichtige Liebe. Er hatte mich für jemand anders gehalten, eine Frau, der er sein Herz und mit Sicherheit noch sehr viel mehr geschenkt hatte. Es war unmöglich, rauszukriegen, wer sie war. Wo sie war, was sie ihm angetan hatte.

Ich kenn nur ihren Namen.

Weil, irgendwann im Gerangel hatte er ihn gesagt.

Amandine.

Armand

»Hübscher Kerl, immer schick ...«

Es war Freitagabend im *maquis**. Und da war halt Party.

Das ganze Viertel war feiern, die Nacht erleuchtet von bunten Spots. Der *coupé-décalé*** kam mit voller Wucht aus den Boxen und schwappte bis zu den benachbarten Bars. Der Staub flog auf der Strasse, Motorräder parkten kreuz und quer an den Ziegelmauern. Die Gazellen schwangen den *pétou**** auf der Terrasse, die Absätze in die Erde gerammt, gestylt wie Prinzessinnen, warfen den Jungs Blicke zu und taten gleichgültig.

Und, echt-echt, der Prinz des Abends war ich.

Ja, von mir sprach der DJ. Auf der kleinen Bühne warb er übers Mikro für mich.

»Ein *faroteur***** wie kein Zweiter ... Er hat's drauf ...«

Weiter weg, hinten in der Menge, war mein Kabinett, sie tranken Bier. Sylvestre, Driss, Moussa, Christian, sie sahen mir alle zu, wie ich eine Show abzog, mit einem Königslächeln an den knisternden Boxen vorbeiging. Ich hatte die Zigarre im Mund, befingerte meine Goldkette, meine Gürtelschnalle, meine schöne Uhr, mein schimmerndes Hemd. Allen zeigen, dass es lief bei mir.

* Nouchi (ivorischer Argot) für Bars und Klubs.
** Tanzstil und Musik von der Elfenbeinküste, übersetzt etwa: »reinlegen und abhauen«.
*** Hintern.
**** Angeber (positiv konnotiert).

Der DJ wiederholte andauernd meinen Spitznamen. »Général CFA*, das ist er, Général CFA, ihr kennt ihn gut ... Er wird angeben ... Er wird mir viele Scheine zuwerfen ...«

Und so, ein Auge auf Monique, die an der Bar lehnte und die Avancen derer zurückwies, die nicht wussten, dass sie mit mir zusammen war, begann ich mein *travaillement*. Ich grub die Hände in meine Jeanstaschen, holte alle Scheine raus. Und warf sie in die Luft. Einen nach dem anderen liess ich sie fliegen, auf der Bühne, auf der Terrasse. Haufenweise CFA, es regnete überall Scheine, und ich trat drauf, als würd ich sie gar nicht sehen, während die anderen sie vom Boden aufsammelten. Ich konnte nicht mal sagen, wie viel, aber es war wirklich viel, so viel ist sicher. Ein *travaillement* heisst rumstolzieren und so schnell wie möglich ausgeben, was du in der Woche verdient hast. Die Grösse deines Vermögens zeigen halt.

Das dauerte eine ganze Weile, ich genoss es, ehe ich zu meinen Freunden runterging. Der DJ redete nicht mehr, er legte auf, um das Publikum anzuheizen. An der Bar legte ich mit geschwellter Brust unterm Hemd noch ein Bündel Scheine hin. Die Kellnerin, eine kleine Schlanke, an der Sylvestre schon den ganzen Abend rumbaggerte, brachte eine Flasche Champagner, stellte sie mit bewunderndem Lächeln vor uns ab. Und ich hab alle Gläser um mich rum gefüllt, ohne drauf zu achten, was auf den Boden floss und die graue Erde tränkte.

* CFA-Franc: Währung der Westafrikanischen Wirtschafts- und Währungsunion.

Dann sind Monique und ich auf die Tanzfläche. Alle Neider beobachteten uns. Mich, weil sie mir auf Facebook folgten. Sie hatten alle Fotos gesehen, die ich gepostet hatte, wie ich auf einem Kingsize-Bett in meinem Hotelzimmer lag, mit den Fingern zur Kamera zeigte, begraben unter Dutzenden von Scheinen, überall in den Laken verstreut. Und Monique, die wurde angeguckt, weil sie die schönste Gazelle im ganzen *maquis* war, in ihrem kurzen Rock und dem mit falschen Diamanten bestickten Oberteil, das ihre Brüste umspannte. Monique tanzte supercool, wenn sie ihren Hintern an mir rieb, machte sie mich voll verrückt. Ich liebte das.

Ich gönnte mir halt.

So viel ist sicher, an dem Abend gönnte ich mir diesen meinen Wohlstand, dieses Geld, das ich jeden Freitag in den berühmtesten *gazoils** der Stadt verschleuderte. Ich tat, als wär mein Ruhm ewig. Als wär ich immer noch der Geldautomat, den alle in mir sahen. Ich schwitzte im Licht der Spots und dachte nur ans Feiern, nichts anderes.

Jedenfalls versuchte ich, an nichts anderes zu denken.

Weil sich nach meinem *traveillement* heute Abend niemand vorstellen konnte, dass es schon zu Ende ging. Dass mein Business kaputt war, dass schon eine Weile kein Geld mehr reinkam. Dass ich Monique sehr bald verlieren würde.

Und dass ich an dem Abend so viel Bier und Champagner getrunken hab, das war, weil ich vergessen wollte, was mich am nächsten Tag erwartete. Das Furchtbare, das

* Angesagte Klubs.

ich seit mehreren Wochen aufschob, aber tun musste, damit es wieder bergauf ging.

Am nächsten Tag musste ich ein Kind ermorden.

Wie ist es so weit gekommen? Wo doch ein Jahr zuvor niemand dachte, dass ich so ein *faroteur* werden würde. Oder welchen teuflischen Praktiken ich mich verschreiben müsste. Damals war ich vor allem ein richtiger Loser.

Ich erinner mich noch an den Tag, als ich mein Kabinett auf ein Bier im Dynamique traf, die Bar war unser Hauptquartier. Der Betreiber machte Geschäfte, hielt sich für den Inhaber eines Luxushotels mit seinem zusammengeschusterten Tisch, den auf kippeligen Brettern aufgereihten Flaschen und der Köchin, die hinten *allocos** frittierte. Wir assen gegrilltes Huhn, rauchten unsere *djagailles***, einzeln gekauft, und redeten über unsere kleinen Geschäfte, die letzten erfolgreichen Coups.

Ich war grade gekommen, da hatte Sylvestre mir zugelächelt. Er hob die Augenbrauen und deutete auf die Plastiktische am anderen Ende der Terrasse.

»Die da, dort drüben. Die ist zu schön, die killt mich noch.«

So war er, Sylvestre, unermüdlich.

Wir drehten uns um. Die Gazelle sass an der Bar, mit zwei Freundinnen. Sie lachten und assen Fisch-*attiéké**** von Plastiktellern. Gut, Sylvestre hatte recht, sie war eine Schönheit, voll der runde Hintern und Lippen direkt zum

---

* Kochbananen.
** Zigaretten.
*** Maniokcouscous, traditionelles ivorisches Gericht.

Küssen. Sie trug Absätze, ein Ledertäschchen, ein Kleid, das ihre gefährlichen Formen umspannte, Schmuck, die volle Ausstattung halt. Sie tat stolz, als hätte sie uns nicht gesehen, man hätte denken können, sie wär Pariserin.

»Eeh, mein Freund«, rief Driss. »Neues Hemd gekauft und zack, schon läuft bei dir! Da bist du wer.«

Aber Sylvestre sprang nicht drauf an. Er trank einen Schluck Castel aus der Flasche, wusch sich die Hände aus der Wasserkanne auf dem Boden. Dann stand er auf, stopfte das Hemd in die Jeans und ging auf das Mädchen zu, zwischen den weissen Tischen und den Stühlen mit eingedrückten Rückenlehnen hindurch. Sie checkte ihn von Kopf bis Fuss ab und liess dabei ihre Goldohrringe tanzen. Wir schauten ihm zu, unsere Flaschen in der Hand.

Driss beugte sich zu mir. »Der kann noch nicht mal die eine zufriedenstellen, schon will er ein zweites Büro*.«

Driss lästerte gern über andere, er nahm keinen Slip vor den Mund. Aber wir waren es gewohnt, er brachte uns ja auch zum Lachen.

Wir hörten nicht alles, was Sylvestre und das Mädchen redeten, aber die letzten Worte, die sie ihm an den Kopf warf, drangen bis zu uns an den Tisch: »Geh mal auf Escape, o. k.? Du verschwendest grad meine Zeit. Tschrrr!«

Driss prustete los und schlug sich aufs Knie, unser Freund dagegen schlurfte mit den Sneakers über die Erde, als er zurückkam. Das Mädchen hatte ihn kräftig abblit-

---

* Geliebte; ivorischer Witz: Mann kommt spät heim. Frau fragt, wo er gewesen sei, sie habe im Büro angerufen. Darauf er: »Ich war im zweiten Büro!«

zen lassen, jetzt guckte sie ihn nicht mehr an und redete wieder mit ihren Freundinnen.

»Du musst mir deine Flirttechnik beibringen, *keh!*«

»Eeh, mach die alte Luke zu«, gab Sylvestre zurück und trank seine Flasche aus. »Kellner, mehr Bier, ja!«

Er setzte sich auf den Stuhl, wischte sich über den Mund und schwieg, während er auf die Bestellung wartete. Wir kannten ihn gut, wir wussten, dass er sauer war, aber das ging vorbei.

»Und bei dir, Armand?«, fragte Moussa. »Wie ist es?«

Moussa ist mein Freund. Wir kennen uns schon immer, unsere Familien kommen aus demselben Dorf. Schon als Kinder haben wir zusammen gespielt, sind durchs Viertel gerannt. Gut, er sagt nicht viel, manche finden ihn sogar seltsam, weil er sich nicht für Mädchen interessiert. Driss lästerte oft über ihn, sagte, er wäre *woubi,* dass er Männer liebt halt. Aber das stimmt nicht, er ist einfach so, und Schluss. Er ist ein Stiller, stolziert nicht gern vor Leuten rum. Manchmal sagt er nichts, weil er an den Herrn denkt, niemand ist gläubiger als er.

»Eeh, Armand?«

Ich hatte die Finger am Huhn und gab keine Antwort. Ich war ganz woanders, ich dachte nach. Ich hatte genug von alldem, so zu schuften, und dass die Gazellen uns abschätzig mustern, wie die grade bei Sylvestre. Ja, da hab ich dann meine Entscheidung getroffen. Diesmal stand es fest. Unsere erbärmlichen Aktionen reichten mir nicht mehr. Tief drinnen schwor ich mir, einen Gang hochzuschalten.

Der berühmteste *brouteur** des Viertels zu werden.

* Internetbetrüger, wörtlich: »Abgraser«.

The one.

Weil ich Monique wiedergesehen hatte. Und verrückt nach ihr war.

Am nächsten Tag bin ich früh aufgestanden für die Arbeit. Motiviert wie nie.

Gut, ich wohnte noch beim alten Herrn, mit meiner Schwester Fabiola und meinen Brüdern, die jeden Tag mit ihren Freunden unter dem Mangobaum im Hof sassen und Tee tranken. Ein ganz schlichtes Haus, zwei Schlafzimmer, ein Wohnzimmer und ein Raum zum Waschen; wenn das Wasser abgestellt wurde, benutzten wir einen Plastikeimer. Wir schliefen alle in einem Raum auf Schaumstoffmatratzen, und jeden Abend gab es Gerangel, dass der Ventilator auf einen selbst gerichtet war.

Als ich aus dem Haus kam, fegte Fabiola schon den Boden, während sie auf ihre Freundin wartete, die sollte frisiert werden.

»Eeh, Armand. Wo willst du denn hin?«

»Ich geh auf *bara**. Ich sitz nicht bloss rum wie ihr Mädchen, *deh!*«

Sie hat die Brauen hochgezogen. »Tschrrr ... Betrügen, ja, das nennst du Arbeit! Wirst schon sehen, wenn der alte Herr erfährt, wie du dein Geld verdienst.«

»Was soll das? Gibt's ein Problem? Eeh, kümmer dich um deinen Kram ...«

Ich ging aus dem Hof, startete mein Motorrad und dachte dabei an meinen Vater. Fabiola hatte recht, ich

* Arbeit.

wusste zu gut, was er von der Arbeit hielt, mit der ich ein Vermögen machen wollte. Ich hatte seine Moralpredigt Dutzende Male gehört. Wenn du dein Geld stiehlst, töten sie dich eines Tages, hatte er gesagt und mich aus grossen Augen wütend angestarrt. Aber wenn du es ehrlich verdienst, das ist allemal sicher, dann hast du dein Leben in der Hand. Wenn du es ausgibst, bist du stolz auf dich. Er hätte gern gesehen, dass ich in die Mechanik geh, mit Désiré, meinem grossen Bruder, der war in einer Werkstatt im Viertel angestellt.

Aber ich hatte einen anderen Weg eingeschlagen.

Ich fuhr die Strasse lang, um mich kurvten überall Autos rum und wirbelten den Morgenstaub auf. Ich kam an den Klubfassaden vorbei, einer am anderen, Le Fromager, Le Charmant (Geöffnet von Morgengrauen bis müde), Chez Erneste. Ich kam an Hütten aus schwarzen Planen und mit Autoreifen auf dem Dach vorbei, da drin, das wusste ich, sassen oft Jugendliche, die um Geld spielten oder sich zudröhnten, ohne dass man sie sah. Auf dem Markt rannten Kinder durch die Gänge und an den Abflussrinnen lang, in kaputten Sandalen, schmutzigen Kleidern und Wannen mit Seife oder Kleenex auf dem Kopf, die sie den Vorbeigehenden anboten.

Am Cybercafé war ich der Erste.

Kouassi hat das weisse Gitter genau vor meiner Nase hochgezogen. Er trug ein ordentlich gebügeltes Hemd über seinem dicken Bauch. Er hat mir zugelächelt und zeigte dabei seinen Goldzahn.

»Du kommst ja früh zur Arbeit, Armand. Das ist gut.«
»Ja, ich hab gestern ein Profil rausgeschickt.«

Er verstand, was das hiess, natürlich, er war ja unser Chef. Er hatte uns ausgebildet, ehe wir selbständig wurden. Sechs Monate lang hatten wir den Job für ihn gemacht. Jeden Tag kamen wir in seine Villa hinter dem Busbahnhof. Wir waren zu zehnt, wurden in seinem Wohnzimmer von den Ventilatoren angepustet, lagen auf den kalten Fliesen oder lümmelten in den Lederkissen seines Markensessels. Wir hatten einen Computer pro Person, brandneue Laptops mit Highspeedinternet, alles, was nötig war, halt.

Und sieben Stunden täglich sass Kouassi in seinem Sessel vor uns und brachte uns die Grundlagen des Berufs bei. Gut, seinerzeit behielt er siebzig Prozent von dem, was wir einbrachten, für sich, wir waren lediglich die Ballwerfer. Wir suchten E-Mail-Adressen, bereiteten Dokumente vor, sortierten Fotos, verschickten Nachrichten. Aber sobald es ernst wurde, sobald die Kunden zum Zahlen bewegt werden sollten, übernahm er. Wir hörten ihm zu, wenn er eins seiner Handys nahm und seine Stimme verstellte, uns entging nicht ein einziges Wort, weil wir wussten, bald würden wir es ihm gleichtun.

Jedenfalls, echt-echt, er wusste, wie's ging, er hatte nicht umsonst den Spitznamen Le Millionnaire. Jedes Mal schaffte er es, und das Geld kam. Seine Ausbildung war stadtbekannt.

Ich bin ins Café rein und hab mich an den gleichen Platz wie immer gesetzt. Hinten im Raum, dort war ein Computer zwischen zwei Sperrholzwände eingezwängt. Es war heiss hier, in meinem Poloshirt schwitzte ich schon jetzt, aber ich mochte den Platz, weil er nah an der

Hintertür war. Für alle Fälle halt. Die Maschine sprang an, der Tower, der auf dem Boden stand, vibrierte an meinem Bein, und während der Bildschirm anging, kamen Driss und Sylvestre.

»Eeh, mein Freund. Du bist ja schon da, *deh!* Kommst du heut Abend mit feiern?«

»Nein, heute nicht, ich bleib hier und arbeite.«

»Du bist mir einer, Armand. Du weisst nicht, was gut ist.«

Ich guckte wieder auf den Bildschirm. Bill Gates' Icons leuchteten auf, eins nach dem anderen, das Gerät war alt. Und während meine beiden Freunde sich setzten, öffnete ich meine E-Mails. Am Tag zuvor hatte ich sehr lange an meinem Profil geschrieben. Es sollte perfekt sein, ich hatte es mehrmals durch die Rechtschreibprüfung gejagt, denn oft macht man zu viele Fehler, und dann funktioniert es nicht. Ich habe es noch einmal durchgelesen.

> Hallo, ich grüsse dich!
> Ich möchte mich in dieser Nachricht vorstellen. In welcher ich ehrlich und aufrichtig sein will. Mein Name ist Amandine Milan und ich bin französischer Herkunft. Ich bin 28 Jahre alt und ich möchte Kontakte knüpfen mit dem Ziel den Mann meines Lebens zu finden ich will nicht auf den Falschen hereinfallen ich bin also Single. Meine Grösse 175 cm Gewicht 54 kg Konfektionsgrösse 38 Schuhgrösse 39 schwarze Augen schwarze Haare.
> Ich habe mit meinen beiden Eltern in Issy-les-Moulineaux gewohnt 50 rue d'Erevan, aber vor 3 Jahren

nach dem Tod meines Vaters sind meine Mutter und ich von Issy-les-Moulineaux nach Kanada gezogen und 2 Jahre später habe ich meine Mutter verloren, ich hatte niemanden mehr auf der Welt und ich war ganz allein ich musste mir also Arbeit suchen und ein paar Monate später habe ich einen Mann kennengelernt der mich betrogen hat und mich fallengelassen hat und so haben die Nonnen eines Waisenhauses mir eine Arbeitsstelle in Afrika angeboten als Schneiderin bei einem Verein und weil ich niemanden mehr hatte habe ich beschlossen in dieses Land zu reisen und in diesem Land zu arbeiten. Die Entfernung ist kein Hindernis denn woanders ist nicht weit wenn man liebt und ich bin bereit dieses Land zu verlassen für den Mann meines Lebens. Ich rauche nicht ich bin grosszügig ehrlich aufmerksam leidenschaftlich sinnlich ruhig.

Dies ist meine Geschichte welche mir den starken Wunsch gibt in Zukunft etwas zu erreichen. Heute suche ich aufrichtig den Mann meines Lebens vielleicht hat der Liebe GOTT einen für mich reserviert also warum nicht du? Ja, jemand der meine Affinitäten teilt wechselseitige Gefühle für wahres Glück in der Beziehung. Und wenn ich mich dir mit dieser Nachricht öffne dann für ein ausführliches aufrichtiges Kennenlernen mit dem einzigen Ziel eine harmonische und aufrichtige Beziehung aufzubauen.

Danke für dein Verständnis und in Erwartung deiner Antwort.

Amandine Milan

Ich hatte den Namen Amandine ausgesucht, weil er Armand ähnelte, damit ich mich nicht vertat. Die Nachricht war an achthundert E-Mail-Adressen gegangen, die wir von Datingportalen hatten, dank Extractor, wir alle benutzten die Zaubersoftware. Da waren Franzosen, Belgier oder Kanadier. Weisse mit Geld halt.

Das war unser Beruf: *broutage.* Der einzige Job in dieser Stadt, der ein bisschen Kohle einbrachte. Wir waren Anfänger, seinerzeit verdienten wir nicht viel. Aber wir kannten schon die Masche und hatten uns jeder auf einen Bereich spezialisiert. Driss' und Sylvestres Hände flitzten neben mir über die Tastatur. Da sie besser in Informatik waren, erstellten sie offizielle Dokumente, sie bastelten Fotos auf Photoshop und köderten ihre Kunden mit falschen Lottogewinnen. Christian erfand komplizierte Erbangelegenheiten. Moussa machte von allem ein bisschen.

Aber mein Bereich, wo ich mich am wohlsten fühlte, war *love.*

Ich hatte viel nachgedacht und war sicher, dass das am meisten einbrachte. Das ist das Gesetz des Marktes: Wenn etwas selten ist, wird es teurer. Und, echt-echt, die Europäer haben nicht genug Liebe, die fehlt ihnen am meisten, weil sie zu Hause hocken und sich nie treffen. Sie haben Geld, viel Geld, und kennen Kniffe, sie wohnen in schönen Wohnungen in Paris und trinken alten Wein. Aber das nützt ihnen nichts, sie sind trotzdem unglücklich. Liebe, aufrichtige Liebe, wie sie sagen, davon träumen sie nachts, allein in ihren grossen Betten. Und ich, ich wollte ihnen gern mehr geben, als sie sich je erträumt hatten.

Ich würde sie in aufrichtiger Liebe ertränken.

Aber das hatte seinen Preis, nichts auf der Welt ist umsonst. Keine Rosen ohne Dornen.

Weil ich nämlich Geld brauchte.

Ich hatte fünfzig Antwortmails in Amandines Postfach, ein bisschen weniger als erhofft, aber immerhin. Ich hab angefangen zu lesen, sie kamen vor allem aus Frankreich. Gut, sie waren alle irgendwie gleich, kannte ich schon. Antworten von Weissen halt. Ich bereitete meine zweite Nachricht vor. Die war wichtig, damit musste man den Kunden an den Haken kriegen.

»Eeh, Driss, hast du mal Fotos von Mädchen?«

»Ja, warte«, sagte er lächelnd. »Schöne weisse Gazellen, wirst schon sehen.«

Er kam mit seinem USB-Stick an meinen Platz. Driss war Meister darin, Fotos im Internet zu suchen. Er hat seine Dateien geöffnet und mir seine neuesten Funde gezeigt. Er klebte dicht am Bildschirm, den Kopf nach vorn gebeugt. Ich sah den Stein funkeln, den er im Ohr trug, seit wir mit der *broutage* angefangen hatten.

»Guck mal, die da. Das Mädchen ist schön, *deh*. Gott hat sie beschenkt.«

Die Fotos gingen auf, vier Stück. Eine Blondine, man sah sie im Kleid und im Bikini auf einem Boot.

»Nein, die ist zu gross, wie so eine Giraffe. Hast du eine mit schwarzen Haaren? Und jünger.«

»Wie? Du bist anspruchsvoll, Mann!«

Ja, ich war schwierig.

Er hat andere Dateien geöffnet, Junge, Alte, Grosse, Kleine, Schwarze und Weisse. Ich sah sie mir jedes Mal genau an, weil ich eine präzise Vorstellung von Amandine hatte. Und endlich hab ich sie gefunden.

»Stopp. Die da.«

Eine Brünette mit grossem Busen, die uns von drei Fotos aus anguckte, als ob sie uns verschlingen wollte. Sie lag auf ihrem Bett, stand vor einem Baum, las ein Buch, Brille auf der Nase.

»Woher kommt die?«

»Warte, ich guck nach.« Er stöberte ein bisschen. »Ach ja. Weisst du was? Die hab ich auf einer Pornoseite gefunden!«

»Auf einer Pornoseite?«

Er lachte los und zeigte all seine Zähne.

»Jaja. Sie ist Pornodarstellerin, aber nicht sehr bekannt. Sie heisst ... Alicia More.«

Alicia More. Ich schaute sie mir noch mal an. Sie war perfekt. Amandine halt.

»Die nehm ich.«

»Du bist mir einer, Armand ...«, lachte er wieder. »Man kann dir nacheifern, aber dich nie einholen.«

Ich lud die Fotos auf meinen Computer und fügte sie meiner Nachricht bei. Nach ein paar Minuten war alles abgeschickt. Dutzende Amandines für Frankreich. Wenn meine Weissen dieses Mädchen sahen, würden sie sich sofort verlieben, da war ich mir sicher.

So viel steht fest, für Frauen machen wir sonst was. Alles moralisch Verwerfliche, das wir tun, alles, was uns von Gott wegführt und dem Teufel näherbringt, egal was, immer ihretwegen. Gut, das hab ich immer gewusst, aber nicht, wie weit ich gehen würde. Ich dachte, ich kenn die Linie zwischen Gut und Böse, ich hatte halt meine Grenzen. Aber als ich Monique wiedergesehen hab, hat sich für mich alles verändert. Eigentlich war das der Moment, ab da wollte ich ganz nach oben.

Und für sie war ich bereit, sehr weit zu gehen.

Monique ist echt nicht wie die anderen Mädchen. Irgendwie obendrüber halt. Ich hab das Gefühl, wir kennen uns schon immer, sie und ich. Ich weiss noch in der Schule, schon damals hat sie beim Wäscheaufhängen zu Hause im Hof gesungen. Das ganze Viertel hörte zu, und ihre Schwester sagte, ihre Stimme, das wär ihr Visum, ihr Ausreiseticket. Das wär sicher, eines Tages würde so ein weisser Produzent sie entdecken, die suchen in Afrika nach Talenten, damit Europäer träumen können.

Und vor allem weiss ich noch mein erstes Mal mit ihr. In der Nacht hatten wir Sex hinter dem Marktplatz, auf Holzpaletten, aufgekratzter Rücken, über uns die Himmelssterne und ein Stück weg die Geräusche der anderen Paare. Das hab ich nie vergessen, so viel ist sicher. Danach sprach ich mit den anderen Jungs aus dem Viertel tagelang über nichts anderes, und ich sah ja, dass sie alle neidisch waren, sie hatten alle Angst vor ihr. Ausser vielleicht Moussa.

Aber eines Tages war sie weg. Ihre Eltern sind in eine andere Stadt gezogen, und ich hörte nichts mehr von ihr. Manche Zungen behaupteten, sie wär aufs Lycée gegangen und hätte anschliessend ihren Traum verwirklicht, sie würde für die Weissen singen, auf der ganzen Welt Tourneen machen. Und manche sagten das Gegenteil, sie würde sich in den Bordellen der Hauptstadt verkaufen. Also hab ich mich gezwungen, sie zu vergessen.

Bis ich sie wiedersah, totaler Zufall.

Bei einer Party, in einer Bar drin, wo die Leute im Sitzen Musik hören. Ich ging nicht oft an solche Orte, Christian hatte gesagt, ich soll kommen, er wollte mir das Neuste erzählen, rumspinnen halt.

Die Band baute auf, schloss die Instrumente an. Und da war sie, vorne, stellte ihr Mikro ein und klimperte mit den Goldohrringen. Ich konnte nicht weggucken. Ich hatte sie wiedererkannt, sicher, aber sie war der Wahnsinn geworden. Sie war gross, perfekte Brüste in dem schwarzen Oberteil. Die Blicke nach hinten zu den Musikern, wie ihre Finger die langen Zöpfe hinters Ohr strichen, keine Bewegung entging mir. Schon bevor sie den Mund aufmachte, mitten im Lärmen der Gäste, stach sie raus, als wär der Abend allein für sie.

Und als sie angefangen hat, ihr afrikanisches Repertoire zu singen, grub sich ihre Divastimme in mein Herz wie ein Presslufthammer.

Natürlich hat Christian kapiert, dass sie mir gefiel. Aber er hob sofort mitleidig die Augenbrauen: »Papapapa ... Die da, mein Freund, ist nicht für dich, *deh!*«

»Warum nicht?«

Er zeigte durch die Scheibe auf die Strasse.

»Das schöne Auto da, siehst du das, auf der anderen Strassenseite. Dicker schwarzer Geländewagen. Mit der Kutsche da ist die gekommen. Die wohnt in einem Haus bei den Reichen, klar?«

»Hm ...«

Ich kapierte, was er meinte.

Sie hatte es also zu was gebracht im Leben.

An dem Abend haben Monique und ich nur ein paar Worte gewechselt, nach ihrer Show. Sie musste nach Hause, sich um ihre Tochter kümmern, mehr hab ich nicht rausgekriegt über sie, was in den ganzen Jahren passiert war. Aber als sie mir ihre Nummer gegeben und mit ihrem schönen Zahnpastalächeln gesagt hat, sie würde sich freuen, wenn wir uns mal wiedersehen, da ahnte ich, dass ich bei ihr Chancen hatte. Ja, egal wie es aussah, selbst wenn sie Ministergattin wär, ich hatte Chancen.

Weil auch sie sich an unsere Nacht unter den Sternen erinnerte.

Drei Tage nachdem ich mein Profil abgeschickt hatte, blieben mir fünf Kunden. Fünf Weisse, die Amandine geantwortet, angebissen hatten an den dicken braunen Brüsten. Aber das war erst der Anfang. *Love* ist kein Business, das in ein paar Stunden gegessen ist. Es braucht Zeit, Geduld, manchmal ein paar Monate, ehe du an die ersten Kröten rankommst. Je länger du wartest, desto mehr kannst du verdienen. Dann hast du ihn nämlich, deinen Weissen. Er wird dein *mugu**. Deine Taube halt. Das hatte ich gelernt.

Und unter meinen fünf Weissen gab es einen, der für mich besonders interessant war. Schon nach der ersten Nachricht hatte ich geahnt, dass es klappen würde:

---

* Weisser, den man durch Internetbetrug ausnimmt.

Hallo Amandine,
ich weiss nicht, wie du auf meine E-Mail-Adresse gekommen bist, aber ich habe deine Nachricht bekommen. Ich finde deine Geschichte sehr traurig, ich weiss nicht, wie ich dir helfen kann. Ich habe immer davon geträumt, Afrika kennenzulernen, wenn du willst, können wir schreiben.
Michel

Michel, das war sein Vorname. Am nächsten Tag waren wir auf MSN umgestiegen und hatten gechattet. Zu Beginn muss man langsam machen, vor allem Fragen stellen und Sachen über Amandine erzählen.

Michel: Wonach suchst du?
Amandine86: Wie ich dir geschrieben habe suche ich einen Mann der mein Leben teilen will. Was machst du so?
Michel: Ich bin Landwirt ich züchte Kühe.
Amandine86: Ah toll. Ich liebe Tiere. Du kannst mir auch gern Fragen stellen. Ist o.k. so lernen wir uns kennen.
Michel: Du bist sehr schön auf den Fotos.
Amandine86: Hihihi. Danke schön das berührt mich ich werd ganz rot. Aber am wichtigsten ist was man im Herzen hat nicht das Aussehen.

Die Weissen lieben solche Floskeln, es ist wichtig, sie zu kennen, damit man den Kunden gefällt.

In der Hitze des Cyber tippte ich auf meiner Tastatur rum, klebte am Bildschirm, dass die Augen brannten, eine Hand auf der Maus, ständig stiess ich gegen die hölzerne Trennwand. Am Computer nebenan war Sylvestre ebenfalls an einer Sache dran, er hielt seinen Weissen, indem er ihn glauben liess, der hätte einen Haufen Geld in einer internationalen Lotterie gewonnen, aber um dranzukommen, musste er erst einem Anwalt eine Bearbeitungsgebühr überweisen. Gestern hatte Sylvestre die Telefonnummer bekommen, er hatte im Cyber losgejubelt, und alle anderen auch, um ihn zu beglückwünschen, weil wir alle wussten, das war das Zeichen, dass der Coup glückt. Wenn du die Nummer von deinem Weissen kriegst, dann hast du ihn, so viel ist sicher.

Aber mit diesem Michel da wollte ich weiter gehen. Er sollte mir alles geben, was er hatte. Ja, ich wollte ihm sein ganzes Vermögen abluchsen, mein Coup sollte der grösste des Jahres werden, alle Welt sollte von Général CFA reden, und das sollte Monique in ihrem Reichenviertel zu Ohren kommen. Und dafür durfte Amandine nicht nur nette Sachen im Chat sagen.

Ich tippte noch ein paar Sätze, schmierte ihm Honig ums Maul:

Amandine86: Ich muss los ich muss jetzt weiternähen.
Michel: O. k. kein Problem.
Amandine86: Bist du morgen wieder online? Ich hoffe ich kann weiter mit dir reden das tut mir gut die Zuneigung eines Mannes fehlt mir so sehr weisst du.
Michel: Ja morgen Abend nach dem Melken.
Amandine86: Ich geh raus Küsschen.

Und ich hab den Computer ausgemacht. Aber ehe ich das Cyber verliess, bin ich ins Hinterzimmer. Dort war Kouassis Büro, ein Raum ganz für ihn allein mit vergitterten Fenstern, mehreren Bildschirmen und ausgedruckten Fotos von ihm und seinen Frauen. An der Decke drehte sich ein riesiger Ventilator.

»Naaa, Armand, wie ist es?«, rief er und liess seinen Goldzahn blitzen.

»Ganz gut.«

»Machst du Geschäfte mit deinen Kunden?«

»Ja, ich hab mehrere, mit Gottes Hilfe geht die Arbeit voran.« Ich zögerte, dann sagte ich: »Du hast mir doch mal von so einem erzählt, weisst du noch ...«

»Von wem denn?«

»Von dem einen. Papa Sanou.«

Er starrte mich einen Augenblick mit gerunzelter Stirn an. Ich blieb ernst. Hinter mir erklang das Geräusch all der Finger, die über Tastaturen huschten.

»Hmm ... Du willst also wirklich Geld, *deh*. Bist du sicher, dass du zu ihm willst? Du weisst, was das heisst?«

»Ja. Ja, ich weiss.«

Er strich sich mit einer Hand über das schlechtrasierte Kinn. »O.k. Ich sag dir, wo der ist.«

Echt-echt, jetzt hatte ich keine Wahl.

Wenn ich wirklich Geld verdienen, florieren und genauso erfolgreich werden wollte wie Kouassi Le Millionnaire, brauchte ich den *zamou**.

* Fetisch.

Wir werden immer mehr *brouteurs,* und die Weissen werden allmählich misstrauisch. Die Polizei warnt sie, sie passen besser auf als vorher, es wird komplexer. Und damit sie echt so weit gehen, lammfromm tun, was du verlangst, gibt es nur eine Lösung: Man muss sie an sich binden. Es gibt keine andere Lösung, so viel ist sicher, *brouteurs,* die es wirklich zu was bringen wollen, konsultieren inzwischen alle einen *marabout**, der ihre Kunden in den Bann schlägt.

Und Papa Sanou war angeblich der mächtigste Hexer der Stadt.

Er konnte Dinge geschehen lassen, die andere nicht schafften, Dinge, die niemand erklären konnte. Es wurde erzählt, Papa Sanou hätte einen ganzen Tag lang in einem *maquis* gesessen und Bier getrunken, ohne ein einziges Mal pinkeln zu gehen, die anderen Gäste waren ständig aufgestanden und gingen an seiner Stelle, so fest hielt sein Dschinn sie. Kouassi arbeitete seit ein paar Jahren mit ihm, dem *zamou* war es zu verdanken, dass er so eine Berühmtheit geworden war.

Aber alles hat seinen Preis: Der *marabout* verlangte viel. Geld, so viel ist sicher, aber auch Opfer. Du musst wissen, was du willst, das hatte Kouassi gesagt. Er hatte teuer bezahlen müssen. Als Gegenleistung für seinen Erfolg hatte er Papa Sanou seinen Nachtschlaf geschenkt: Kouassi konnte nur noch tagsüber schlafen, und nur ein paar Stunden. Nachts arbeitete er. Aber bei anderen war es noch schlimmer. Letztes Jahr war ein berühmter *brouteur* namens Yoki l'International nach heftigen Kopf-

* Hier: Zauberer, Hexer.

schmerzen umgekommen. Manche Zungen behaupteten, er habe einen Pakt unterzeichnet, um reich zu werden und zwei Jahre lang im Überfluss zu leben, aber wenn diese zwei Jahre um wären, würde er sein Leben verlieren, das wusste er auch. So geschieht es: Wenn du Gott abschwörst und dich dem Teufel anvertraust, nimmt er dir die Seele.

Jedenfalls war mir unbehaglich, als ich das erste Mal zu Papa Sanou gegangen bin, sicher. Mir war nur allzu klar, dass ich an was rührte, ein Risiko einging halt. Ich hatte es niemandem erzählt, nicht mal Moussa, ich wusste ja, was er davon halten würde.

Vielleicht hätte ich nie hingehen sollen, das hätte viel Unglück erspart. Wenn ich an das Kind denke, glaub ich, ich hätt's gleich lassen sollen, so viel ist sicher.

Ich parkte mein Motorrad an einem Graben, wo riesige Pflanzen inmitten von Abfällen wuchsen, die die Leute aus dem Viertel ins Wasser geschmissen hatten, ich lief über die trockene Erde. Es war Mittag, die heisse Sonne brannte auf die Terrassen der *maquis,* seit Tagen hatten wir keine einzige Wolke am Himmel gehabt. Die Gasse neben dem Telefonverkäufer, so hatte Kouassi es mir erklärt. Ich entdeckte den Typ unter einem Sonnenschirm, die geklauten Handys in einer kleinen Vitrine ausgestellt, und bog hinter ihm ab. Es gab kein Schild, keine Banderole, die auf den Hexer hinwies, seine Heldentaten anpries: wiedererlangte Zuneigung eines geliebten Menschen, Glück im Spiel oder die Vertreibung böser Geister. Nein, nur eine kleine Gasse, die zwischen zwei Ziegelmauern versank.

Ich trat ein und senkte den Kopf, unter dem Blechdach durch, und dann kam kaum noch Licht rein. Ich hatte den Eindruck, die Geister persönlich zu besuchen. Hinten links war eine Tür und dahinter, in einem winzigen Raum mit weissen Holzwänden voller Inschriften, umgeben von Töpfen, Tiergemälden und Figuren, da war er, im Schneidersitz, als ob er mein Kommen in seinem Sprechzimmer erwartet hatte.

Papa Sanou.

Es handelte sich um einen jungen *marabout*. Er trug ein Muskelshirt, eine Holzkette und eine grüne Mütze.

»Guten Tag«, sagte ich. »Ich möchte jem...«

»Ich weiss. Dann setz dich mal.«

Er hatte eine tiefe Stimme. Er hat mir Fragen gestellt und bei meinen Antworten genickt.

»Hmmm ... Hast du ein Foto von deinem Weissen?«

Ich hab den Ausdruck rausgeholt. Darauf sah man meinen Kunden, Michel. Das Foto hatte er mir geschickt, man sah sein Gesicht. Er hatte sehr dicke Augenbrauen und lächelte nicht.

Der *marabout* hat das Foto lange angeschaut.

Er griff vier Kauris aus einem kleinen Beutel, kleine weisse Muscheln, er hat sie in den Händen geschüttelt und verlangt, dass ich draufspucke. Ich hab erst gezögert, aber dann in seine Handflächen gespuckt. Anschliessend hat er die Kauris auf den Boden geworfen und das entstandene Muster angestarrt. Er hat halt drin gelesen. Echt-echt, er las und wackelte mit dem Kinn, die Anordnung der vier Muscheln sprach zu ihm.

»Hmmm ...«

Er schloss die Augen. Und mit sehr leiser Stimme sagte er: »Der Weisse. Er will dir helfen ... Ja, was du verlangst ... das wird er dir geben ...«

Er ergriff meine Hände, drückte zu, schüttelte den Kopf und flüsterte Sätze, die ich nicht verstand. Dann hielt er das Foto in einer Hand, griff mit der anderen nach einer der Puppen und führte beide mit gestreckten Armen vor sich zusammen, dabei machte er: »Hmmmmmmm ... Du wirst den Ruhm bekommen ... Erfolg in deiner Arbeit ...«

Ich sah ihm still dabei zu, konzentrierte mich selbst auf meinen Kunden, erinnerte mich an unsere Gespräche von gestern, stellte ihn mir dort vor, mit all seinem Geld und seinen Kühen und seinen Träumen von Amandine. Er wusste nicht, was sich hier abspielte, in meinem Land: Papa Sanou war dabei, ihn zu binden.

»Aber dafür musst du etwas tun ...«

Das Herz schlug mir schneller in der Brust. Er machte eine Pause, liess mich warten. Wollte halt Spannung erzeugen.

»Du wirst ... du wirst einen *canari* kaufen, und in der Nacht wirst du ihn an einer Wegkreuzung zerschlagen.«

Ich hab getan, was der *marabout* verlangt hat. Ich bin zum Markt gegangen, hab einen dieser dickbauchigen Tonkrüge gekauft, mit denen wir auf dem Dorf Wasser transportieren. Ich hab ihn in die Gassen meines Viertels getragen, meine Sneakers scharrten über die rote Erde, und da, wo sich zwei Wege kreuzten, hab ich den *canari* auf dem Boden zerbrochen, um mich dem Glück zu öffnen, alles freizulassen, was mich am Reichwerden hindern könnte. Das war nicht viel, fast nichts eigentlich, ich war erleichtert gewesen, als er das gesagt hatte.

Und seinerzeit dachte ich nicht daran, wie's weiterging. Denn es war lediglich seine erste Forderung.

Jedenfalls, so viel ist sicher, danach hat sich das Verhalten meines Kunden geändert. Er wurde verrückt nach Amandine, es war beeindruckend. Ich hakte nach, tat das Nötige, aber ich sah doch, dass der Zauber des *marabout* wirkte. Michel war nicht nur verliebt, er war gefesselt. Erst hiess es:

Michel: Was gefällt dir bei einem Mann?
Amandine86: Mein Ziel ist es einen ernsthaften netten Mann zu finden der zuhören kann damit wir zusammen glücklich sein können und eine Beziehung für immer und ewig. Bist du verheiratet?
Michel: Ja. Aber ich weiss schon lange nicht mehr, was Liebe ist. Ich glaube wir werden uns bald trennen und den Hof verkaufen müssen.
Amandine86: Wie traurig.
Michel: Ja es ist schwer seine Liebe keiner Frau schenken zu können. Ich würde dich gern sehen.

Und nach einer Woche war er endgültig in meinem Bann:

Amandine86: Ich will wirklich eine ernsthafte Beziehung mit dir mein Schatz.
Michel: Ja ich fühle das Gleiche ich würde dich auch so gern ganz nah bei mir haben.

Amandine86: So Gott will werden wir eines Tages vereint sein. Das ist mein Traum die Frau deines Lebens sein mich um dich kümmern und dich glücklich machen.
Michel: Ich schau mir jeden Tag deine Fotos an ich nehm sie überall mit hin.
Amandine86: Du kennst den Wert einer Frau mein Süsser. Meine Liebe zu dir wächst von Tag zu Tag.

Mein Schatz, mein Schnucki, mein Süsser, an diesem Punkt der Beziehung wurde empfohlen, dem Kunden viel Liebe zu geben, ihn mit zärtlichen Worten zu überhäufen. Genau das suchte er. Man musste ihn auch beruhigen, ihm was geben, damit Amandine existierte. Deswegen schickte ich auch andere Fotos von der Darstellerin, mit immer weniger an. Ich bat ihn, die Webcam anzuschalten, und liess selbst ein Video in Dauerschleife laufen, wo verschwommen ein Mädchen zu sehen war, dann tat ich, als ob meine Kamera kaputt war, damit ich abbrechen konnte. Ich schickte sogar SMS, er bekam den ganzen Tag Liebesbotschaften auf sein Handy.

Seinerzeit war ich zehn Stunden pro Tag im heissen Cyber, die Finger an der Tastatur, wo die Buchstaben schon verblassten, bereitete das Geplänkel mit meinem *mugu* vor. Alles sollte perfekt sein. Wenn Freunde mich auf dem Handy anriefen, ging ich nur kurz ran und sagte: »Bin im Meeting, bitte in zehn Minuten noch mal anrufen.«

Das hiess, dass ich nicht gestört werden wollte. Manchmal trat Driss hinter mich und fasste mich an der Schulter.

»Eeh, Armand«, sagte er, »kommst du heute mit feiern?«

»Nein, danke, heute nicht, ich bleib hier.«

»Du musst auch mal Pause machen, *deh*. Du klebst an deinem Bildschirm da wie Kaugummi.«

»Hmm ...« Ich gab kaum eine Antwort, so konzentriert war ich.

Abends brannten mir die Augen, wenn ich mit dem Motorrad heimfuhr. Manchmal traf ich Fabiola und ihre Freundin, die machten sich immer noch im dunklen Hof zu schaffen oder lästerten über andere Freundinnen. Sie sahen mich vorbeigehen wie einen Zombie, ich legte mich auf die feuchte Matratze und schlief sofort ein, die Wange am Schaumstoff. Ich blinzelte nur, wenn einer meiner Brüder ins Zimmer kam, das wir uns alle teilten. Morgens ging ich wieder ins Cyber und vermied es, mich dem alten Herrn und seinen Fragen über meine Arbeit zu stellen, Wann gehst du mit Désiré in die Werkstatt? Mechaniker solltest du werden.

An manchen Tagen sprach mein Weisser von Sex, und ich musste lächeln:

Michel: Darf ich dir was Peinliches sagen?
Amandine86: Natürlich mein Herz du kannst mir alles sagen ich möchte Ehrlichkeit in meiner Beziehung.
Michel: Ich krieg einen Steifen wenn ich an dich denke.
Michel: Ich hoffe du bist nicht schockiert.
Michel: ?
Amandine86: Nein aber du musst Geduld haben.

Michel: Ja ich weiss entschuldige.
Amandine86: Ich wurde so oft von anderen Männern verletzt es fällt mir schwer zu vertrauen. Ich will mit dir nicht das Gleiche durchmachen wie früher ich will nicht wieder ausgenutzt werden.
Michel: Entschuldige. So einer bin ich nicht das kannst du mir glauben.

Er wurde süchtig, das sah ich genau. Ich dankte Gott und dem *zamou*, die das ermöglicht hatten.

Inzwischen war mein Weisser reif, mir Geld zu geben, das hatte ich mir nach den ganzen Mühen wirklich verdient.

Jahrhundertelang haben die Weissen Afrika ausgeplündert. Die Schwarzen waren die Sklaven der Europäer, sie nahmen unsere Reichtümer, um ihre Länder aufzubauen, ohne dass es sie das Geringste kostete. Und heute geht es weiter, sie besetzen mit ihren Armeen unsere Städte, verteidigen ihre wirtschaftlichen Interessen und erklären, das wär für die Bevölkerung. Wenn die behaupten, dass Afrika Europa was schuldig ist, sag *ich* deshalb Nein. Das ist eine Lüge. Sie sind es, die Afrika was schuldig sind, für alles, was sie unseren Vorfahren angetan haben. Das nennt sich Kolonialschuld. Gut, ich geb zu, dass *broutage* eine unehrliche Methode ist, dass wir den Weissen weh tun. Aber so ist es nun mal: wie ein Bumerang. Denn Gott ist gerecht. Nach und nach begleichen unsere *mugus*, wenn sie den *brouteurs* Geld schicken, die Kolonialschuld ihrer Länder. Und das wird noch lange so gehen, solange es im Internet *gaous,* Dumme, gibt, so lange geht es mit der *broutage* weiter.

Darüber sann ich nach, während ich nach einer frei stehenden Bar suchte, einem ruhigen Ort mit Innenraum, damit der eindringliche Motorenlärm aus unserem Viertel nicht zu hören war. Ich entschied mich für Chez Clint, ein kleines klimatisiertes Restaurant mit richtigen Fensterscheiben. Ich setzte mich ganz nach hinten, bestellte ein Castel. Es war kühl, das war schön. Ein Typ baggerte mit plumpen Komplimenten eine Gazelle an, sie wär schöner als Rihanna, sagte er zu ihr. Ich lächelte und beobachtete ihr Gesicht.

Diesmal war der Augenblick gekommen. Im Kopf ging ich ein paar Sätze durch, dann holte ich eins von meinen Handys raus und wählte die Nummer meines Weissen, dort in Frankreich. Ich räusperte mich.

»Ja, hallo?«

Es war das erste Mal, dass ich ihn hörte. Er hatte eine männliche Stimme, direkt und nicht zu Scherzen aufgelegt. Im Hintergrund waren Tiergeräusche.

»Guten Tag, Monsieur«, sagte ich so seriös wie möglich. »Ich stelle mich vor: Spezialist für Chirurgie, Doktor Fontaine, spreche ich mit Michel Farange?«

»Ja, schon, aber ...«

»Heute kam eine junge Frau namens Amandine Milan in die Notaufnahme. Sie wurde heute Morgen Opfer eines Unfalls, sie wurde auf der Strasse angefahren.«

»Was?!«

»Ja, so ist es. Ein Unfall, der böse hätte ausgehen können, wenn wir nicht rechtzeitig eingeschritten wären.«

»Aber sind Sie sicher? Von wo rufen Sie ...?«

»Hören Sie«, schnitt ich ihm gleich das Wort ab, »Amandine hat eine Beinverletzung. Ich werde mich zu einer Operation entschliessen müssen, und so Gott will, wird sie in absehbarer Zeit wieder laufen können. Allerdings ist diese Operation mit nicht geringen Kosten verbunden.«

»Das ist doch ein Witz, Sie sind ein Freund von ...«

»Jetzt hören Sie mir mal zu! Als sie zu mir auf die chirurgische Station kam, hat sie mich gebeten, Sie anzurufen, ehe sie das Bewusstsein verlor. Sie hat uns mitgeteilt, dass sie ausser Ihnen niemanden hat, dass Sie der einzige Mensch auf der grossen weiten Welt sind, der ihr helfen kann.«

Stille. Ich hörte nur noch seine Kühe über den Lautsprecher.

»Monsieur Farange, verstehen Sie, was ich sagen will? Die Operation muss unverzüglich erfolgen.«

»Also ich weiss nicht ... Können Sie mir beweisen, dass das alles wahr ist, was Sie sagen? Ich meine, Sie rufen mich hier einfach an, ich weiss überhaupt nicht, wer Sie sind.«

»Passen Sie auf. Ich verstehe das. Ich schicke Ihnen meinen Arztausweis und die offiziellen Papiere der Chirurgie.«

»In Ordnung, ich guck's mir an. Aber ... wie geht es ihr? Kann ich mit ihr sprechen?«

Innerlich lächelte ich. So viel ist sicher, er machte sich Sorgen um sie.

»Gegenwärtig ist sie nicht bei Bewusstsein, aber wir hoffen, dass sie in den nächsten Stunden aufwacht.«

Ich erklärte ihm, wie man Geld transferierte. Neunhundertfünfzig Euro hab ich verlangt. Für eine erste Überweisung war das schon viel. Er hat es sich angehört, aber nichts versprochen, sagte, er würde sehen, was er tun kann.

Zum Abschluss sagte ich: »Ich danke Ihnen vielmals, Monsieur Farange. Denken Sie daran: Sie sind ihre einzige Chance.«

Und legte auf. Ich umklammerte das Handy mit beiden Händen und presste es gegen die Lippen. Ich stellte ihn mir dort vor, mit seinen Kühen in seinem Weissenhaus. Er musste Panik schieben, zumindest hoffte ich das.

Anschliessend ging ich zurück ins Cyber, und Driss half mir, mit der Montagesoftware die Dokumente zu erstellen: einen Chirurgenausweis mit einem Foto, das wir auf Facebook gefunden hatten, und einen *Bericht des medizinischen Befundes* mit dem offiziellen Briefkopf des Krankenhauses und einer gefälschten Unterschrift.

»Da gibt es nichts, das ist sauber, mein Freund«, sagte ich zum Dank.

Und sandte alles an die E-Mail-Adresse meines *mugu*.

Eine Stunde später schickte ich ihm eine SMS vom anderen Handy:

Mein Liebster hast du mit dem Arzt gesprochen? Es tut mir leid ich war ganz allein ich wusste nicht an wen ich mich wenden soll. Ich werde mich tausendfach bei dir bedanken mein Süsser wenn wir eines Tages vereint sind ich werde dich mit Küssen und Liebe überhäufen.

Dann wartete ich den Abend ab und graste so lange in der Schwüle des Cyber andere Geschäfte ab.

Ich musste noch eine letzte Sache erledigen, und ich schob den Moment so lange wie möglich raus. Ich wusste, es muss sein, aber ich konnte mich nicht dazu entschliessen. Denn morgens vor der Arbeit war ich wieder bei dem Hexer gewesen. In seinem Sprechzimmer, umgeben von seinen *gris-gris**, hatte er wieder das Ritual durchgeführt. Er hatte meinen Dschinn gerufen und dabei mit geschlossenen Augen den Kopf geschüttelt.

»Du wirst bekommen, was du dir wünschst, mein Freund ... Aber da gibt es irgendwas, das bremst ... Du musst dir das Glück verdienen ... Ja, du musst das Glück auf dich ziehen.«

Mit einem Mal hatte er die Augen weit aufgerissen und mich angestarrt. Und was er dann gesagt hat, da blieb mir fast das Herz stehen.

»Du wirst dich nackt ausziehen und einen Platz überqueren, auf dem viele Menschen sind. Ja, das ist es, was du tun musst: Je mehr Menschen dort sind, je schockierter sie sind, desto mächtiger wird dein *zamou*.«

Also tat ich, was er verlangte.

Spätabends fuhr ich bei starkem Verkehr mit dem Motorrad in ein anderes Viertel, weit weg von meinem, damit ich keine Bekannten traf. Und da hab ich mich ausgezogen und bin mitten auf der Strasse langspaziert, mit baumelndem *bangala*. Echt-echt, das hab ich gemacht, wie Papa Sanou es verlangt hatte. Ich lief zwischen den kreuz und quer rumkurvenden Autos durch, zwischen

* Talismane, Fetische.

Gehupe und Klubs, die allmählich voll wurden. Und die Leute zeigten mit dem Finger auf mich, schrien, wichen vor mir zurück, sie beschimpften mich als Irren. Aber ich sah sie nicht an. In meinem Kopf war nur ein Bild: Ich sah Moniques Körper vor mir. Ich sagte mir immer wieder, dass ich es für sie tat.

Und je mehr die mich beleidigten, je mehr Schande ich anhäufte, desto mehr spürte ich, wie die Macht meines *zamou* wuchs.

»Naaa, mein Freund, wie ist es?«

Moussa sah mich lächelnd an. Unser ganzes Kabinett war da, im Dynamique, und trank Bier. Es war Mittag, und weil es keine Schattenplätze unter der Plane mehr gab, hatten wir uns bei den Holzwänden niedergelassen, an der Strasse, man sah sie durch die Bretterritzen. Die warme Sonne überflutete die Terrasse. Hinter der Theke frittierte die Köchin wieder *allocos,* sie hockte im Wickelrock neben dem Kessel. Ich zog es ein bisschen in die Länge, dann griff ich in die Gesässtasche meiner Jeans, holte den Haufen Scheine raus und legte ihn auf den Plastiktisch.

»West!!!«, schrie ich.

Alle sprangen auf, um mir zu gratulieren, und hoben die Castel-Flaschen.

»Hey, läuft bei dir, *deh!*«

»Top of the top, Général CFA! Gibt keinen Zweiten!«

West wie Western Union, das hiess, dass ich grade mein Geld bekommen hatte. Mein Coup war geglückt, mein Weisser war gefesselt: Er hatte meine Lügen geglaubt und bezahlt. Fast tausend Euro auf einmal, das war zu schön. Das hab ich mit den Kollegen gefeiert, an dem Mittag zahlte ich alle Biere und das Hähnchen. Ich erzählte, wie es abgelaufen war, die Aktion mit dem Arzt und der SMS.

Moussa hat mich besorgt angeschaut: »Und *zamou?*«

»Was *zamou,* wo siehst du hier *zamou?*«

Ich erzählte nichts von Papa Sanou, ich wollte nicht, dass sie es wissen. Vor allem nicht Moussa, ich wusste, was er gesagt hätte, dass ich aufpassen musste, damit ich meine Seele nicht an den Teufel verkaufte. Gott sieht alles, mit so was machte Moussa keine Scherze.

»Eeh, habt ihr schon gehört? Das neue Gesetz, da. Erwischt dich die Polizei, kannst du ab jetzt zwanzig Jahre ins Gefängnis wandern.«

Driss lachte.

»Was laberst du? Du bist aber auch ein Hasenherz, Moussa. Mach dir keine Sorgen, bei dem Geld, das die *brouteurs* der Polizei zustecken, lässt die uns noch lange arbeiten.«

Gegenwärtig war die Polizei kein Problem, wir hatten keine Angst vor ihr. Ich selber war nur damit beschäftigt, mein West zu geniessen. Wir blieben alle fünf noch eine Weile, erzählten uns die neuesten Coups, die neuesten Kniffe, die in waren, lästerten über unsere *mugus.* Und als ich so weit war, angeheitert genug vom Bier, tat ich endlich, worauf ich wochenlang gewartet hatte.

Ich rief Monique an und lud sie zum Essen ein.

Echt-echt, als sie reinkam, stockte mir kurz das Herz.

Ich war überwältigt, es war, als wär die ganze Welt vom allmächtigen Herrn nur erschaffen worden, um sie zu empfangen, sie ganz allein. Sie trug ein weisses Kleid im europäischen Stil, das ihren weiblichen Körper eng umspannte und ihren Busen und ihr herrliches Hinterteil betonte. Beim Gehen klickten ihre Absätze auf den schwarzweissen Fliesen, und die Blicke der Männer waren auf sie gerichtet.

»Psst, kleine Schwester ...«, sagten sie.

Aber sie ignorierte das. Weil sie gerade auf mich zuschritt. Ich sah ihr dabei zu, ihre schönen Lippen, breit lächelnd, ihre goldenen Ohrringe und die glänzenden Zöpfe, die ihr auf die Schultern fielen. Ich hätte sie gern mit einem coolen Spruch begrüsst, sie direkt bezaubert, aber sie machte mich so verrückt, dass ich nach Worten suchte. Ich hatte halt Schiss. Also sagte ich: »Eeh, Monique ... Du bist wunderschön, *deh!*«

»Danke, Armand. Du bist auch nicht ohne ...«

Ich hatte mich jedenfalls ins Zeug gelegt. Ich hatte alles gekauft vor unserem Treffen, schöne Schuhe, tadelloses Hemd. Meine Goldkette funkelte an meinem Hals.

So viel ist sicher, das Lokal hier war eins der teuersten Restaurants der Stadt, ich hatte alle Register gezogen. Ein Kellner in weissem Hemd und Krawatte begleitete uns zum Tisch, mit Tischtuch und akkurat ausgerichtetem Besteck. Der Raum war riesig und komplett klimatisiert, hinten ging eine Fensterfront auf einen Teich raus. Ich stellte mir vor, wer die ganzen aufgedonnerten Gäste um uns rum waren. Viele Weisse, Geschäftsmänner, die herumstolzierten, aber auch Minister, Diplomaten. Und sogar ein paar *brouteurs,* die mit ihrer Kleinen zum Angeben hier waren, wie ich. Das Ergebnis unserer Arbeit: Dank der Betrügereien waren die *brouteurs* genauso bedeutend geworden wie die Führungsschicht des Landes. Jetzt waren wir dran, vom Geschmack des Reichtums zu kosten, den sie jahrelang nur mit ihresgleichen geteilt hatten.

Jetzt mit Monique hier zu sein war wie ein wahr gewordener Traum, ich dachte an die frühere Monique, unsere nächtlichen Geheimnisse und bewunderte, was aus ihr geworden war.

Mein Gott, die Frau machte mich fertig, ich konnte nicht mehr.

»Ich war schon lange nicht mehr hier«, sagte sie, während sie die Karte las, wo sich die Namen der französischen Gerichte aneinanderreihten.

»Ja, ich auch nicht«, log ich.

Ich hatte natürlich noch nie in diesem Palast gegessen. Sie hat gelächelt, wie um zu sagen, dass sie es weiss, es sie aber nicht stört.

»Na, Armand, lang her. Wie ist es?«

»Ganz gut, *deh*. Gott sei Dank hab ich viel Arbeit.«

»Ja, das sehe ich ...« Sie drehte die Handflächen zur Decke. »Gut, erzähl mal, was gibt es Neues? Deine Schwester, Fabiola, ich hab gehört, sie kümmert sich um behinderte Jugendliche.«

»Ja, so ist sie, du kennst sie ja. Sie hat ein gutes Herz, ich bin stolz auf sie ...«

Es war, als wären wir nie getrennt gewesen, wir hatten uns viel zu sagen und redeten lange. Monique ahnte mit

Sicherheit, dass ich *brouteur* war, aber sie sprach es nicht an. Ich erzählte ihr, was aus dem Viertel geworden war, wo sie schon eine ganze Weile nicht mehr wohnte. Ich machte ihr Komplimente, das brachte sie zum Lachen, und je mehr sie lachte, desto verliebter war ich. Desto mehr wollte ich sie.

War halt schon immer so, ich wollte nur sie.

Die Teller kamen. Es war fast nichts zu essen drauf, aber ich wusste, wie es lief: je weniger Essen, desto luxuriöser ist es.

»Und du, Monique, was machst du im Moment? Früher wolltest du nur eins, *béou*. Weg von hier ...«

»Ah ja, das weisst du noch ...«

»Ich dachte, das hast du gemacht. Dass du weg bist.«

»Hmmm ... Tja, also, ich bin immer noch hier. In meinem Leben ist viel passiert. Durchs Singen bin ich ein bisschen rumgekommen, aber nie sehr weit, bin in der Nähe geblieben. Und ansonsten hab ich meine Tochter bekommen, und so, na ja ...«

Wer der Vater ihrer Tochter war, interessierte mich kein Stück, ich wusste, dass sie allein lebte, nur das zählte. Aber eins wollte ich verstehen, und zwar, woher sie ihr Geld hatte. Wie sie so viel verdiente, dass sie sich dieses schicke Haus im reichsten Viertel der Stadt leisten konnte.

Und wie ich's mir gedacht hatte, steckte hinter dem Reichtum ein Mann.

Monique hatte vom Singen leben wollen, das war seit jeher ihr Traum gewesen, sie träumte sich auf die grössten Bühnen, das Publikum zu ihren Füssen. Aber es war anders gekommen, ihre Band reiste kleinen Gigs in den *maquis* des Landes hinterher. Als dann ein Weisser ihr die Lösung für all ihre Geldprobleme bot, hatte sie ja gesagt. Jeder Arsch hat seine Hose, wie es so schön heisst. Das war vor drei Jahren gewesen, sie hatte damals einen Gig bei einer Mine, zweihundert Kilometer von hier. Drei gutbezahlte Tage, jeden Abend ein Konzert vor den Arbeitern und ihren Chefs, die in diesem abgelegenen Winkel im Busch keine andere Unterhaltung hatten, war zwar nicht der grosse Ruhm, aber es lohnte sich. Sie hatte den Job angenommen. Und dort hatte sie ihn getroffen, am zweiten Abend an der Bar, nach ihrem Auftritt. Er war Franzose, ein alter *grôtô**, der in die Mine investiert hatte und abwechselnd in seinem und unserem Land lebte. Er liebte Moniques Stimme, er war verrückt nach ihr, was sonst, es gibt in ganz Afrika keine schönere Gazelle. Also hatte er sie wiedersehen wollen.

Bei jeder Reise lud er sie an schöne Orte ein, er zeigte ihr eine Welt, die sie nicht kannte, wollte sie zum Träumen bringen. Und eines Tages hatte er endlich folgenden Vorschlag gemacht: dass sie seine Frau für hier wäre. Er hatte eine Familie in Frankreich, sogar Kinder, aber er wollte halt ein zweites Büro. Er kaufte ein Haus auf ihren Namen in einem schönen Viertel, überwies ihr jeden Monat was, damit sie im Überfluss leben konnte, sie konnte singen, so viel sie wollte, wo sie wollte. Es interessierte ihn nicht, was sie mit ihrer Zeit anstellte, sie musste nur verfügbar sein, wenn er geschäftlich hier war.

Ich kenne nicht viele Frauen, die das abgelehnt hätten.

* Reicher, oft dicker Geschäftsmann.

»Meiner Tochter fehlt es an nichts, nur das zählt, *deh.*«

»Da hast du ja das Glück gewonnen, Monique. Aber das meiste Glück hat der Typ. Ich hoffe, der weiss, was er an dir hat.«

Sie schenkte mir ein vielsagendes Lächeln und flüsterte mit sehnsuchtsvoller Stimme: »Ach, Armand. Hauptsache, *du* weisst es.«

Als sie diese Worte aussprach, überflutete ein warmer Strom mein Herz und schoss bis in meine Boxershorts. Ich zögerte, dann: »Ist dein Wohltäter momentan zu Hause, oder …?«

Und ganz langsam, die Zungenspitze zwischen den feuchten Lippen, schüttelte sie den Kopf. Das war zu viel, echt-echt, selbst für mich. Ich schaute auf unsere Teller, wir hatten grade aufgegessen.

»Gehen wir dann?«

»Ja. Ja, wir gehen.«

Wir sind gegangen.

Wir sind mit meinem Motorrad in ihr Viertel gefahren, wo ich sonst nie bin. Die Strassen waren gerade, die Bürgersteige tadellos, nirgendwo stand irgendwas über. Rundrum kein *maquis,* kein Friseur, keine Schilder, die sonst was bewarben. Nur riesige Häuser mit schönem Rasen, zurechtgestutzten Blumen, SUVs und Mercedes hinter den vergitterten Einfahrten. Das hier war die reichste Gegend der Stadt. Alle träumten davon, hier zu leben, zu zeigen, dass sie ein Vermögen gemacht hatten, den dicken Schlitten und den Schmuck auszuführen, voller Verachtung für die Welt, aus der sie kamen. Hier lebten die, die es geschafft hatten, Unternehmer, Fussballer, die Einflussreichen halt. Es war wie eine andere Stadt, ein anderes Land, in das Typen wie ich nur nach einem gelungenen Coup kamen, um ihre Kleine zum Champagnertrinken in ein schickes Restaurant auszuführen oder für eine Nacht ins Hotel, wo man unglaubliche Geschichten zusammenspann, die sie zu glauben vorgab.

Und Moniques Villa, mein Gott, schneeweisse Mauern, lotrechtes Satteldach, Satellitenschüssel und Balkon. Ein echter Palast mit Obergeschoss, drei Schlafzimmer. Im Wohnzimmer hingen überall alte Masken, dann gab es ein hölzernes Sideboard, einen Ledersessel vor einem Flachbildschirm. Ich hatte noch nie den Fuss in so ein Haus gesetzt, so viel ist sicher, ungläubig guckte ich alles an.

»Eeh, Schluss jetzt, ja?«, rief sie. »Du mit deinen grossen Augen, wie so ein Fisch. Komm lieber her.«

Ich bin ihr hinterher, eine Stufe nach der anderen. Dort oben zog sie mich in ein Schlafzimmer zu einem riesigen Bett.

Und dort habe ich sie geliebt wie nie zuvor.

Als hätte ich schon immer auf diesen Moment gewartet.

Gott ist gerecht.

Diese Nacht mit Monique war der Beginn meines Aufstiegs. Der Phase, wo das Glück mir gewogen war und alles möglich schien. Ich fühlte mich, als hätte ich Flügel, ich hob ab, und nichts schien mich aufhalten zu können.

Ich war ständig am Grasen, ganze Tage im Cyber, die Finger an der Tastatur, die Augen auf dem Bildschirm.

Die Regenzeit rückte näher, und die Luft im Raum war schwül, wir schwitzten alle in unseren Kabinen, aber das würde mich nicht aufhalten. Ich kümmerte mich um mehrere Kunden gleichzeitig, Franzosen und Belgier. Derzeit waren sie alle in Amandine verliebt, ich hatte sie wie Hunde an der Leine, ich machte mit ihnen, was ich wollte.

Und der Rentabelste war, wie ich es schon zu Beginn unserer Beziehung vorausgesagt hatte, Michel, der mit den Kühen. Der hielt es nicht einen Tag aus ohne Nachricht von seiner Gazelle aus Afrika.

> Michel: Gestern Abend habe ich nicht bei meiner Frau geschlafen. Ich bin im Stall geblieben und hab geträumt dass du bei mir bist mein Liebling.
> Amandine86: Ich auch mein Schnucki. Versprich mir dass du mich immer lieben wirst.
> Michel: Versprochen. Wie geht es deinem Bein?
> Amandine86: Mit Gottes Hilfe kann ich langsam wieder laufen. Danke für alles was du getan hast das vergesse ich dir nie mein Süsser.

Schon bald schrieb ich ihm, dass ich zu ihm kommen würde, dass wir dann vereint wären. Sämtliche Gespräche kreisten um das Thema. Aber vorher, bevor sie alles hinter sich liess, hatte Amandine Dinge zu erledigen. Und jedes Mal brauchte sie ein bisschen mehr Geld. Manchmal musste man ein bisschen Druck machen, das gehörte ebenfalls zum Job.

Amandine86: Hast du die Überweisung wegen meinem geklauten Pass gemacht?
Michel: Nein, ich hatte noch keine Zeit. Brauchst du wirklich so viel?
Amandine86: Vertraust du mir nicht?
Michel: Doch natürlich aber ich finde es ziemlich viel.
Amandine86: Ich habe dir meine ewige Liebe geschenkt und du spielst mit meinen Gefühlen!
Amandine86: Wenn du mir nicht helfen willst sag es gleich anstatt mir Hoffnungen zu machen auf ein Glück zu zweit das es gar nicht gibt!!!!

Und jedes Mal knickte er ein, am Ende kam mein Geld, immer. Ich holte es am nächsten Tag ab, eröffnete sogar ein PayPal-Konto, damit es einfacher wurde. Es waren grosse Summen, noch nie hatte ich so viel Geld gehabt.

Also machte ich es wie alle, bei denen es lief: Ich gab es so schnell wie möglich aus. Klamotten, Schuhe, Goldketten, Marken-Basecaps, ein neues Moped, eine schöne Uhr, mir fehlte es an nichts mehr. Sobald ich ein bisschen freie Zeit hatte, kaufte ich eins dieser Accessoires, die aus dir einen Mann machen, wenn du durchs Viertel läufst, die machen, dass die anderen dich bemerken und ahnen, wie gut es für dich läuft. Ja, so viel ist sicher, seinerzeit gab ich an wie sonst keiner.

Ich ging nicht oft abends aus, aber wenn ich es tat, dann in die berühmtesten Klubs. Und um zu zeigen, dass ich ein guter *brouteur* war, machte ich bei den *travaillements* mit: Ich breitete meine Scheine auf den Tischen aus, verschwendete sie, weil das hiess, dass ich zu viel hatte, dass ich einer von denen war, die sich vor Geld nicht retten können, nicht mehr wissen, wohin damit. Général CFA, plötzlich hatte dieser Spitzname das Glück gewonnen, ich war kein Unbekannter mehr.

Die Kollegen aus meinem Kabinett, Moussa, Driss, Christian, Sylvestre, machten sich auch ganz gut, aber keiner hatte so viel abgegriffen wie ich binnen kürzester Zeit, dank *love*.

Ich verbrachte meine Nächte im Hotel, zwei Monate lang mietete ich sogar eins dieser winzigen *entrer-coucher**, dann einen *chambre-salon***, damit ich nicht zu Hause schlafen musste. Ich wollte nicht Fabiola begegnen und hören, wie sie schlecht über mich redete, und noch weniger dem alten Herrn, der mich zum Ursprung meines plötzlichen Reichtums verhören würde. Ich war gern in diesen Hotelzimmern, wo die Angestellten tagsüber das Bett machten, während ich arbeiten war. Ich schoss ein Foto von mir inmitten meiner Geldscheine, schwarze Sonnenbrille und Zigarre, und postete alles auf Facebook, damit das ganze Viertel es sah.

Mädchen mögen *brouteurs,* das ist kein Geheimnis. Für sie ist das eine Möglichkeit, sich das zu gönnen, wonach sie lechzen: Luxushandys, Markenkleidung, Echthaar für die Frisur. Manche bieten ihre Hilfe an, sie werden angestellt und bezirzen die *mugus,* indem sie vor der Webcam posieren oder mit sinnlicher Stimme Anrufe entgegennehmen.

* Winziges Zimmer, wörtlich: »reingehen und schlafen«.
** Eine Art Zweiraumwohnung, »Wohn- und Schlafzimmer«.

Diese Mädchen mit ihren erstaunlichen Moralvorstellungen sind immer auf den Partys und gucken sich die Reichsten aus, ziehen sich sexy an, Paillettenkleider mit tiefem Ausschnitt. Manche Zungen behaupten, sie hätten ihre eigenen *marabouts,* sie würden die *brouteurs* einwickeln wie die *brouteurs* ihre Kunden, das machen sie, damit man sie nicht vergisst, wenn das West kommt. Und als ich bekannter wurde, umschwirrten sie mich wie Fliegen den Honig.

»Eeh, Armand, du weisst, wie's geht«, sagten sie. »Du hast den Bogen raus, *deh!*«

Gut, ich hab sie schon manchmal ein bisschen ausgenutzt, ein-, zweimal hab ich mit welchen geschlafen, die allzu eindringliche Flirttechniken anwandten, ich bin halt ein Mann.

Mein Herz aber, Gott ist mein Zeuge, gehörte ganz Monique. Ja, wir sahen uns oft in meiner Phase des Ruhms, ich überschüttete sie mit Geschenken, wollte beweisen, dass ich mich mit ihrem Weissen messen konnte. Manchmal kam sie zu mir ins Hotelzimmer, in anderen Nächten vergnügten wir uns in der Villa, wir badeten in ihrem Pool. Echt-echt, sie mochte meinen Körper. Es war herrlich, für sie war ich zu allem bereit, und mir war, als hätte ich in den paar Wochen den Gipfel der Glückseligkeit erreicht. Sie schenkte sich mir wie eine Frau ihrem Mann, ja, als wär sie meine Ehefrau, und ich träumte davon, dass es eines Tages so wäre. Und ich ihr eines Tages auf ihren Namen ein Haus kaufen konnte.

Trotz meines Erfolgs war ich davon noch weit entfernt, für den Augenblick blieb mir nichts anderes übrig, als sie mit diesem alten Franzosen zu teilen. Gott sei Dank passierte es nicht oft, aber wenn er für seine Geschäfte in unser Land kam, gehörte Monique mir nicht mehr. In der Villa verwischte sie alle Spuren von mir und hielt sich für die Dauer seines Aufenthalts zu seiner Verfügung. Das ärgerte mich, aber es war der Preis, da gab es nichts zu verhandeln. Als ich die Sprache drauf brachte, wurde sie gleich sauer und konterte: »Was soll das denn? Wenn's dir nicht passt, kriegst du halt den Laufpass!«

Also ertrug ich geduldig mein Übel, überzeugt, dass ich eines Tages am Ziel wäre.

Jede Medaille hat ihre Kehrseite, so viel ist sicher, daran hätt ich früher denken sollen. Als ich ganz oben war, wie jeder andere *génito** mein Geld verschleuderte, dachte ich nicht, dass mein Erfolg ein Ende haben könnte. Dabei war mir eines klar: Dass meine Arbeit so gut lief, das Glück auf meiner Seite war, das lag nicht nur an den schönen Worten, die ich Amandine in den süssen Mund legte.

Nein, der echte Grund war der *zamou*. Meine *mugus* waren verhext von Papa Sanous Zauber, deshalb schickten sie mir so viel Geld, ihm hatte ich meinen spektakulären Aufstieg und meinen neuen Ruf zu verdanken. Mehrere Male sprach Moussa mich drauf an, wollte wissen, ob ich auch nicht zu weit ging, ob ich nicht leichtsinnig ein Risiko einging auf meinem Weg zum Erfolg.

»Gott sieht alles, mein Freund, vergiss das nicht. Wenn du nicht aufpasst, kommst du in Schwierigkeiten.«

Ich selbst wich dem Thema jedes Mal lachend aus:

* Geliebter oder Freund.

»Beruhig dich, alles gut! Was auch geschieht, ich schaff's bis ganz nach oben.«

Und mein bester Freund sah mich mit leiser Traurigkeit im Blick an, als wüsste er schon, dass ich fallen würde, ehe ich oben war.

Jede Woche ging ich zu meinem *marabout* in dem verborgenen Raum am Ende der erdigen Gasse. Das war zur Gewohnheit geworden. Ich setzte mich ihm gegenüber, erklärte, was ich von meinen Kunden wollte, und Papa Sanou begann mit seinem Ritual, erst die Kauris, in denen er las, dann die Beschwörung. Er benutzte persönliche Elemente, die ich mir besorgt hatte: ein Foto, eine Telefonnummer, den Vornamen der Mutter, das brauchte er, um sein Opfer noch fester zu bannen. Und je mehr Zeit verging, desto überzeugter war ich, dass seine schwarze Magie nötig war, damit das Business weiterlief.

Am Anfang verlangte er nur Kleinigkeiten. Zum Beispiel musste ich mehrere Tage lang Bettlerkleidung tragen, um das Glück anzuziehen, solche Sachen. Es war demütigend, sicher, aber ich wusste, wofür, ich konzentrierte mich aufs West, das ich erwartete, und sollte es anschliessend nicht bereuen.

Allerdings war Papa Sanou nicht irgendein dahergelaufener Möchtegern-*marabout*, Kouassi hatte mich gewarnt. Er war sehr mächtig, ich hätte drauf gefasst sein müssen, dass seine Forderungen immer anspruchsvoller und schwieriger umzusetzen werden.

»Dein *mugu* wird tun, was du verlangst ... Was du verlangst, ja, das wird er tun, und dein Vermögen wird wachsen ... Aber dafür musst du etwas tun ...«

Einmal forderte er, dass ich den Intimbereich meiner Schwester rasierte und ihm die Schamhaare brachte für seine Rituale. Gut, das hab ich gemacht. Eines Nachts, als Fabiola in unserem Zimmer schlief, ging ich mit Rasierklinge und Seife zu ihrem Bett. Und rasierte. Echt-echt, ich rasierte unter der Decke all ihre Haare ab. Als sie meine Missetat am nächsten Morgen entdeckte, begriff sie sofort.

»Hau ab!!«, kreischte sie, während sie mich über den Hof jagte. »*Deh,* ich prügel dich direkt auf den Tschuri, dass du Sterne siehst!«

Eine Woche lang hab ich mich nicht zu Hause blicken lassen. Aber ich hatte, was ich wollte: Ich übergab Papa Sanou meinen Schatz.

Ein anderes Mal sollte ich widernatürlichen Geschlechtsverkehr haben. Mit einer geistig Zurückgebliebenen halt, weil solche Mädchen nicht einfach nur verrückt sind, sondern von Geistern besessen, und mein *marabout* behauptete, dass ich den Geist auf mich ziehen würde, wenn ich mit einer schlief. Deshalb gibt es so viele Irre, die geschwängert werden, ohne dass man jemals den Kindsvater findet. Auch diese Entsetzlichkeit habe ich begangen.

Aber das war noch gar nichts.

Nein, echt nicht im Vergleich zu dem, was er danach verlangte. Da hab ich begriffen, in was ich reingeraten war. Ich würde diesen Moment nie vergessen.

»Mmmhh ...«, brummte Papa Sanou.

Und ich merkte genau, dass es länger dauerte als die letzten Male. Geschlossene Augen unterm Mützenrand, die Finger umkrampften die Puppe, zitternder Kopf, wie eine ängstliche Maus.

»Da ist ... da ist was ... Ja, etwas behindert deine Suche nach Reichtum ...«

Ich sah ihn an, besessen von den Geistern, die er rief. Und in mir wuchs die Unruhe. Mein Herz begann in der Brust zu hüpfen. Hier passierte grade was.

»Du wirst weiter gehen müssen, mein Freund ... sonst wird der Ruhm dich verlassen ... Ja, so wird es kommen, ohne die Hilfe deines Dschinns ...«

Und er zitterte am ganzen Leib wie vom Blitz getroffen.

»Hmmmm ...«

Und mit einem Mal hörte es auf. Sein Kopf fiel nach vorne, sein Körper entspannte sich. Er öffnete die Augen.

»Mein Freund ... ich habe viel Erfolg bei dir gesehen ... Aber diesmal ist ein Opfer nötig. Das ist der Preis, der gezahlt werden muss.«

»Ein Huhn?«

Er schüttelte den Kopf. Nein, ein Huhn war nicht genug. »Ein Kind.«

Allmächtiger, ein Kind töten. Das hatte er verlangt.

Papa Sanous letzte Worte gingen mir den ganzen Tag nicht aus dem Kopf. Ich hatte mir alles Mögliche vorgestellt, meinen Schlaf hergeben zu müssen wie Kouassi, die peinlichsten Demütigungen der Welt zu ertragen, um das Glück zu gewinnen. Aber ein Kind opfern, einen Mord begehen und dem *marabout* das Blut bringen, nein, dazu konnte ich mich nicht durchringen. Das ging zu weit. Die unheilvolle Idee verfolgte mich, suchte mich heim, obwohl ich alles tat, um sie zu vertreiben. Selbst nachts träumte ich von dieser Entsetzlichkeit.

Ich machte weiter mit der *broutage* und zwang mich, nicht an diese Sitzung bei Papa Sanou zu denken. Meine *mugus* waren da, online, am anderen Ende der Welt. Eine Woche zuvor hatte mein Kuhzüchter mir die stolze Summe von tausendneunhundert Euro überwiesen, für das Flugticket, das Amandine angeblich kaufen würde, um zu ihm nach Frankreich zu kommen. So viel ist sicher, bald würde ich Ausreden erfinden, sie würde ihren Flug verpassen oder hätte Schwierigkeiten beim Check-in. Oder sie würde eine Zwischenlandung in Marokko machen und da unten bei den Arabern den falschen Leuten begegnen. Und damit sie aus alldem wieder rauskam, würde sie ein bisschen Geld von ihrem Schnucki aus Frankreich brauchen. Ich hatte ihn an mich gebunden, er war verliebter denn je, und gegenwärtig konnte ich mir nicht vorstellen, was sich der Fortsetzung meines Business in den Weg stellen könnte.

Aber ich täuschte mich.

Abends genoss ich noch mein Geld und ging mit Monique in einem Restaurant für Weisse angeben. Alle guckten, die paar *brouteurs* dort wussten inzwischen, wer ich war, sie hoben grüssend die Hand, unter all den anderen Reichen der Stadt erkannten wir uns. Ich hab alles ausgegeben, was ich in der vergangenen Woche angehäuft hatte, liess sogar Champagner fliessen.

»Eeh, Armand, das ist so klasse!«

Selbst Monique mit ihrem Weissen, der sie unterhielt, war beeindruckt von so viel Reichtum. Und zu keiner

Zeit hat sie den Aufruhr bemerkt, der sich in mir zusammenbraute, die Bilder des Todes, die gegen meinen Willen durch mein Gehirn zogen. Nein, dachte ich dann, du wirst niemanden umbringen, du brauchst nun keinen Zauber von deinem Hexer mehr. Die ganze Nacht hab ich es mir immer wieder vorgesagt und verschleuderte mein Geld, als wollte ich verhindern, dass es mir weggenommen wurde.

Aber das Schicksal verschont niemanden, und wenn der Teufel hinter dir her ist, dann ist es aus mit dir, so viel ist sicher. Das hab ich schon am nächsten Tag begriffen.

Ich sah das Blinken auf MSN, es zeigte an, dass mein Kunde online war. Ich hab keine Zeit verloren:

Amandine86: Endlich bist du da mein Süsser ich hab auf dich gewartet.

Ich wusste, worum ich ihn bitten wollte, es war alles vorbereitet. Aber was er mir dann sagte, hatte ich nicht vorhergesehen, so viel ist sicher.

Michel: O mein Liebling du hast es geschafft!
Amandine86: Was?
Michel: Die Reise. Du bist da.
Amandine86: ??
Michel: Ich hab dich gesehn. Gestern auf dem Markt das warst du doch mit den Kleidern oder? Ich hab mich nicht getraut dich anzusprechen. Du hättest mir sagen sollen dass ich dich vom Flughafen abhole.

Ich gab keine Antwort. Ich starrte ein paar Sekunden lang auf den Bildschirm und versuchte, zu enträtseln, was er mir da erzählte.

»Driss!«, rief ich. »Kannst du mal kurz kommen?«

»Warte, mein Freund, bin grad beschäftigt, *deh!*«

»Guck mal bitte!«

Er drehte sich zu mir, Kopfhörer auf den Ohren. Er steckte mitten in den Verhandlungen für sein nächstes West. Er sprach noch ein paar Sekunden weiter, dann kam er und setzte sich neben mich. »Was ist los? Gibt's ein Problem?«

»Kann man so sagen. Guck mal.«

Er las mit gerunzelter Stirn unseren letzten Austausch, die Augen überflogen die Zeilen im Chat. Er las es mehrmals. »Papapapa ... Der ist verrückt, dein Typ da!«

»Ja, klingt, als hätte er sie verwechselt.«

»Ja, genau. Der denkt, seine Kleine ist ins Flugzeug gestiegen!«

Wir sahen uns an.

Und Driss fing an zu lachen. »Du bist aber auch, Armand ... Du immer mit deiner *love!*«

Es war ja auch lustig, ich musste selbst lachen.

»Ich weiss nicht, was ich schreiben soll.«

»Das war's, mein Freund, erledigt. Sag ihm doch auf Wiedersehen.«

»Nein, er ist mein bester Kunde. Ich will das Geschäft nicht kaputtmachen.«

»Dann sag ihm, dass er sich irrt, dass sie das nicht ist.«

Driss hatte recht, das hätte ich machen sollen. Aber ich hatte eine andere Idee. Ich zog die Tastatur wieder ran und:

Amandine86: Ja das war ich.

Michel: Ich bin so glücklich dass du hier bist.

Amandine86: Aber ich brauche Zeit mein Süsser.

Michel: Was?

Amandine86: Mir wurde so weh getan von den Männern. Ich weiss nicht ob ich dir vertrauen kann. Es ist mir lieber wir warten noch und halten uns zurück.

Michel: Aber mein Liebling ...

Amandine86: Und deine Frau ist ja auch noch da, oder?

Amandine86: Wenn deine Liebe für immer ist wie meine kannst du ein bisschen warten. Bald gehöre ich dir als deine liebende Frau an deiner Seite und liebe dich ehrlich und aufrichtig bis ans Ende unserer Tage.

Damals hielt ich das für eine gute Idee. So konnte ich ihn mir warmhalten. Ich konnte nicht ahnen, dass ich mit diesen Worten, die Amandine in seinem Land lebendig machten, einen riesigen Fehler beging.

So viel ist sicher, ich hab nicht sofort begriffen, dass ich da meinen *mugu* verloren hatte. In den nächsten Tagen war es das Gegenteil: Er wirkte noch verliebter. Er sagte, dass sie in echt genauso schön war wie auf den Fotos, dass er sie sich grösser vorgestellt hatte, aber sie immer noch genauso liebte. Er zog nie wieder ihre Existenz in Zweifel, jetzt, wo er sie sehen konnte. Ich dachte, ich hätte Glück, dass ich ihn jetzt endgültig hatte. Wir chatteten viel, manchmal sagte Michel, dass er mich am liebsten in meiner Wohnung besuchen würde. Ich blieb hart, gab vor, dass ich Zeit brauchte, dass es im Moment nicht ging, dass ich schüchtern und anständig war. Für den Moment funktionierte es, er glaubte meine Geschichten, so verliebt wie er war, und ich überhäufte ihn mit zärtlichen Worten, um seine Liebe zu erhalten.

Adieu, Papa Sanou, dachte ich lächelnd vor meinem Bildschirm. Du und deine barbarischen Forderungen.

Aber ich brachte bald wieder das Geld zur Sprache. Dachte mir was aus, jemand hätte mir bei meiner Ankunft eine gewisse Summe geliehen, aber ich musste sie unbedingt zurückzahlen. Und da hab ich kapiert, dass sich alles geändert hatte.

> Amandine86: Konntest du die Paypal-Überweisung machen mein Süsser? Es ist teuer in deinem Land gestern hat die Person wieder ihr Geld zurückverlangt.
> Michel: Hehe ...
> Amandine86: ?? Hör auf damit mach dich nicht lustig das verletzt mich. Wo ist die ewige Liebe die du mir versprochen hast? Ich habe dir mein Herz geschenkt aber verdienst du es überhaupt?
> Michel: Beruhige dich mein Liebling.
> Michel: Guck mal unter deiner Tür. Ich hab dir einen Umschlag durchgeschoben.

Ich verschränkte die Hände hinterm Kopf und rutschte seufzend auf meinem Holzstuhl nach unten. Ich las noch mal: einen Umschlag. Echt-echt, jetzt hatte er mein Geld diesem Mädchen gegeben, der, die er da gesehen hatte.

Jetzt hab ich ein Problem, dachte ich. Ein grosses Problem. Er war noch immer im Bann, sogar mehr als je zuvor, ich konnte alles von ihm verlangen. Aber ich würde nichts mehr kriegen. Ich sah mich um, alle anderen gingen ohne solche Komplikationen ihren Geschäften nach und hielten mich immer noch für einen der besten Betrüger der Stadt. Da machte ich mich leise davon, um den Fragen meiner Freunde zu entgehen.

In den nächsten Tagen versuchte ich es weiter. Ich sagte meinem *mugu,* dass ich das Geld per Internet brauchte, suchte nach Ausreden. Ich beharrte, dass ich um jeden Preis meine Schulden begleichen musste, ich brauchte eine sehr hohe Summe. Ich tat, als wäre ich verärgert. Aber er sprach immer von Umschlägen, Geschenken, die er unter der Tür des Mädchens durchschob. Ich dachte manchmal an sie, die hatte ja ganz schön viel Glück, wo ihr doch dank mir der Reichtum einfach in den Schoss fiel.

Es kam kein Geld mehr. Mehrere Wochen lang hab ich fast nichts bekommen, nur Peanuts von meinen anderen *mugus.* Ich betrieb weiter *broutage,* unterhielt die Beziehung zum Kunden, aber der verschwendete bloss meine Zeit, das brachte gar nichts mehr. Das Glück hatte mich verlassen, das wurde mir klar, nichts lief mehr. Nach und nach wurden meine früheren Ersparnisse weniger, ich merkte, wie der Erfolg und meine Hoffnung auf den Gipfel in weite Ferne rückten. Ich zählte die Nächte, die ich noch im *chambre-salon* bleiben konnte, den ich gemietet hatte, bald müsste ich nach Hause zum alten Herrn und zu meiner Schwester zurück, die mich wieder beschimpfen würde. Vielleicht würde ich sogar Mechaniker werden müssen wie Désiré. Ja, es ging aufs Ende zu, das spürte ich.

Bald könnte ich nicht mal mehr Monique in diese schicken Restaurants einladen, an die ich sie gewöhnt hatte.

Und das, Monique verlieren, das konnte ich nicht hinnehmen.

Meine Pechsträhne hatte einen Grund, und ich kannte ihn.

Der *zamou*, das war es, ich hatte meinen *zamou* verloren.

Ich hatte verweigert, was mein *marabout* befohlen hatte, und erntete die Früchte meiner Unverfrorenheit. Ich hatte geglaubt, ich käme ohne ihn aus, aber ich täuschte mich. Meine ganzen Erfolge verdankte ich ihm, das durfte man nicht vergessen. Ich hatte mir die Dienste eines mächtigen Hexers sichern wollen, dank ihm und seinen berühmten Zaubern hatte ich gigantische Erfolge gehabt. Und nun zahlte ich den Preis dafür.

Dabei hatte Kouassi mich gewarnt.

Und wie so die Wochen vergingen und ich mich wieder ganz unten auf der Leiter sah, dass ich diese Welt verlassen musste, die ich über mehrere Monate gekannt hatte, spukte mir wieder das Opfer im Kopf herum. Ein Kind töten, ich war erneut besessen von den Worten, wie nach der letzten Sitzung bei Papa Sanou. Nachts im Schlaf sah ich tote Kinder vor mir, ich schreckte von meiner Matratze hoch und blieb lange im Dunkeln sitzen.

Nein, das kannst du nicht machen, Gott wird dich strafen, sagte ich mir ständig. Das ist eine böse Tat, die wird dir nie verziehen. Ich dachte an Moussa, dem es, wenn er Bescheid gewusst hätte, gelungen wäre, mich zur Vernunft zu bringen. Aber nach und nach merkte ich, wie ich die Sache, so entsetzlich sie auch war, in Erwägung zog. Ja, ich dachte daran, überlegte sogar, wie ich es machen würde. Es geht ganz schnell, sagte ich mir, und dann hast du wieder deinen Status, das Glück wird dir für immer sicher sein nach einem solchen Opfer. Dann gehört Monique dir, du befreist sie von dem *grôtô,* der sie mit seinem weissen Vermögen festhält.

Je mehr Zeit verging, je mehr sich meine Finanzlage verschlechterte, desto öfter sagte ich mir, dass es sein musste. Dass ich keine andere Wahl hätte.

Und an einem Freitagabend im *maquis,* als ich mit meinem wohl letzten *travaillement* beschäftigt war, ein letztes Mal vor meinem Publikum an- und meine allerletzten CFA ausgab, traf ich dann die schreckliche Entscheidung.

Echt-echt, ich würde es tun.

Als ich vom Tisch im Dynamique aufstand, hatte ich einen dicken Klumpen im Bauch. Moussa erhob sich.

»Wo willst du denn hin, Armand?«

»Ich muss zu meiner Schwester.«

»Was gibt's? Du, ich kenn dich, ich seh doch, dass du Probleme hast.«

»Eeh, alles gut, es ist nichts. Ich muss ihr nur was helfen.«

»Pass auf dich auf, mein Freund. Wir gehören zusammen, *deh!*«

Ich beschwichtigte ihn, aber ich sah an seinem Gesicht, dass er nicht überzeugt war. Er blieb einen Augenblick neben den anderen stehen, die Castel tranken, ich spürte seinen Blick im Rücken, als ich zu meinem Motorrad ging. Er hatte begriffen, dass ich was vorhatte. Etwas Verwerfliches halt.

Ich fuhr durch dichten Verkehr, zwischen Gehupe und Fahrrädern, warmen Wind im Gesicht und dicke graue Regenzeitwolken über meinem Kopf. Es würde was runterkommen, so viel war sicher, das spürte man an der Luftfeuchte und am Wind, der über die Bürgersteige fegte. Die Erde in den Gassen klebte. Die Restaurants an der Strasse hatten neue Planen aufgehängt, ehe es da oben losbrach. Der Zeitungsverkäufer sammelte schon seine Zeitschriften ein, die mit Wäscheklammern an Leinen hingen. Ich fuhr geradeaus und sah kaum den ganzen Trubel um mich rum. Ich hatte eine trockene Kehle, es drückte mir das Herz zusammen, ich fragte mich, ob ich wirklich tun würde, was mir vorschwebte.

Ich kam am Banco vorbei, der grössten Waschmaschine der Stadt: ein kleiner See, wo Jungen und Mädchen die Wäsche von anderen waschen, sie auf Autoreifen schlagen, um ein paar CFA zu verdienen. Man nennt sie die *fanicos,* täglich laufen sie über einen Kilometer mit ihren Beuteln voller Stoff, bis hierher. Ich stellte mir vor, ich müsste diese Bettlerarbeit verrichten, und der Gedanke entsetzte mich. Das erwartete mich vielleicht, wenn das Glück nicht wiederkam.

Ich schluckte und fuhr weiter.

Ich wusste, wo ich hinmusste. Zwischen zwei Vierteln war eine Bananenplantage. Hier war ich oft vorbeigekommen, als ich noch zur Schule ging. Ich stellte mein

Motorrad an einer weissen Mauer ab und sprang über die Gräben, durch die gräuliches Wasser rann, nahm den Pfad, der sich durch die Bäume schlängelte. Er lag ein bisschen tiefer als die Strasse, bei all den grünen Blättern rundrum sah man nicht, was auf der Plantage vor sich ging. Ich blieb mitten auf dem Weg stehen, ja, hier war es gut. Also, so was hatte ich jedenfalls gesucht.

Ich schlich wie ein Aguti zwischen die Bananenbäume. Und dann wartete ich. Ich wartete sogar sehr lange, kauerte auf der Erde, um mich rum Bananenbüschel und Frische von all den Pflanzen. Und ich umklammerte mit beiden Händen meine Waffe. Ja, ich umklammerte sie, obwohl ich sie am liebsten niemals angefasst hätte. Ein Küchenmesser mit abgenutztem Griff, etwas anderes hatte ich nicht gefunden. Mein Herz schlug so schnell, ich hatte Angst, es zerspringt. Ich dachte an Monique, ihren Körper unter meinem in dem Haus ihres Weissen. Ich hatte so viel Geld verdient, das durfte nicht aufhören. Mein Gott, es war undenkbar, dass all das aufhörte.

Heute Morgen hatte ich meinem *mugu* erklärt, dass die Person, der ich Geld schuldete, mich nun bedrohte. Falls ich ihr nicht sofort zurückzahlte, was sie mir geliehen hatte, würde ich grosse Probleme kriegen. Aber kein Umschlag, hatte ich betont. Eine PayPal-Überweisung musste es sein.

Regen fiel auf die Bananenblätter.

Und schon bald kamen sie, von rechts. Ich hörte sie lachen, als sie den vom Regen feuchten Pfad langliefen. Ein knappes Dutzend, zehn Kinder, die gerade aus der Schule kamen, in grünen T-Shirts und mit Ranzen auf dem Rücken. Ich hatte gewusst, dass sie hier vorbeikommen würden, es war der kürzeste Weg in ihr Viertel. Sie lärmten, wie Kinder halt.

Ich lauschte ihren Neckereien, ihren Schimpfwettbewerben, dem *gât-gât,* das war ihr Lieblingsspiel. Sie konnten mich nicht sehen hinter den Bananenbäumen, und durch den Regen hielten sie die Köpfe gesenkt. Sie kamen an mir vorbei, ich wartete noch ein wenig, es waren zu viele. Die Gruppe verliess die Plantage und entfernte sich über den schlammigen Hang Richtung Betonmauern. Drei andere liefen vorbei.

Und dann kam er endlich.

Der, auf den ich gewartet hatte: Der Letzte aus der Horde, isoliert von den anderen. Er war ganz allein und trug seinen Ranzen schief, ständig rutschte er ihm über die Schulter. Das verwaschene T-Shirt war löchrig, die Sandalen fielen fast auseinander. Er redete mit sich selbst, erzählte sich Geschichten und brachte sich zum Lachen, ohne gross auf das Gewitter zu achten, das ihn durchweichte. Langsam näherte er sich meinem Versteck.

Jetzt musst du's machen, dachte ich, jetzt oder nie. Ein eiskalter Stoss durchfuhr meine Arme, als ob mein ganzer Körper mir befahl, mich nicht zu rühren. Ich wischte mir das Gesicht ab, die Tropfen liefen runter, ich schloss einen Moment lang die Augen. Und als ich sie wieder aufmachte, war er direkt vor mir, nur ein paar Meter entfernt.

Mein Gott, wie eine Gabe für den Teufel.

Ich schoss zwischen den Stämmen hervor und stürzte mich auf das Kind. Mit einem Satz, einfach so, war ich hinter ihm, er hatte nichts gemerkt. Ich presste ihm die

Hand auf den Mund, drückte ihn fest an mich. Und zerrte ihn vom Pfad. Von Panik ergriffen, wollte er sich wehren, seine Füsse zappelten und schabten über den Boden. Aber ich hielt ihn fest.

Ich trug ihn in mein Versteck. Er war in meinen Armen, ich spürte seinen nassen Schädel an der Brust. Er zappelte und zappelte, und ich dachte Hör auf, hör auf damit. Ich zog das Messer aus der Gesässtasche meiner Jeans. Und mit zusammengekniffenen Augen drückte ich ihm die Klinge an den Hals. Es war so weit, diesmal war es so weit. Na los, mach, sagte ich mir. Du hast keine andere Wahl. Aber meine Hand blieb vor seiner Kehle stehen. Ich schaffte es nicht. Und er, dieses Kind, von dem ich nichts wusste, er zappelte noch mehr, als er die Klinge sah. Er verrenkte sich den Hals, und sein Blick begegnete meinem. Seine Augen waren riesig, traten aus den Höhlen. Weil ... weil er halt Angst vor dem Tod hatte. Ich holte tief Luft, umklammerte den Griff fester. Die Klinge berührte seine Haut, es blutete ein bisschen.

Aber ein Schmerz durchfuhr meine Hand. Das Kind hatte mich gebissen. Ich lockerte kurz den Griff, und er machte sich los, ich packte ihn sofort wieder, nach einem Meter. Aber diesmal schrie er richtig. Er brüllte, brüllte, nie hätte ich für möglich gehalten, dass ein so kleiner Körper eine solche Lautstärke entwickeln kann. Ich packte seinen Kopf und presste ihm wieder die Hand auf den Mund, aber ich bekam ihn nicht zu fassen, durch den Regen rutschte ich ab. Das Messer war mir runtergefallen, ich schleifte den Jungen mit, wollte es aufheben. Noch war Zeit, ich konnte es schaffen. Der Regen überschwemmte mein Versteck, floss von den Blättern und durchweichte die Erde.

»Eeh!! Was ist hier los?!«

Die Stimme schoss aus dem Regen hervor wie der Teufel aus der Kiste, und mir blieb fast das Herz stehen. Puls bei zweihundert, ich guckte mich um und hielt dabei mein Opfer fest. So viel war sicher, da war ein Mann. Ein Erwachsener. Er hatte Schreie gehört. Der Kleine zappelte wild, ich hielt das Messer fest, während der Typ näher kam.

»Was macht ihr da drin?«

Meine Klamotten waren durchweicht, meine Jeans ganz schlammig vom Gekrieche, ich schaute in das entsetzte Gesicht in meinen Armen. Allmächtiger, das Kind, das ich gerade umbringen wollte, damit Papa Sanou zufrieden war. Bilder stürmten auf mich ein, heftiger als vorher. In meinem Kopf ging alles so schnell, ich wusste nicht mehr, was ich tun sollte.

»Koutoubou!!«

Ich fuhr herum.

Ich hatte zu lange gewartet: Da stand der Typ, direkt vor uns. Ein dicker Kerl in Shorts und Hemd, triefend nass im Wolkenbruch. Er sah uns an, mich und den Kleinen, eine Hand ausgestreckt, damit ich nicht das Unverzeihliche tat. Mein Blick huschte von dem Mann zum Kind, von dem Kind zum Messer in meiner Faust. Ich musste was tun, irgendwas, aber was?

Abhauen, was anderes ging nicht.

Ich löste meinen Griff, der Kleine rannte schreiend los, und ich nahm die Beine in die Hand, während der Mann sich an meine Fersen heftete.

Ich rannte durch die Bananenstauden, rutschte im Schlamm aus. Die Blätter peitschten mir ins Gesicht, Wasserschwalle ergossen sich spritzend auf den Boden. Ich kam mitten im Platzregen, der über das Viertel reinbrach, aus der Plantage, sprang über den Graben und den Abfall. Hinter mir kam der Alte schreiend näher. Als er das Loch überspringen wollte, rutschte er aus.

»Mörder, haltet den Mörder!!«

Er lag am Boden, aber viele hörten, was er rief. Die Leute drehten sich um, musterten mich scharf. Ich rannte ganz dicht an einem vorbei, entkam, aber dafür machten drei andere nun Jagd auf mich. Sie rotteten sich zusammen.

»Bleib stehen, *keh!* Dir werd ich helfen!«

Im Rennen hörte ich immer noch, wie der Kleine unten weinte. Oben auf der Anhöhe sah ich mein Motorrad vor der weissen Mauer aufgebockt. Wie ein Pferd rannte ich, aber momentan hatte ich vier Männer im Nacken und viele andere, die von überall her brüllten. Ich wusste, wenn sie mich kriegen, bin ich tot, echt, die würden mich steinigen.

Ich sprang auf meine Maschine und legte einen Blitzstart hin. Ein Reifen rutschte im Schlamm weg, fast wäre ich auf die Seite gestürzt, aber ich riss den Lenker wieder hoch. Einer kam auf meine Höhe, ich entwischte ganz knapp. Das Motorrad preschte nach vorn, ich beschleunigte und kurvte, so gut es ging, um die Steine auf dem Boden rum.

Und sobald ich die Strasse erreichte, gab ich mit Todesverachtung Gas.

»Geh dich mal umziehen. Du Drecksack stinkst nach Gosse!«

Das sagte Fabiola zu mir, als ich nach Hause kam. Im Bad goss ich mir drei Eimer Wasser über den Kopf, um den Schlamm loszuwerden. Und den Rest des Tages lag ich in meinem Zimmer auf der feuchten Matratze. Mein Handy klingelte mehrmals, Moussa versuchte, mich anzurufen, aber ich ging nicht ran.

Im Kopf sah ich wieder die Szene vor mir, der Kleine, den ich fast umgebracht hätte, die ganzen Männer hinter mir. Ich hatte sie abgehängt, aber sie kannten nun mein Gesicht, und ich war mir sicher, dass sie mich finden würden. Ich hatte halt so eine Ahnung. Ich ekelte mich, ja, ich ekelte mich vor mir selbst. Angst hatte ich auch. Warum hatte ich das gemacht? Wie hatte es so weit kommen können?

Und gleichzeitig dachte ich an Papa Sanou. Gestern hatte ich ihm verkündet, dass ich es mache, überzeugt, dass der unmenschliche Entschluss feststand, dass er das Blut dieses Kindes bekommen würde für seinen Zauber. Ich hatte nichts für ihn, nichts von dem, was er gefordert hatte. Also bin ich nicht zu ihm, wie ich es versprochen hatte. Ich habe mich vor ihm und allen anderen versteckt.

Ich würde mein Glück verlieren, das hatte der *marabout* in den Kauris gelesen. Und genau das ist dann auch passiert, ich sollte alles verlieren, was ich gewonnen hatte. Mein Geld, meinen Ruf. Und vor allem Monique.

Am nächsten Tag bin ich wieder ins Cyber. Moussa fiel gleich über mich her, er hatte sich Sorgen gemacht, aber ich habe ihm nichts erzählt. Jetzt konnte ich die Geschichte nur noch für mich behalten, die Last würde ich allein tragen. Ich setzte mich ganz nach hinten und loggte mich auf MSN ein. Meine *mugus* waren nicht da, nicht ein einziges grünes Lämpchen blinkte. Da haben wir's, dachte ich. Jetzt ist es aus, es klappt nicht mehr. Sie hatten letztendlich alle begriffen, dass ihre Liebe nicht existierte, so sehr hatte ich sie unter Druck gesetzt, um an mein letztes West zu kommen. Da gab es absolut nichts mehr zu holen. Ich musste wieder bei null anfangen, mir neue Kunden suchen. Aber war ich ohne das erbrachte Opfer überhaupt noch in der Lage, welche an mich zu binden?

Doch während ich noch in meiner Kabine seufzte, erschien ein Name auf dem Bildschirm.

Michel hatte sich gerade eingeloggt.

Und der, der glaubte jetzt mehr denn je an seine Liebe, wo er doch überzeugt war, dass sie die grosse Reise gemacht hatte.

Michel: Liebling bist du da?
Amandine86: Ja.
Michel: Was machst du gerade?

Ich glaubte nicht mehr an West, ich war überzeugt, dass ich nie wieder was von ihm sehen würde. Und weil ich nichts mehr zu verlieren hatte, fragte ich direkt.

Amandine86: Nichts Besonderes, nähen. Hast du die Überweisung gemacht um die ich dich gebeten hatte?

Michel: Nein.

Amandine86: Du brichst dein Wort.

Amandine86: Ich wollte dich einfach nur glücklich machen zusammen ein Heim aufbauen auf Grundlage von Vertrauen und gegenseitigem Respekt.

Amandine86: Aber du hast alles kaputtgemacht.

Michel: Beruhige dich Liebling. Stimmt ich hab die Überweisung nicht gemacht.

Amandine86: Siehst du. Du willst mir also nur weh tun oder was???

Michel: Aber dafür was anderes.

Amandine86: ???

Michel: Etwas das deine Geldprobleme löst.

Man musste ihm alles aus der Nase ziehen, so langsam fing ich an zu kochen.

Amandine86: Wovon redest du ich versteh gar nix mehr!

Michel: Die Frau der du Geld geschuldet hast. Die von der du mir erzählt hast. Du hast gesagt sie hat dich bedroht.

Amandine86: Ja ich habe immer noch nicht meine Schulden beglichen du bringst mich in Gefahr ich hatte dir vertraut.

Michel: Ich hab sie gesehn. Neulich abends auf der Strasse mit dir. Ich war dort. Ich hab gesehn wie ihr euch gestritten habt und wie du ihr die Scheine hingeschmissen hast.

Amandine86: Ja und?

Es dauerte einen Moment, als ob er sich nicht entschliessen konnte, was zu schreiben. Dann endlich:

Michel: Und ich hab das Problem gelöst. Die macht
dir keine Schwierigkeiten mehr.
Amandine86: Wieso?
Michel: Mehr will ich dazu nicht sagen aber ich kann
dir versprechen dass du sie nie wiedersiehst.

Mit gerunzelter Stirn las ich alles noch mal. Der Typ hatte ein echtes Problem, der war inzwischen derart verknallt, der baute irgendwelchen Scheiss. Ich bemühte mich zu verstehen. Fragte mich, ob er jemandem was getan hatte, seine Nachrichten klangen danach. Hatte er eine Frau umgebracht, weil er glaubte, dass seine Kleine ihr Geld schuldete? Es schien zwar unglaublich, aber möglich war's, so viel ist sicher.

Die Weissen sind zu allem fähig, wenn die erst mal verliebt sind, das hat mich die Erfahrung gelehrt. Sie geben ihr Geld, machen sich zum Affen, können sich überhaupt nicht mehr beherrschen, so grossen Liebesentzug haben die. Manche Zungen behaupten, dass sich letztes Jahr einer von Kouassis *mugus* umgebracht hat, nachdem er kapiert hatte, dass die Frau, die er liebte, nicht existiert. Sie hatten es im Fernsehen gebracht, sagten, *broutage* sei eine Gefahr für das Image unseres Landes, unseretwegen seien Europäer ruiniert, und manchmal starben sie sogar. Sie wollten uns ein schlechtes Gewissen machen.

Aber für mich war eins klar, Geld hatten sie mehr als genug. Wir zwangen sie ja nicht, es uns zu geben, wir baten halt nur drum. Gut, ich wollte mir nicht vorstellen, dass mein *mugu* jemanden umgebracht hatte. Ich fragte mich, ob es einen Zusammenhang mit meinem kriminellen Abenteuer vom Vortag gab, mit der Szene, die ich ständig vor mir sah. Ob in dem Moment, als ich es nicht schaffte, inmitten der Bananenbäume ein Kind zu opfern, er vielleicht gerade am anderen Ende der Welt ein echtes Verbrechen beging. Aber wenn das der Fall war, fühlte ich mich nicht schuldig.

Er hatte die Entscheidung getroffen, er suchte ja eine Frau. Ich hatte nur auf sein Bedürfnis reagiert. Das Einzige, was ich jetzt grade begriff, war, dass ich mal wieder mein Geld nicht bekommen würde.

Ich musste den Tatsachen ins Auge sehen: Mein Business war endgültig kaputt.

Gott tut nichts zufällig. Wenn die Probleme erst mal anfangen, dann kommt alles auf einmal. Und nie im Leben hätte ich die Menge an Problemen ahnen können, die ich in den folgenden Wochen anhäufen sollte.

Ich setzte mein Geplänkel mit Michel fort. Er sagte, dass er auf den Moment warte, wo das Mädchen endlich bereit war, mit ihm zu reden, jenes Schweigen zu brechen, das sie immer noch trennte. Ich bat ihn, geduldig zu sein, versuchte, Zeit zu schinden, wo es ging, indem ich neue Geschichten erfand, die er widerwillig hinnahm. Ich wusste selbst nicht, aus welchem Grund, aber ich unterhielt noch eine Weile die Beziehung zwischen Amandine und diesem *mugu,* der verliebter war als jeder andere.

Vielleicht aus Neugier an diesem Fall, der so anders war als alle anderen. Oder vielleicht einfach, weil ich keine anderen Kunden hatte. Denn inzwischen, ohne *zamou* an meiner Seite, erwiesen sich alle Bemühungen, neue Weisse an mich zu binden, als fruchtlos. Meine *broutage*-Aktivitäten funktionierten nicht mehr, obwohl ich weiterhin unermüdlich vor meinem Bildschirm im Cyber hing, in der Hoffnung, dass mein Glück wiederkam. Mein Kabinett hatte keine Kenntnis von diesem bodenlosen Strudel, in dem ich mich nun befand. Vor meinen Freunden tat ich weiter so, als florierte alles, um nicht meinen Ruf und meinen Spitznamen zu ruinieren. Damit Général CFA in ihren Augen weiterleben konnte halt.

Aber die Wahrheit ist, gegenwärtig prasselte es auf mich runter.

Ich war alle: komplett blank.

Wenn ich Monique in ihrem luxuriösen Haus besuchte, erfand ich Lügen, damit ich sie nicht ins Restaurant einladen oder irgendwas ausgeben musste, aus Angst, sie könnte merken, was aus mir geworden war. Ich schaute sie an, immer schöner und schicker, und wenn mich auch mein Vermögen im Stich gelassen hatte, die Liebe zu ihr wurde nur immer grösser. Ja, so viel ist sicher, ich konnte mir nicht vorstellen, sie zu verlieren, und doch zeichnete sich genau diese Zukunftsaussicht ab. Was hatte ich ihr noch zu geben, das sie dank ihrem Weissen nicht schon hatte? Würde sie einen Loser wie mich wollen, nach all dem, was sie nun kannte, dem Prunk und den Nächten in Hotelzimmern für betuchte Diplomaten?

So viel ist sicher, sie merkte, dass die Dinge sich veränderten, ich spürte, dass sie auf Abstand ging, und ich hatte Schiss. Aber da war noch was, etwas beschäftigte sie, und sie weigerte sich, es mir zu erklären. Es hatte mit ihrem Weissen zu tun, das hatte ich kapiert, aber in dem Moment wusste ich noch nicht, worum es ging.

In Angst lebte ich auch damals. Ja, ich hatte die Angst im Leib, seit ich beinahe ein Kind ermordet hätte. Nachts träumte ich davon, immer und immer wieder, als müsste sich all das unendlich wiederholen. Und tagsüber war ich auf der Hut, ich fürchtete, dass mich meine Verfolger aufspürten. An jeder Strassenecke dachte ich, dass sie Jagd auf mich machen und mir das antun würden, was ich bei dem Kind nicht gekonnt hatte.

Einmal bin ich noch zu Papa Sanou gegangen. Ich hab mich in seinem *marabout*-Sprechzimmer hingesetzt und die Wahrheit gesagt. Ja, ich hab ihm erzählt, dass ich gescheitert war, hab gefragt, ob ich ein anderes Opfer bringen kann, damit ich wieder *zamou* hatte, damit das Glück mir wieder lachte.

Aber ich werde nie die Grimasse vergessen, die er an dem Tag schnitt. Mit geschlossenen Augen und verzerrtem Mund schüttelte er unter seiner Mütze den Kopf und sagte: »Papapapa ... Ich seh da grosse Probleme ...«

»Keine Bewegung! Nichts mehr anfassen!«

Die hatten uns gerade noch gefehlt. Eines Morgens kam die Polizei, da arbeiteten gerade acht von uns in der Ruhe des Cyber. Die, die mit ihren Kunden sprachen, Kopfhörer auf den Ohren, die, die auf dem Handy rumtippten, und die, die schrieben, so wie ich, ganz dicht am Gitter beim Eingang. Darauf waren wir nicht gefasst, bisher hatte uns die Polizei in Ruhe gelassen, zahlreiche *brouteurs* gaben ihnen einen Teil ihres Einkommens ab, damit man sie in Frieden liess.

Plötzlich kamen vier Männer in Uniform rein und schrien los, in ihren Poloshirts der Police scientifique über den weissen Hemden. Sie hatten alle Plastikmarken umhängen.

»Hände hoch, na los, nimm die Hände hoch!«

Manchen gelang es, ihre MSN-Fenster hastig zu schliessen, andere wollten sogar noch den Computer ausmachen. Aber die Polizisten kannten sich aus, sie stürzten sich auf die Bildschirme, um die Chatinhalte zu lesen. Bei ihrem Anblick war meine erste Idee gewesen abzuhauen. Ich hatte nach rechts geguckt, dort war die Tür, die in Kouassis Büro und nach draussen führte. Da bin ich mit einem Satz vom Stuhl aufgesprungen, so dass er umfiel, und in den schmalen Gang gerannt, wo ich auf den Fliesen ausrutschte.

Aber meine Flucht war von kurzer Dauer, die Polizisten erwarteten uns auch auf der Strasse, einer fing mich sofort ab und drückte mich zu Boden. Er hat mich hinten am Kragen gepackt und ihn in der Faust gehalten, damit ich mich nicht losmachen kann, das taten sie, weil sie nicht genug Handschellen hatten.

»Wo wollen wir denn hin, hm?«

Ich blickte mich um: Sie holten alle raus. Auch Sylvestre war dabei, er sass auf der Bordsteinkante und wurde bewacht. Hinter ihrem dicken SUV mit sperrangelweit offenen Türen kam das ganze Viertel zusammen und begaffte die Szene. Manche beschimpften die Polizei, verteidigten uns, weil sie selbst ein bisschen was vom Geld der *brouteurs* abkriegten. Aber die Polizisten liessen sich nicht aus der Ruhe bringen, mit dem neuen Gesetz da hatten sie mehr Handhabe, uns zu verhaften. Sie stopften uns hinten ins Auto.

Zamou, ich hab kein *zamou* mehr, ratterte es endlos auf der ganzen Fahrt in meinem Kopf. Ich sah wieder das Gesicht meines Hexers vor mir, wie er Probleme vorausgesagt hatte. Davon hat er also gesprochen, dachte ich. Du wirst im Knast enden, zusammen mit deinen ganzen Betrügerfreunden. Ja, heute Abend schläfst du in der Zelle.

Aber Gott sei Dank ist das nicht geschehen.

Auf dem Revier setzten uns die Polizisten in unterschiedliche Zimmer. Neue Büros mit ziemlich neuen Computern auf den Tischen. Die kalte Luft aus der Klimaanlage liess mich frösteln. Sie befragten mich zu meinen Aktivitäten. Ist dir klar, dass die, die du da betrügst, unglücklich sind? Glaubst du, die haben so was verdient?

Ich senkte den Kopf, sich kleinlaut geben, das hatte ich gelernt. »Ja, stimmt«, sagte ich bloss.

Ich dachte, dass für mich alles vorbei ist.

Ein gutangezogener Mann kam rein. Dicker Bauch unter dem Manschettenhemd. Er setzte sich und starrte mich lange an, ehe er mir mein Handy zeigte, das seine Kollegen mir im Cyber abgenommen hatten.

»Gut, wir rufen ihn jetzt an. Michel, so heisst er doch mit Vornamen, hm? Wie auf dem Bildschirm?«

Ich nickte brav.

Er schaute auf den Handyscreen und suchte im Adressbuch. Wählte mit dem Festnetz auf seinem Schreibtisch die Nummer meines *mugu*. Aus dem Lautsprecher tutete es mehrmals. Und endlich erkannte ich die tiefe Stimme, die ich ein paarmal aus meinem Handy gehört hatte.

»Hallo?«

»Guten Tag, sind Sie Michel Farange?«

»Äh, ja, das bin ich.«

Der Polizist stellte sich vor. »Monsieur Farange, haben Sie vor ungefähr dreissig Minuten online mit einer gewissen Amandine Milan gechattet?«

»Äh ... ja, aber, Moment mal ...«

»Monsieur, ich muss Ihnen mitteilen, dass Sie Opfer eines Betrugs geworden sind. Die junge Frau existiert nicht, das einzige Ziel des Tricks war es, Ihnen Geld aus der Tasche zu ziehen.«

Lange Stille am anderen Ende.

»Monsieur?«

»Ja, ich bin noch dran. Ist das ein Witz oder was?«

»Ganz und gar nicht, im Gegenteil, es ist sehr ernst.«

»Ich glaube Ihnen kein Wort. Kennen Sie Amandine, sind Sie ein Freund von ihr?«

»Nein. Ich wiederhole nochmals, ich arbeite bei der Police scientifique, und diese Frau gibt es nicht. Das war eine Lüge, ein Schwindel, begangen von einem Internetbetrüger.«

»Das ist doch Quatsch. Was ist hier los? Woher kennen Sie sie?«

Ich erkannte meinen Weissen genau wieder. Immer noch so verliebt. Der Polizist schüttelte den Kopf.

»Monsieur, ich bin gesetzlich verpflichtet, Ihnen diese Frage zu stellen: Der Mann, der für diesen Betrug verantwortlich ist, sitzt vor mir, möchten Sie Anzeige erstatten?«

»Was? Aber, Moment mal ... Anzeige erstatten?«

»Ganz genau. Das ist das übliche Verfahren, Monsieur Farange.«

»Nein ... nein, ich möchte absolut keine Anzeige erstatten.«

Dann hat er aufgelegt.

Der Mann mit dem dicken Bauch blieb eine ganze Weile reglos in seinem Sessel sitzen, zwischen uns das verstummte Telefon. Er fuhr sich mit der Hand übers Gesicht, seufzte. Und dann sagte er mit einem Blick, der dem meines Vaters ähnelte: »Du hast Glück, danke Gott dafür. Aber lass es dir eine Lehre sein.«

Glück, ja, in meinem Unglück hatte ich Glück gehabt, dass mein Weisser derart verrückt nach Amandine war. Jedenfalls hat mich das gerettet, so viel ist sicher. Lag halt alles an der *love*. Sylvestre war nicht so ein Glückspilz: Der Kunde, den er geködert hatte, indem er ihm einen Teil eines grossen Erbes der Präsidentenfamilie höchstpersönlich versprach, dieser Kunde hatte sofort das Ausmass seines Irrtums erfasst. Er hatte Anzeige gegen ihn erstattet, bei sich in Belgien. Sylvestre traf ich nicht draussen vor dem Polizeirevier wieder. Sie haben ihn bis heute dabehalten, er wartet auf den Prozess.

Ich kam also nicht ins Gefängnis, der Herr hatte für mich was anderes vorgesehen. Aber das Eindringen der Polizei ins Cyber hatte meine Aktivitäten beendet. Ja, von dem Tag an habe ich mit der *broutage* aufgehört. Der *zamou* war nicht mehr mit mir, ich war gescheitert, all meine *mugus* hatten sich abgewandt. Ich hätte fast ein Kind ermordet, wäre fast gelyncht worden, als ich aus der Bananenplantage kam, wäre fast ins Gefängnis gewandert, momentan reichte es. Allein die Vorstellung, nach neuen Kunden zu suchen, machte mir Angst. Mehrere Wochen lang verschickte ich nicht eine elektronische Nachricht.

Ich hatte meinen *chambre-salon* abgegeben. Den ganzen Tag lang hing ich zu Hause rum, auf meiner Matratze oder im Sessel vorm Fernseher, wusste nichts mit meiner Zeit anzufangen, nach all den Monaten am Bildschirm. Ich war alle, blank, nicht eine Münze in der Tasche. Fabiola, immer noch sauer wegen ihrer Schamhaare, redete ständig schlecht über mich, wenn sie und ihre Freundin sich im Hof die Haare machten. Ich hörte, wie sie mich demütigten, und als ich versuchte, mich zu wehren, scherte das Fabiola nicht: »Erzähl es doch der UNO. Tschrrr!«

Und in meiner Lage konnte ich nicht viel mehr sagen.

Die Sehnsucht, Monique wiederzusehen, frass mich auf, ich träumte davon, bei ihr zu sein, sie in ihrer Luxusvilla zu lieben, in ihren Pool zu springen, sie in ein Hotelzimmer einzuladen, das prunkvolle Leben wiederaufzunehmen, das ich mit ihr gekannt hatte. Aber all das war vorbei, ich war wieder ein Loser, es prasselte nur so auf mich runter. Ich wagte nicht, sie anzurufen, aus Angst, dass sie entdeckt, wie tief ich gefallen war. Ich stellte sie mir mit anderen *brouteurs* vor oder mit ihrem *grôtô,* der wiederkam, unser Land ausbeutete und sich bereicherte, wie es die Weissen schon immer getan hatten, seine Afrikanerin wartete derweil brav zu Hause auf ihn. Der Gedanke machte mich fertig.

Aber das Schlimmste war, als ich von ihrer Abreise erfuhr.

Sie hat mich nicht mal angerufen, um es mir zu sagen.

Manchmal kam mein Freund Moussa vorbei, wir gingen ins *maquis* Bier trinken und tauschten uns aus. Er machte mit dem Schwindel weiter, aber in kleinem Rahmen, nur gerade so viel, wie man für ein anständiges Leben braucht. Eines Tages, als wir auf unseren Fisch-*attiéké* warteten, wir sassen auf dem Boden, sagte er so zu mir:

»Mein Freund, weisst du Bescheid? Wegen Monique?«

»Nein, was gibt's denn? Erzähl mal, ich hab nichts mehr gehört, *deh.*«

Er sah verlegen aus.

»Was gibt's?«, wiederholte ich. »Ist sie in Schwierigkeiten oder was?«

»Nein ... es ist nur ... Also gut: Manche Zungen behaupten, sie geht *béou.*«

»Was?«

»Das wird erzählt. Sie wird halt in Paris leben.«

Echt-echt, da stockte mir das Herz.

Ich schaffte es nicht zu antworten. Die Worte meines Freundes gruben sich in mich ein wie in Gestein. Monique würde weggehen, weg aus der Stadt, weg aus dem

Land, wie sie es sich früher erträumt hatte. Da hast du dein letztes Problem, dachte ich, jetzt hast du alles durch. Du wolltest mit dem Teufel spielen und hast alles verloren: deinen Erfolg, deinen Reichtum, deine Arbeit. Und jetzt auch noch deine Gazelle.

All das erschien mir logisch, ich erntete, was ich gesät hatte. Am nächsten Tag wollte ich sie anrufen, verstehen, aber selbst das schaffte ich nicht. Sie flog nach Europa, ehe ich mit ihr sprechen konnte. Was ich weiss, hab ich nur aus Gerüchten. Es hiess, ihr Weisser habe verlangt, dass sie mit ihm nach Frankreich kommt, weil seine Frau gestorben war. Ich kannte keine Einzelheiten, und selbst wenn es wahr wäre. Es scherte mich ehrlich gesagt nicht, ich wusste nur eins, dass sie nicht mehr da war.

Meine Liebste war fort.

Der alte Herr hat mich letztendlich zum Arbeiten gebracht. Durch seine ständigen Predigten übers Geld, das man ehrlich verdienen muss, damit man sein Leben in der Hand hat, täglich die gleiche Leier, beschloss ich schliesslich, nicht mehr rumzusitzen. Ich ging mit Désiré in die Werkstatt und wurde Mechaniker. Den ganzen Tag vornübergebeugt, die Hände in Motoren, um in einem Monat so viel zu verdienen wie in ein paar Tagen *broutage*. Für mich war das ein Abstieg. Die Arbeit, vor der ich mich gefürchtet hatte, jetzt tat ich sie. Und wie die anderen redete ich mir ein, dass ich mich damit nur über Wasser hielt, bis ich was Besseres gefunden hatte. Weil ich noch immer vom Angeben, von *travaillements* und feuchtfröhlichen Partys in den Klubs träumte.

Aber nie im Leben hätte ich gedacht, dass die Lösung wieder mal von meinem französischen *mugu* kommen würde.

Das schien mir dann doch unmöglich.

Als Kouassi sich meldete, hatte ich seit Wochen keine Tastatur in den Fingern gehabt. Ich lag unterm Chassis eines dicken Schlittens, den ich mir nie würde leisten können. Mein Handy vibrierte auf dem Holztisch, Désiré schob es mir untendurch, damit ich rangehen konnte.

»Eeh, Armand«, sagte der Betreiber vom Cyber. »Lang, lang ist's her, wie geht's?«

»Geht schon, ist o. k.«

»Ansonsten wollt ich dir sagen ... Zurzeit sucht dich da so ein Typ.«

»Was für ein Typ?«

»Der klappert alle Cybers ab, um dich zu finden. Ein Weisser, der Kerl ist riesig, *keh!*«

»Ein Weisser? Und kennt der meinen Namen?«

»Nein. Er sagt, er sucht den, der sich Amandine genannt hat. Pass auf dich auf, mein Freund, der Kerl gefällt mir nicht, hat mich so angeguckt.«

Amandine, ich wiederholte den Namen im Geiste.

Ich erriet sofort, wer das war. Mein *mugu* war hier, in der Stadt. Seit dem Anruf von der Polizei hatte er's kapiert. Und er wollte mich finden und verprügeln. Sich rächen für das, was ich getan hatte, so viel war sicher, er wollte sich rächen. Es war nicht vorbei, der Teufel war noch immer hinter mir her, das war also der Preis von allem, was ich gewonnen hatte.

Aber ich täuschte mich.

Michel

Irgendwann finden sie mich, mach mir da keine Illusionen.

Man verschwindet nicht einfach so. Einer wie ich jedenfalls nicht.

Dabei war ich vorsichtig, ich hab an vieles gedacht, eh ich weg bin. Ich hab mein Auto dort geparkt, wo sie Évelyne Ducat ihrs gefunden hatten, bei den Wanderwegen, die zum Plateau gehen. Spuren verwischen. Die haben sich bestimmt haufenweise Geschichten ausgedacht; soweit ich weiss, wurde Évelyne Ducat immer noch nicht gefunden. Die denken vielleicht, mich hat ein Tier gefressen oder irgendein Psychopath gekidnappt, wie in einer Serie. Die Hammel. Jede Wette suchen die mich immer noch, wollen nachvollziehen, was ich die letzten Tage gemacht hab, wo ich zuletzt gesehen wurde. Und stellen Alice genau diese Fragen.

Alice, verflucht, fast tut sie mir leid. Wenn ich dran denke, dass ich vor einer Woche noch da war, mit ihr auf dem Hof.

Na ja, auf *ihrem* Hof wohl eher.

Ich hab auch an Bargeld gedacht. Viel Bargeld, das war eigentlich das Wichtigste. Schon seit einer Weile hab ich regelmässig kleine Summen abgehoben. Um mit Amandine abzuhauen, für alle Fälle.

Dann musste ich an die Reise denken. Ich wusste nicht, wie ich sonst aus dem Tal rauskommen sollte: Ich hab nachts auf der Landstrasse getrampt. Ein Lkw-Fahrer hat mich mitgenommen, Rumäne, glaub ich, konnte kein Französisch. Schwein gehabt: Der verpfeift mich garantiert nicht bei den Bullen, jetzt, wo mein Gesicht wahrscheinlich in allen Zeitungen der Gegend ist. Dieses eine Mal wissen die Leute hier, wer Michel Farange ist.

Dann das Flugzeug, das Ticket hatte ich bar bezahlt, in einem kleinen Reisebüro möglichst weit weg von zu Hause. Im Flugzeug war schon ein bisschen Afrika. Ein bisschen, wovon ich geträumt hatte, wenn ich mit Alice drüber geredet hab.

Aber trotzdem, irgendwann finden sie mich, jede Wette.

Man verschwindet nicht einfach so.

Jetzt muss ich nur noch warten.

Aber nicht mehr lange.

Im Hotel ist es dann doch ruhiger, weil, Herrgott noch mal, die Stadt ist ein Albtraum. Motorräder, Autos, überall Gehupe, an jeder Strassenecke wirst du angehauen, nur weil du weiss bist, du ahnst es nicht. Und dann die Hitze. So hatte ich mir das Land eigentlich nicht vorgestellt, ich hatte natürlich Savannen und Elefanten im Kopf, Buschdörfer, wo die Frauen Wassereimer auf dem Kopf und Kinder auf dem Rücken tragen. So Touristenzeug, das wollten wir uns angucken, Alice und ich, damals, als wir Reisepläne geschmiedet haben. Na ja, sie vor allem, ich hatte nicht viel mitzureden, wenn sie erst mal anfing und nicht mehr zu bremsen war. So ist sie, Alice, nach den ganzen Jahren kenne ich sie.

Jetzt hab ich keine Wahl mehr, ich werd mich an den Ort gewöhnen müssen. Werd mein klimatisiertes Zimmer verlassen und mich der Aussenwelt stellen müssen. Vielleicht find ich auch was Billigeres, weil, so langsam muss ich mir die Kohle einteilen. Ist ja nicht so, als hätte ich's.

Ich bereue nichts. Diesmal nicht.

Das ist vorbei, das Bereuen.

Ich hab mir mein Leben lang was vorgemacht bei dem, was ich wollte, hab mich beeinflussen lassen von Kerlen oder Weibern, die besser wussten, was gut für mich ist. Dann hab ich bereut.

Der grösste Fehler war, den Hof zu übernehmen. Ja, zu glauben, ich könnte den Betrieb von Alice' Vater zu meinem machen, den Bestand neu ausrichten, wie ich will. Seine Aubrac-Rinderherde, sein Lebenswerk. Der alte Brugier gefiel mir, als ich das erste Mal in die Gegend kam, um beim Kalben zu helfen, weil er Ischias hatte. Ein vierschrötiger Alter, er redete mit mir, als wär er mein Vater, irgendwie weise mit seiner Raucherstimme. Schon in den ersten Tagen, als er mir jeden Winkel vom Hof zeigte und sich immer wieder umguckte, als wären das Staatsgeheimnisse, begriff ich, was das Theater sollte. Einer wie ich, der Hof und Tochter übernehmen konnte, das war der Traum vom alten Brugier. Damit das alles, was er aufgebaut hatte, nicht zerstückelt und verkauft wurde. Damit es in der Familie blieb. Und ich bin drauf reingefallen. Ich hab an seinen Übernahmeplan geglaubt. Hab geglaubt, all das gehört dann mir, der Traum von jedem Bauern.

Bloss, dass es mir nie gehört hat. Oder nur auf dem Papier.

Der Name blieb in den Köpfen: Das war der Brugier-Hof. Als gäb's mich gar nicht.

Ich *machte* nur *den Schwiegersohn,* wie man dort sagt.

Der alte Brugier, so nett, wie er tat, hat eigentlich nie irgendwas aus der Hand gegeben. Er hat weiterhin alles kontrolliert. Er sagte Ich hab den alten Trousselier angerufen, dass du bei ihm Heu kaufst, hast ja dieses Jahr nicht genug gemäht; oder Und dass du auch ja dem Besamer sagst, ich hab dich geschickt; oder auch Musst immer schön die Krippen sauber halten, sonst wird's nix. So ging das jeden Tag. Ich dachte, das legt sich, wenn er ins Altersheim zieht, dass ich endlich das Ruder übernehmen kann. Aber nein, selbst von dort aus machte er mir noch das Leben schwer. Zwei-, dreimal die Woche rief er auf dem Handy an. Er redete mit Alice, wenn sie ihn am Wochenende besuchte. Und sie, tja, sie meckerte zwar, Jetzt muss er aber auch mal lernen loszulassen, aber seine Sorgen gab sie trotzdem an mich weiter.

Wenn ich dran denke, dass sie mir vorgeworfen hat, ich hätte nichts von meinen geplanten Neuerungen auf dem Hof umgesetzt. Wie denn, wo mir ständig der Alte im Nacken sass?

Eigentlich war ich in dieser Gegend immer fremd geblieben, ich stamme von woanders. Ein Angeheirateter. Nicht dass die anderen mich schlecht behandelt hätten, nein, ich ging gern mit auf die Jagd im Herbst, doch, ja. Aber sie liessen mich oft spüren, dass ich nicht von hier war. Als wär Alice' Vater, na ja, als wär ich bloss sein

Angestellter. Und das, Herrgott noch mal, das machte mir zu schaffen. Weil, ich hab alles in den Hof gesteckt, was ich hatte, der hat mir meine ganze Energie geraubt. Man muss auch sagen, bei dem ganzen Land, das der alte Brugier dazugekauft hat, war's für einen alleine zu gross geworden.

Schon nach fünf Jahren hab ich die Übernahme bereut. Ich hielt den Hof bloss weiter am Leben, mehr schlecht als recht. Und Ideen, wie man ihn weiter ausbauen könnte, hatte ich nicht mehr. Hab mich sogar gefragt, ob Viehzucht wirklich das Richtige für mich ist. Und ich war ja nicht der Einzige, der sich das fragte, bei den Jungen Landwirten sagten die anderen auch manchmal solche Sachen. Die, die den Mut hatten, es sich einzugestehen.

Bloss, dass ich nicht so bin wie der Typ, den Alice Popeye nannte.

Ich hatte nicht vor, mich inmitten von meinen Tieren zu erhängen. Nein, das nicht.

Was ich suchte, war ein Ausgang.

Wenn sie das hören könnte, würde sie sagen, das stimmt nicht, das glaubt sie nicht, aber ich denk, ich hab Alice eigentlich nie geliebt. Was ich geliebt hab, na ja, was mich gereizt hat, war die Vorstellung, mit ihr auf diesem Berg zu leben, sie mit ihrer Arbeit und ich mit den Kühen. Ja, das reizte mich schon, klang nach einem erfüllten Leben. Ich dachte sogar, wir würden Kinder kriegen. Aber wenn ich es mir jetzt so überlege, merke ich: Wir hatten nichts gemeinsam, das konnte gar nicht gutgehen. Ich brauchte Luft, Luft zum Atmen. Und Alice beanspruchte allen

Raum, sie erstickte mich mit ihren endlosen Reden, wie sie zu allem und jedem eine Meinung hatte. Alles lenken wollte wie ihr Vater. In der Woche fuhr sie die Höfe der Umgebung ab, zu denen, denen es schlechtging, das war wirklich ihrs: die Leute verstehen, ihnen helfen.

Vielleicht hat sie auch zwei, drei Bauern geholfen, das bestreite ich ja gar nicht.

Aber ihr Mann gehörte nicht dazu.

Und erst recht nicht, als sie angefangen hat, mit dem Kerl da zu techtelmechteln. Dem vom Causse mit seinen Schafen, von dem die anderen sagten, er hätte einen Dachschaden, weil er da oben immer alleine ist. Sie dachte, ich wüsste es nicht. Als ob nicht sämtliche Bauern ihren Dacia kennen und sahen, dass sie viel öfter, als sie müsste, zum Bonnefille-Weiler fuhr. So, wie sie sich in ein paar Wochen verändert hat, bin ich ihr schnell auf die Schliche gekommen.

Und da hab ich mich nicht mehr schuldig gefühlt wegen der Beziehung zu Amandine.

Und als ich dann einen sicheren Ort für Évelyne Ducats Leiche brauchte, musste ich nicht lange überlegen. In dieser Winternacht, die Flocken klatschten mir auf die Windschutzscheibe, bin ich zum Causse hoch, ohne Scheinwerfer, damit mich niemand sah.

Keine Ahnung, was der Joseph mit der Leiche gemacht hat. Kann gut sein, dass die immer noch auf dem Hof ist, oder er hat sie auf einem Feld verscharrt. Aber eins ist sicher, die Idee war gut gewesen, denn er hat nie irgendjemanden verständigt.

Für alle anderen war sie einfach verschwunden.

Wie ich. Aber wenn du noch lebst, ist das mit dem Verschwinden schwieriger.

Noch ist die Zeit nicht ran. Ich muss Geduld haben.

Wie die Eidechse an meiner Zimmerwand. Die sitzt schon über eine Stunde da und rührt sich nicht.

Durch die Scheibe, die ich nicht aufkriege und die wegen der Klimaanlage vibriert, sieht man den Markt. Na ja, Markt, ist eher ein Suk. Ein ganz schöner Saustall. Da rennen welche zwischen den bunten Sonnenschirmen hin und her, andere schreien sich an. Ist eine andere Welt.

Und dabei geht's hier noch, immer noch sauberer als das Viertel, wo ich gestern den Kleinen verfolgt hab. Da ist es richtig mies.

Natürlich wusste ich nicht, wie der aussieht, ein paar Tage hab ich auf gut Glück gesucht. Ich wusste, dass die von Internetcafés aus arbeiten, hatte ich im Netz gesehen. Ich glaub, ich hab sie alle durch, eins nach dem anderen, hab den Namen Amandine genannt. Die hielten mich für einen Irren, ja, die denken bestimmt alle, ich bin verrückt. Dass ich hier nichts verloren hab. Wenn ich nicht so kräftig wäre, hätte ich mich bei denen nicht so viel getraut. Irgendeiner hätte versucht, mich kaltzumachen, jede Wette. Aber die Typen, die da vor den Bildschirmen schwitzten, waren ja bloss Kinder. Vor denen hatte ich keine Angst.

Und er hat mich dann erkannt.

Mein Gesicht kannte er natürlich, ich hatte Dutzende Fotos geschickt. Er tippte grad nicht auf der Tastatur rum, sondern redete mit einem, hinten im Internetcafé.

Nicht älter als zwanzig, würd ich sagen. Er hat in meine Richtung geguckt und plötzlich innegehalten, den Blick in meinen versenkt.

Da hab ich begriffen, dass er es ist.

Daran, wie er geguckt hat.

Ich wollte mit ihm reden, aber so viel Zeit hatte ich gar nicht, er ist durch den Hinterausgang abgehauen.

Ich bin raus und hab gesehen, wie er die Strasse langrennt, er guckte sich ständig um, wo ich war. Da hatte ich keine Wahl, ich musste ihm hinterher. Wir sind durch die staubigen Gassen dieser Stadt gerannt, ich hab ihn nicht aus den Augen gelassen, wenn er nach rechts oder links flitzte, zwischen zwei Betonwänden. Leute schrien, als wir vorbeijagten, beschimpften mich oder versuchten, mich aufzuhalten, die haben sich bestimmt gefragt, wer ich war, dass ich dem Jungen hinterherhetzte. Aber das war mir scheissegal, ich wusste, warum ich hier war. Ich brüllte: »Warte!«

Aber er rannte weiter, total in Panik, als wär ich der Teufel persönlich.

Ich wusste, dass ich ihn am Ende erwischen würde, ich war dreimal so kräftig wie er. Ich drehte auf, sprang über eine Art Bettler, der fast quer auf dem Weg lag, rempelte eine Frau an, die in einem Kessel am Strassenrand Gott weiss was frittierte. In einer Kurve ist der Junge ausgerutscht und wär fast zu Boden gegangen. Er fing sich wieder, aber ich war direkt hinter ihm.

Ich warf mich nach vorne.

Mit der Schulter stiess ich ihn auf einen Haufen Ziegelsteine.

Er rollte stöhnend über die Ziegel, der Rücken aufgerissen, dann krümmte er sich auf dem Boden, während ich verschnaufte.

»Ich hab doch gesagt, du sollst warten.«

Er hob den Kopf und guckte mich ängstlich an. Ja, der hatte Schiss, war überzeugt, dass ich ihn fertigmachen würde. Und wenn ich gewollt hätte, wär es ihm eine Viertelstunde lang richtig schlechtgegangen.

Aber ich hatte nicht den ganzen weiten Weg gemacht, um einen Jungen zu verkloppen, der mich verarscht hatte. Auch wenn fünfzehntausend Euro eine ganze Stange Geld waren.

Ich streckte ihm die Hand hin und wollte ihm hochhelfen. »Ich tu dir nichts, o. k.«

Er sah immer noch beunruhigt aus, aber er nickte.

»Wir müssen uns unterhalten«, sagte ich zu ihm. »Wenn du noch Interesse an meinem Geld hast, würd ich dir gern was vorschlagen.«

Ich bin nicht verrückt.

Ich weiss, dass alle das denken, wenn ich meine Geschichte erzähle.

Aber ich bin nicht verrückt, nein.

Ich weiss, dass Amandine nicht existiert. Hat ein bisschen gedauert, bis ich's verstanden hatte, doch, ja. Aber das ist nicht das Problem, jetzt, wo ich's weiss. Das Problem ist, dass ich die Realität, die mich da angesprungen hat, nicht will, glaub ich. Ja, genau, ich erkenne sie nicht an. Irgendwie frag ich mich, was das überhaupt heisst: existieren. Weil nämlich das, was ich für Amandine empfunden hab, richtig real war. Was ich erlebt hab, die Beziehung, monatelang, alles eben, Herrgott noch mal, das hat wirklich existiert.

Und ist immer noch da, in mir.

Ich weiss nicht, ob die Leute das verstehen können. Amandine hat mir mit ihren Nachrichten mehr Liebe geschenkt, als ich von Alice je bekommen hab. Mehr, als jede andere Frau mir je geben kann.

Doch, ja, das hat existiert.

Als ich Amandine kennengelernt hab, hat in meinem Leben kaum noch was funktioniert. Der Hof, das Haus, meine Ehe, ich hatte das Gefühl, dass mir alles entglitten war, dass andere meine Zukunft schon genau geplant hatten. Ich suchte einen Ausweg und wusste nicht recht, wo ich den finden sollte. War irgendwie auch ein bisschen Zufall, dass ich auf Datingportale für Landwirte gegangen bin. Ich wusste nicht so richtig, was ich eigentlich suchte. Und dann kam sie, einfach so, mit ihren glühenden Nachrichten vom Ende der Welt und den unglaublichen Fotos. Am Anfang war ich natürlich skeptisch, warum sollte ein so hübsches Mädchen sich für einen wie mich interessieren? Aber irgendwas in mir wollte da gern dran glauben, sagte sich Warum nicht? Was, wenn das Mädchen die Chance meines Lebens war?

Es ist mir scheissegal, wie viel Geld ich verloren hab. Oder an wen die ging, die Kohle. Ich weiss nur, dass sich ab da mein ganzes Leben verändert hat. Ich glaubte wieder an mich. Ich fühlte mich stärker, mich juckte immer weniger, was die anderen sagten, weil, irgendwo in meinem Kopf war Amandine. Sie folgte mir überallhin, ich hatte immer mein Handy dabei, wenn ich die Tiere versorgte, sah zu, dass ich weiter Empfang hatte, wenn ich auf die Sommerweiden fuhr. Abends, wenn Alice von ihren Touren zurückkam, vergrub ich mich im Büro und chattete stundenlang. Ich hatte ein Foto von Amandine ausgedruckt, das holte ich manchmal raus und guckte es an. Sogar bei der Versammlung von den Jungen Landwirten, wo der Joseph auch war. Dass er meine Frau vögelte, machte mir an dem Tag kaum noch was aus, weil ich was viel Besseres hatte. Schöner, jünger, freundlicher, viel mehr Verständnis für meine Probleme.

Die Nachrichten, die Liebe, Herrgott, sie hat mir so viel gegeben. Ich glaubte dran, wirklich, ich war mir sicher, dass sie irgendwann kommt, dass ich alles hinschmeissen und mit ihr leben würde. Na, und als ich dann dieses Mädchen auf dem Markt gesehen hab, die Kleider verkaufte und den Fotos so ähnlich sah, die ich immer bei mir hatte, kam mir das so logisch vor.

Das war Amandine, natürlich.

Ich hab mich geirrt. Und wegen meinem Irrtum ist passiert, was passiert ist. Sicher, vielleicht hatte Évelyne Ducat den Tod nicht verdient.

Aber ich bereue es nicht.

Nein, das ist vorbei, das Bereuen.

Es dämmerte mir, als der Bulle angerufen hat. Vorher nicht. In dem Moment dachte ich, das ist ein Witz, wie versteckte Kamera, so unwahrscheinlich kam mir das vor, dieser Polizist mit dem Akzent. Aber am Tag danach blieb Amandine stumm. Keine Nachrichten mehr, nichts. Als ob sie sich plötzlich weigerte, mit mir zu sprechen. Da dachte ich mir, dass was nicht stimmt. Ich hab ein bisschen gewartet, gedacht, dass sie sich bald wieder meldet. Aber das ist nicht passiert.

Da bin ich hin.

Ich hatte ihr versprochen, zu warten, nicht zu ihr zu gehen, ihr Zeit zu lassen, und ich glaub, irgendwie kam mir das auch gelegen. Ja, das kam mir gelegen, weil, so richtig mit ihr zusammen sein, mit ihr schlafen, machte mir Angst. Ich hatte Angst, dass sie merkt, wer ich wirklich bin. Und ihre Meinung ändert.

Aber dann, als das Mädchen vom Markt mich angeschrien und mir den Fuss ins Auge gerammt hat, hab ich's begriffen.

Ich hab alles begriffen.

Die ersten Tage war ich nur wütend. Beim Surfen, als ich feststellte, dass es diese ganzen Betrüger in den Internetcafés gibt, versuchte ich mir vorzustellen, wie der aussah, der mich ausgenommen und mich so lange getäuscht hatte. Ich wollte mich rächen, ihn finden und ihm zeigen, mit wem er es zu tun hatte.

Aber schon nach einer Woche kam ein anderes Gefühl. Ich hatte keinen Hass mehr. Alles, was blieb, war eine Lücke. Eine riesige Lücke.

Herrgott, ich wusste, dass sie nicht existierte.

Aber sie fehlte mir, es war schrecklich.

Ich schlich nur noch über den Hof, hatte keine Kraft mehr. Die Kühe hingen mir zum Hals raus, ich begann sie zu hassen, als ob das alles ihre Schuld wär. Ich redete nicht mehr mit Alice. Die war sich sicher, dass ich mich mit ihrem Liebhaber geprügelt hatte. Bei ihren Klienten konnte sie ja gern die Psychologin spielen, aber von ihrem eigenen Mann hatte sie keine Ahnung. Und dann ihr Vater, der rief weiterhin an, erklärte mir, wie sein Betrieb zu laufen hatte. Ich konnte das alles nicht mehr.

Da hab ich beschlossen zu gehen.

Siebzehn Uhr. Diesmal müsste es klappen.

Ich werfe einen Blick raus, immer noch so viele Leute auf den Strassen, das hört nie auf hier. Ich zieh das Moskitonetz über dem Bett zurecht. Ich nehme mein Täschchen, sehe nach, ob ich auch alle Papiere hab. Das mach ich immer, eh ich rausgeh, das gibt mir Sicherheit. Ich öffne die Zimmertür, und mit einem Mal springt mich die feuchte Hitze dieser Stadt an. Ich geh die Treppe runter, verscheuche die Moskitos, die mich umschwirren, und bin in der Hotellobby.

An der Rezeption bezahlt ein Touristenpaar gerade seine Rechnung, Belgier oder Deutsche, ich weiss es nicht. An den weissen Wänden hängen überall alte Masken, sie erinnern mich an die, die Alice und ich in den Reiseführern gesehen haben. Durch die Glastüren dringt Verkehrslärm.

Ich geh den Gang lang, den mir der Typ gezeigt hat, als ich ankam. Ich setze mich an den Bildschirm, werfe das Gerät an, es macht einen Höllenlärm. Ich warte, dass alles hochfährt, mit klopfendem Herzen und schweissnassem Rücken.

Und als in dem Fenster, das sich gerade geöffnet hat, endlich die Worte erscheinen, merke ich, wie sich sämtliche Knoten in mir lösen. Als hätte mein Leben angehalten und würde erst jetzt weitergehen.

Riesige Erleichterung.

Amandine86: Mein Liebster. Ich bin da.

Dank

An meine Kundschafter von nah und fern; an Céline Bonnel natürlich, den besten Leitstern der Welt, und an Grégoire Gauthier; an Christian Rousset für seine Kenntnis der Menschen; an Claire Leblois, trotz Berufsgeheimnis; an Corentin und Awa Banzet für die Privat-*farotage;* an Sarah Dejean, Thierry Roumejon, Aimé Mazoyer und Yves Servières für den Empfang und die Geduld dort oben; an Amélie Gerbal und Isabelle Carrière mit all meinem Respekt; an Claude Lhuillier für den Blick von aussen; an Louis Fages; an Commandant Pagat; an Manon für das Kommunenleben; an Frédéric Grimopont für die zweite literarische Autopsie; an Laurent Villieras, in erster Linie Freund, dann Polizist; an Lucie Boudaud; an Jérémie Niel für die letztendlich zensierte Houellebecq-Szene; an Baptistine Banzet für die Overlock-Nähmaschine; an Clément Souchier für Auto-Tune; an Séverine Krouch für die lesbische Liebe; an Michel Hamousin für das Lektorat unter der Taucherglocke; an Joub für sein grafisches Auge; an Laure Debeir für die Schimpfwörter; an Guillaume Caulet, dreissig Jahre später. Tausend Dank und ebenso viele Entschuldigungen an euch alle für Fehler und Entstellungen. Allein ich selbst bin für die niedergeschriebenen Worte verantwortlich.

An die Éditions du Rouergue, an Nathalie Démoulin, ohne die ich im Toben der *tourmente* nie den Bergkamm erreicht hätte.

An Hélène, meine Heldin des Alltags, an Alexis, Pirat meiner Morgenstunden, an Charlotte, mollig warm in ihrer Höhle.

COLIN NIEL IM LENOS VERLAG

Unter Raubtieren
Roman
Aus dem Französischen von Anne Thomas
403 Seiten, Paperback
LP 230
ISBN 978 3 85787 830 5

»Es geht um die Folgen des Klimawandels, um die Jagd, das Artensterben, aber nicht auf eine simple, plakative Art und Weise. Das wird in den verschiedenen Perspektiven ... auf eine sehr komplexe und trotzdem extrem packende Weise gespiegelt. Und so entsteht so ein Porträt der Zeit mit Blick auf dieses Thema.«
Ulrich Noller, Westdeutscher Rundfunk